黒の公爵

マーガレット・ムーア 作

石川園枝 訳

トリカル・ロマンス
ーヨーク・アテネ・アムステルダム
シドニー・マドリッド・ワルシャワ
ルクセンブルク・フリブール

The Dark Duke

by Margaret Moore

Published by Harlequin K.K., Tokyo, 2008

◇作者の横顔

マーガレット・ムーア　俳優エロール・フリンに憧れ、『スター・トレック』のミスター・スポックに恋をした少女は、やがて謎めいた魅力的な悪漢をヒーローに仕立てたロマンス小説を書くことに夢中になった。カナダのオンタリオ州スカボローに夫と二人の子供、二匹の猫と暮らしている。読書と裁縫が趣味。

主要登場人物

ヘスター・ピムブレット……レディ。話し相手《コンパニオン》。
エイドリアン・フィッツウォルター……バロービー・ホールの主。通称黒の公爵。
バロービー公爵夫人……エイドリアンの継母。
エリオット・フィッツウォルター……エイドリアンの異母弟。
ジェンキンズ……バロービー・ホールの執事。

1

一八六三年　ハンプシャー

バロービー公爵夫人は大いに不機嫌だった。公爵夫人の話し相手《コンパニオン》になって四カ月になるレディ・ヘスター・ピムブレットは、夫人が唇を固く引き結び、額にしわを寄せるのを見て、すぐに気づいた。

「大急ぎで足台を持ってきてちょうだい！」夫人は茶色の目をつり上げ、白いレースの室内帽を怒りに震わせて叫んだ。すると、着ている黒い綾《あや》織りのドレスが突然、鎧《よろい》のように見えた。「それから、カーテンを閉めなさい。頭痛がしてきたわ！」

こんなときにヘスターは、気むずかしい年配の貴婦人のコンパニオンになどならずに、両親と暮らすか、結婚したばかりの姉か妹のどちらかの家に厄介になったほうがよかったのではないかと思うのだった。ヘスターがあれこれ世話を焼いたところで、夫人の頭痛はよくなりそうになかった。公爵夫人は届いたばかりの手紙を細長い指で握り締めていた。夫人をここまで怒らせるとは、手紙にはいったいなんと書かれていたのだろう。

問題の手紙は男性の筆跡で書かれているようだったが、公爵夫人の反応を見るかぎり、お気に入りのじつの息子からではないらしい。おそらく手紙の送り主は、夫人の義理の息子である悪名高きバロービー公爵。さもなければ、公爵に関するよくない事柄が書かれていたにちがいない。

ヘスターはそう推測しながら、女性にしてはかなり大きな夫人の足でものせられるくらいの足台を動かした。夫人は決して椅子の背にもたれて座るようなことはしなかった。そんな座り方をするのは育ちの悪い証拠だと言って、ヘスターが少しでも椅子の背にもたれようものなら、きびしく注意された。

ヘスターはダマスク織りの厚地のカーテンを閉め、公爵夫人がこういうとき決まってこめかみにつける香水の瓶を用意した。

「よくもまあ、ぬけぬけとこの屋敷に戻ってこられるものだわ」公爵夫人は突然、憎悪に満ちた声で叫んだ。「あのならず者！　ごろつき！　亡くなられたお父さまがお気の毒だわ。息子のしでかしたことを半分聞いただけで、お墓のなかで卒倒してしまうでしょうに」

ということは、先代の公爵の長男で、〝バロービーの黒の公爵〟として知られているエイドリアン・フィッツウォルター卿《きょう》が戻ってくるのだ。

ヘスターが四カ月前にバロービー・ホールに到着したときから公爵は不在だった。彼女は有名な公爵を間近で見られるのかと思い、少し胸がわくわくした。大きな集まりで一度か二度、噂《うわさ》の的になっている悪名高き放蕩《ほうとう》者の公爵を見かけたことはあったが、実際に会ったことは一度もなかった。

公爵の手にかかったら、どんな女性も誘惑されてしまうともっぱらの評判で、ヘスターは自分が少しでも美人だったら、公爵の到着に恐れをなしたにちがいないと思った。でも、さいわいなことに、彼女はお世辞にも美人とは言えず、公爵のような名うての女たらしの目に留まる心配はまずなかった。だから、安心して彼の到着を楽しみにしていた。ヘスターはひそかにほほえんだ。公爵のことを手紙に書いたら、いつもはわたしに無関心な家族も、さすがに興味を持つだろう。

執事のジェンキンズが客間の戸口に現れた。「奥さま？　どうかなさいましたか？」女性たちのほうに身を乗り出してたずねる。

ヘスターは笑いをこらえた。年老いた執事はかなり耳が遠くなってはいたが、公爵夫人がわめき散らす声は聞こえたようだ。

「公爵夫人にワインをお持ちして」ヘスターは言った。

「時間ですか？　なんのお時間でしょう？」ジェンキンズはたずねた。

「ワインよ、ワイン！　公爵夫人にワインを持ってきてちょうだい」

「ああ、ワインですか。ただいまお持ちします」執事がよろよろした足取りで去っていくと、ヘスターは再びかんかんに怒っている公爵夫人に目を戻した。

「エリオットが外国に行っていたのがせめてもの救いだわ」公爵夫人はそう言ったが、ヘスターは夫人が息子の帰りをひたすら待っているのに気づいていた。「エイドリアンのような恥知らずを一歩たりともこの屋敷に入れるものですか。すぐに追い出してみせるわ。あの恥知らずを！」

ヘスターは黙って公爵夫人の怒りの言葉を聞き流した。夫人が意見を言っているあいだは口をはさんではいけないということを、この四カ月で学んだ。

「挨拶《あいさつ》なんかするものですか！　あんな人は無視するにかぎるわ。町の宿にでも泊まればいいのよ。ここには絶対に泊まらせませんからね」夫人は小さくうめいて、目を覆った。「香水はどこ？　ドクター・ワドリーを呼んでちょうだい。気分が悪いの。めまいがしてきたわ」

「すぐにお呼びします」ヘスターは言ったが、急いで従僕を呼んで医者を呼びに行かせようとはせず、公爵夫人のこめかみに香水をつけた。わざわざドクター・ワドリーを呼ぶまでもないだろう。医師はこのようなことでしょっちゅうバロービー・ホールに呼び出されていた。「公爵はいつお着きになるのですか？」ヘスターは体を起こしてサイドテーブルに香水の瓶を置き、思いきってたずねた。

　公爵夫人は手を下ろし、眉をひそめてヘスターを見た。「もちろん、今日よ」夫人は再び手で目を覆った。「まったく、ずうずうしいにもほどがあるわ。わたしの返事も待たないなんて！」

「そうするのがもっとも礼儀正しく、かつ適切だと思ったからですよ」戸口のあたりで低い声がした。

　ヘスターはすぐに振り向いた。たくましい胸の前で腕組みをしている男性が、さりげなくドアの枠にもたれている。その男性は背が高く、青いモーニングコートに、真っ白なリネンのシャツを着て、黄褐色の膝丈のズボン《ブリーチズ》にウェリントンブーツをはいていた。その姿はまるで絵画から抜け出してきたようだった。恐ろしいほどハンサムで、髪は黒く、同じように黒い眉は太くきりりと引き締まっている。ヘスターはこの男性が噂の〝黒の公爵〟にちがいないと思った。

　公爵の容貌《ようぼう》でひとつだけ驚くことがあるとすれば、それは彼の顔が青白いことだった。〝黒の公爵〟と呼ばれているのは、彼が乗馬や狩りといったスポーツを好み、屋外で多くの時間を過ごして日に焼けているからでもあった。

　ヘスターは軽く膝を曲げてお辞儀をして、公爵夫人から離れた。公爵はヘスターをちらりと見ただけで、再び公爵夫人に注意を戻した。ヘスターが驚いたことに、夫人は驚きと怒りと恐怖らしきものが入りまじった表情で公爵を見ていた。たとえわずかでも公爵夫人をおびえさせることのできる人はこの国にはいないだろうと思っていたのに、ここにこうしているのだ。

　とはいえ、公爵夫人の反応はそれほど驚くことではないのかもしれない。ヘスターは思った。公爵には人に畏敬《いけい》の念を起こさせるような圧倒的な存在感があった。

公爵夫人は一時的に言葉を失い、公爵がゆったりとした足取りで部屋に入ってきて、勧められもしないうちに椅子に座るのをじっと見ていた。ヘスターは遠慮して部屋を出ようとした。ドアに向かいながら、公爵が椅子の背にもたれかかっていないのに気づいた。

「ヘスター、どこに行くの？」公爵夫人が突然鋭い声で言った。そわそわと落ち着かなげに義理の息子を見ている。「わたしは下がっていいとは言っていませんよ」

「母上」公爵はわざとゆっくり言った。「あなたの魅力的なコンパニオンは、気を利かせて席をはずしてくれたんですよ。そうですよね、ミス……？」公爵に探るような目で見つめられ、ヘスターはどぎまぎした。三人姉妹のなかでいちばん器量の劣るヘスターは、男性に見つめられるのに慣れていなかった。


特に、公爵のような評判の男性には。

ヘスターが口を開く前に、公爵夫人がぶっきらぼうに言った。「彼女はレディ・ヘスター・ピムブレットよ。お父さまはピムブレット卿」

「お会いできて光栄です、レディ・ヘスター」公爵はわずかに腰を浮かせて言うと、唇の端を上げて笑みを浮かべた。ヘスターは公爵が女たらしと言われるのもうなずけると思った。彼のようにハンサムな男性にじっと見つめられて、こんなふうにほほえみかけられたら、若い娘はうっとりしてしまうにちがいない。

ヘスターの家は公爵家ほど高貴ではないにせよ、代々つづく由緒正しい家柄だったので、公爵に気後れすることはなかった。それでも彼に見つめられると頬が赤くなるのがわかった。

「そばにいてほしいの。気分がよくないのよ」公爵夫人は言った。ヘスターは、公爵が突然現れたとまどいから夫人が立ち直りつつあるのに気づいた。

公爵はうなずいたが、ただこれ以上言い合うのが面倒なだけだったのかもしれない。ヘスターは気まずい思いをしながら、しかたなくもとの席に戻った。

「いったいどんな用があって来たのか、ぜひとも聞かせてもらいたいものだわ。どうせろくなことじゃないでしょうけれど」公爵夫人は冷ややかな口調で言った。ヘスターの同席を公爵に認めさせて強気になったのか、すっかりもとの調子に戻っている。

「お継母《かあ》さまをただ訪ねてきてはいけませんか？」

公爵夫人はばかにしたように鼻を鳴らした。「相手の女性が結婚でもしたの？　それでこそこそ田舎に逃げてきて、わたしたちをわずらわせなければならなくなったの？」

「彼女は結婚していません。でも、それがここに来た理由ではありません」

「それなら、なぜ来たの？」

ヘスターは黒の公爵の目に怒りの炎が燃え上がるのを見た。それでも、彼はじっと座ったままで、激しやすいという世間の評判とはまったく相容《あいい》れないものだった。「わたしにはここに来る正当な権利があります」彼は淡々と言った。

「あなたがロンドンを離れなければいけないことがあったとしても驚かないわ。どうせまた決闘でもしたんでしょう」

「どうぞお好きなように想像なさってください、母上」公爵は慇懃《いんぎん》すぎるとも言える口調で言った。「ほんの少しのあいだご迷惑をおかけするだけです。」

エリオットはどこです？」

「さいわい、まだフランスにいるわ」

「いつ戻ってきますか？」

「すぐにでも戻ってくるわ、エイドリアン。あの子がまだ外国にいて本当によかったわ。またあなたの起こした醜聞のとばっちりを受けなくてすみますからね。あなたはわたしたちのことを考えたことはないの？　弟がかわいそうだとは思わない？　いいえ、答える必要はないわ。答えは聞かなくてもわかっています。あなたは自分のことしか考えていないのよ」公爵夫人は義理の息子をにらんだ。ヘスターは気まずそうに体を動かし、こんな場に居合わせたくなかったと思った。

　公爵はゆっくりと立ち上がった。「失礼して、部屋に下がらせてもらいます」

「まだ話は終わっていないわ。今度はなにをしたのか話しなさい！」

　黒の公爵は継母の公爵夫人を見た。ヘスターは彼の黒い瞳にはっきりと蔑《さげす》みの色が浮かんでいるのに気づいた。「最新の噂話についてお知りになりたい気持ちはわかりますが、これ以上お話しすることはありません、母上。怪我《けが》をしたのはわたしの決闘相手だけではありませんので。わたしの血で絨毯《じゅうたん》を汚されたくないのであれば……」ふたりの女性はぞっとしたように息をのんだが、公爵は落ち着き払っていた。「わたしを引き留めないでください、レディ・ヘスター。それではごきげんよう、母上」

「従僕をお呼びしましょうか？」ヘスターはたずねて、急ぎ足で公爵の横を通り過ぎてドアに向かった。

「ヘスター！」公爵夫人は声を張り上げた。「あなたに用があるのよ」

　エイドリアンは、奴隷といったほうがよさそうな継母の新しいコンパニオンがためらうのを面白そうに見た。そのあと、彼が驚くべきことに、レディ・ヘスターはすぐに公爵夫人のそばに戻らず、意を決した表情で言った。かすかにめくれた唇が彼女の決意のほどを示していた。「申し訳ありませんが、少しお待ちください」彼女はそう言って、返事も待たずに部屋を出ていった。

　エイドリアンは継母が命令にそむかれたのを見て

ほくそ笑むところだったが、彼がそんな顔を見せようものなら、継母の怒りをさらにあおり、レディ・ヘスターの立場が悪くなるだけだとわかっていた。

財産も地位もある若い女性が、なぜ継母《はは》のような気むずかしい女性に仕えて時間をむだにしなければならないのだろう、とエイドリアンは思った。美人ではないかもしれないが、ほかにもっとできることがあったはずだ。

ピムブレット卿。確か、ヘスターのほかにも娘がいたはずだ。姉のヘレナ・ピムブレットは美人で評判だった。一度劇場で見かけたが、うぬぼれた鼻持ちならない娘だった。世間の事情に詳しい知り合いによると、いちばん下の妹も美しいそうだ。だが、エイドリアンはヘスターのことは見たこともなければ、聞いたこともなかった。その理由は明らかだ。彼女の容姿では、ロンドンではほとんど注目されなかっただろう。

とはいえ、彼女には健康的な美しさがあった。瞳は親しみやすい矢車草のような青い色をしていて、淡い茶色のまつげに縁取られていた。栗《くり》色の髪は後ろでまとめてシニヨンにしてある。おそらく田舎で育ったのだろう、サテンのようにきめの細かい、じつに美しい肌をしていた。さらに興味深いことに、顔立ちに繊細なところがあり、鼻は整った形をしていた。地味だが趣味のいい装いで、スタイルは文句のつけようがなかった。

公爵夫人への反応を見るかぎり、彼女はかなり変わった女性のようだ。継母におびえない若いレディがこの国にいるとは思わなかったが、ここにいた。エイドリアンは継母のコンパニオンに好感を持った。

レディ・ヘスターはジェンキンズとふたりの従僕を連れて戻ってきた。エイドリアンは傷がひどく痛み、包帯に血がにじみ出ているのを感じた。だが、三人の男の手を借りなければ歩けないほど弱ってい彼女の反応、あるいは反応がなかったことを気にする必要はないとエイドリアンは自分に言い聞かせた。なぜ気にしなければならないんだ？　彼女は美しくはない。それに、わたしも出血して顔が青白く、最高の状態でないせいもある。そうだ。それが、彼女がわたしの魅力に反応しなかった理由だ。

エイドリアンは彼女を無視することに決めて、足を引きずりながらドアに向かった。「ジェンキンズ、おまえが肩を貸してくれたら、従僕は必要ない。外科医が来たら、すぐに部屋によこしてくれ」

「レディ・ヘスター！」公爵夫人が呼んだ。「気付け薬を持ってきてちょうだい」

若いレディは部屋を出ていくエイドリアンのほうをちらりとも見ずに、継母のそばに駆けよっていった。

「わたしは本当にひどい顔をしているにちがいない」エイドリアンは年寄りの執事に寄りかかって階

るとは思わなかった。

「差し出がましいとは思いましたが、ドクター・ワドリーと、公爵さまの手当てをする外科医を呼びに行かせました」レディ・ヘスターは外見と同じように親しみやすく、耳に心地よい声で言った。彼女は公爵夫人に話しかけたが、そのあと、エイドリアンに注意を戻し、瓶に入れられた標本を観察するような目で彼を見た。

エイドリアンは大いに興味をそそられて彼女を見つめ返し、そのあと、この風変わりな女性に実験を試みた。彼女にとっておきの笑顔を見せたのだ。

「ありがとう、レディ・ヘスター」

彼女は頬を赤らめもしなければ、慎み深いふりをして目をそらすこともなく、かといって、興味津々で見つめ返すような失礼なこともしなかった。彼女はただ、さっきまで座っていた場所に座っただけだった。

段に向かいながら、つぶやいた。

「お顔がどうかなさいましたか、旦那《だんな》さま?」ジェンキンズはたずねた。

「わたしはなにも言っていない」

「おっしゃいました」ジェンキンズは言った。「お顔がどうのこうのと」

「父の肖像画のことを言ったのだ。掃除したほうがいいな」

ふたりは立ち止まり、踊り場に飾られた第五代バロービー公爵の肖像画を眺めた。上院に出席するために正装した姿が描かれている。その横には、それよりも小さいエイドリアンの母親の肖像画があった。

「あのころはよかったですね」ジェンキンズはため息まじりに言った。「あのころはわたしも若うございました」

「みんなそうだった」第六代バロービー公爵は肖像画の前を通り過ぎながら言った。

「そんな渋い顔をするなよ、ジョン」エイドリアンは彼の脚に新しい包帯を巻いている外科医に言った。

「これくらいですんでよかったくらいだ」

「なにがあったんだ?」ジョン・メイプルトンはたずねた。ずんぐりした医師は高く上げたエイドリアンの脚の上にかがんでいたので、少し息を切らしていた。「剣でできた傷ではないな」

「二十歩離れたところから拳銃《けんじゅう》で撃たれた」

「なんだって!」

「出血はひどかったが、後遺症は残らないとロンドンの外科医に言われた」

「ついていたな」メイプルトンは体を起こして、うなった。「本当に運がよかった。だが、いつまでも幸運がつづくと思うな。こんなことをつづけていたら、いつか命を落とすぞ」

「わたしは相手を少しも恐れなかった。彼の撃った弾がわたしの介添人や、なんの罪もない見物人に当たるのではないかと、そっちのほうを心配していた」

「ところで」メイプルトンは黒い鞄《かばん》に道具をしまいはじめた。「原因はなんだ？　女か？」

「そうだ」エイドリアンはふかふかの絨毯の上に包帯の巻かれた脚をそっと下ろした。

紋織りの布張りの椅子の横にあるテーブルの上に置かれた洗面器が、豪華な部屋にはいかにも不釣り合いに見えた。洗面器のなかの水は、外科医がエイドリアンの開いた傷口をきれいにするために使った布を洗って血で赤く染まっていた。部屋には高価な壁紙が張られ、見るからに座り心地がよさそうな椅子や優美な形のテーブルが置かれ、大きなベッドは天蓋《てんがい》つきだった。背の高い窓には綾織りのカーテンがかけられ、中国風の装飾を施した大きなたんすが置かれていた。

メイプルトンは鋭いまなざしでエイドリアンを見た。「きみのか？　それとも、エリオットの？」

エイドリアンは答えなかった。

メイプルトンは眉間《みけん》にしわを寄せて、仕事に戻った。「エリオットのだな。どうして気づかなかったのだろう？　エリオットは身を隠すためにヨーロッパに逃げ、またきみが責められるはめになった」

「もうすんだことだ。そっとしておいてくれ」エイドリアンは立ち上がって、脚に体重をかけようとしたが、痛みにひるんだ。

「わたしだったら、おとなしくじっとしていただろう。馬車で来ることは考えなかったのか？」

「ドレイクには運動が必要だったし、ロンドンにいたから、新鮮な空気が吸いたかったんだ」

エイドリアンの部屋の前を通り過ぎるドクター・ワドリーの低く抑えた声が聞こえた。「わたしが来たので、母は具合が悪くなったのだろう」彼は皮肉を込めて言った。

「寡婦の住居に住むように言えばいいじゃないか」

エイドリアンは再びゆっくりと椅子に腰を下ろした。「わたしに追い出されたと言いふらされるのがおちだ」

「彼女がバロービー・ホールに居座る権利はない」メイプルトンは言った。「父上はきみにすべてを遺《のこ》されたのだ」

「そうだ」エイドリアンはベストから葉巻を取り出した。「わたしの評判を考えたら、またひとつ傷がついたところでどうということはないな」彼はマッチに火をつけた。「それを考えたことがないわけではない。だが、父は彼女がここに残ることを望んでいた。ジェンキンズも」

「父上が亡くなられてからもう十年にもなる」

エイドリアンは黒々とした片方の眉を上げた。このことに関してだけは、メイプルトンと意見が合わなかった。「親の臨終の約束にも期限があるとは知らなかった」

「あるとも！」メイプルトンは力強く言った。

「ちょっと言いにくい話があるんだ、ジョン」エイドリアンは葉巻の煙をくゆらせながら言った。「座って、一緒に飲もう」

メイプルトンは一瞬考えてからうなずいた。「わたしがやろう」

「助かるよ。髪の毛一本動かしたくない気分だ」エイドリアンは冗談めかして言った。

メイプルトンはデカンターとグラスが置かれた小さなテーブルのほうに歩いていった。外科医はふたつのグラスに酒を注《つ》いで、ひとつをエイドリアンに渡し、彼の隣に腰を下ろした。「ジェンキンズを引退させることを考えるべきだ。彼に小さな家を与えて、年金をやるといい。仕事をするには年を取りすぎている。耳も遠いし……」メイプルトンは思わせぶりに言葉を切った。

「わかっている。わたしがここに来るたびにひどくなっていく。最低限の仕事はこなしているようだが、一度彼に引退をほのめかしたら、今にも泣き出しそうな顔をした」エイドリアンは葉巻を吸って、ゆっくりと煙を吐き出した。「老いたジェンキンズが目に涙を浮かべているのを見るほどつらいものはない」

「きみはなんでも冗談にしてしまうんだな」

エイドリアンは物思わしげな表情で外科医を見つめた。「そうでもしなければ、やっていられない」

彼は正直に言った。

「公爵夫人がいまだに彼を辞めさせないのが驚きだ」メイプルトンは短い沈黙のあとに言った。「彼女は使用人のミスに寛容なようには思えないが」

「それなら、説明できる」エイドリアンは父の遺言のような深刻な話題から話がそれるのを喜んで答えた。「公爵夫人が父と再婚したとき、ジェンキンズは中年だった。そのジェンキンズが年を取りすぎて仕事が務まらないとなると、彼女はいったいいくつになると思う?」

メイプルトンは顔をしかめた。「つまり、ジェンキンズの引退を認めたら、自分も年を取ったことを認めざるをえないということだな?」

「そのとおり!」

「それに、これはわたしの勝手な推測だが、若いそれほど魅力的ではない女性をコンパニオンに雇ったのも、この屋敷でいちばん美しい女性という地位を保っていられると考えたからじゃないかな」

「そうとも言えるな」エイドリアンは同意した。公爵夫人がレディ・ヘスターが彼女の命令に従わなくても怒らなかったのは、そのせいもあるのかもしれない。「レディ・ヘスターはここに来てどれくらいになるんだ?」

「四カ月くらいだな」

「役に立っているのか？」

「ドクター・ワドリーはそう言うだろう」

「呼び出される回数が減った？」

「そのようだ」

「レディ・ヘスターが母に気に入られている理由はよくわかったが、彼女のほうはどうしてここにいるのだろう？」

「さあ、わからんね」メイプルトンは答えた。「ほかに選択の余地がなかったからだろう」

「両親は？　死んだのか？」

「いや、ご両親は元気でおられる。ヨーロッパに行かれてしばらくたつそうだ。ピムブレット卿は痛風を患っていて、大陸の気候が体にいいようだと、レディ・ヘスターは言っていた。わたしも父上の病気について二、三質問された。じつに聡明《そうめい》で、思いやりにあふれたお嬢さんだ」

「だから、なおのこと不思議なんだ。なぜ彼女はわが敬愛すべき母のコンパニオンになどなったのだろう？」

「彼女にきいてみたらどうだ？」

「そうしよう」

　メイプルトンが眉間にしわを寄せたのを見て、エイドリアンはがっかりしてため息をもらした。「きみまでわたしをそんな目で見るのか？　彼女は安全だ。彼女が黒の公爵の魔の手にかかることはない」

　メイプルトンはくすくす笑い、酒を飲み終えてから、立ち上がった。「わかっている。そろそろ失礼するよ。脚をお大事に。二、三日は乗馬を慎むように」

　エイドリアンはぼんやりとうなずいた。「彼女はどれくらいここにいるつもりなんだろう？」声に出して言った。

「レディ・ヘスターのことか？」

エイドリアンはうなずいた。

「もう四カ月も公爵夫人に耐えているんだ。なぜ今になって出ていかなければならないんだ？」メイプルトンはたずねた。

「わたしたちはレディ・ヘスターがわたしを恐れる理由はなにもないと思っているが、彼女にとってはそうではないかもしれないだろう」

2

その晩遅く、ヘスターは公爵夫人とカードをしながら、ゲームに集中して、なるべく客間のドアのほうは見ないようにした。

実際、ヘスターがそうしなければならない理由はなかった。召使い以外に部屋に入ってきそうな人はだれもいなかったからだ。バロービー公爵は怪我《けが》を理由に正餐《せいさん》には下りてこなかった。ジェンキンズは、心配するような怪我ではないとメイプルトン医師に言われたと、夫人とヘスターに報告した。

それならどうして階下に下りてこないのだろう？ヘスターは疑問に思った。きっと、継母に面と向かって非難されるのがいやなんだわ。

「それで、レディ・ヘスター、わたしの義理の息子に会うのは今日が初めてなの？」公爵夫人はたずねた。ゲームの勝ちを確信しているせいだろう。いくぶんご機嫌な口調になっている。ヘスターに愛想がいいのも、いんちきをしている後ろめたさからだ。

「はい、そうです」

「あなたはロンドンの社交界でも一流の方々と交流があったのでしょう？」

「わたしは社交界の集まりにはあまり顔を出しませんでした」

「どうして？」公爵夫人は問いつめるように言った。「あなたのお父さまのご身分なら、どこでも歓迎されたはずですよ」

ヘスターは気まずくなったが、公爵夫人に叱《しか》られるので、もじもじしないようにした。「わたしは家にいるほうが好きだったのです」

「お母さまと一緒に？　まあ、なんて優しいのかしら」夫人はつぶやきながら、獲得した場札の点数を数えた。

公爵夫人がそう思いたいのなら思わせておこう。ヘスターはあえて訂正しなかった。美しい姉と妹がみんなの注目を浴び、自分が家具かなにかのように扱われるのに耐えられなかったからだと認めるよりはましだ。

公爵夫人は満足げにほほえんだ。「またわたしの勝ちだわ！　エリオットはカードが得意なのよ。ときどきわたしを負かすくらいなんですから」

「本当ですか？」

「そうなのよ。彼はカードパーティーでは引っ張りだこなの。舞踏会でも、ダンスをしていないときによく誘われるわ。もちろん、どうしてもと言われたときだけだけれど」

ヘスターはただうなずいた。

「エリオットが戻ってきたら、彼がどれだけすばらしいかわかるわよ」公爵夫人は開いた扇で顔をあおぎながら眉をひそめた。「それまでに、公爵が遠くへ行ってくれているといいけれど」

公爵がそれほどお気に召さないのなら、なぜ追い出さないのですか、という質問がへスターの舌先まで出かかったが、夫人が質問されるのをなによりも嫌っているのを思い出してやめた。代わりに、公爵についてあれこれ憶測をめぐらせた。

ある意味では、公爵は評判以上の男性だった。へスターは出席した社交界の集まりで人を観察する機会に恵まれていたが、彼以上にハンサムな男性にはひとりもお目にかかったことがなかった。

そのいっぽうで、公爵ががみがみ口うるさい継母に耐えているのが驚きだった。公爵が噂《うわさ》されているような気性の激しい男性なら、あれだけ言われて黙ってはいないだろう。継母とはいえ、母親だから耐えているのだろうか?

へスターは再びドアに目をやり、公爵夫人の侍女マリアが待っているのに気づいた。「そろそろおやすみになる時間です」彼女はやんわりと言って、マリアのほうをあごで示した。

「まあ、本当だわ」公爵夫人はビーズの飾りのついた黒いスカートを揺すって優雅な身のこなしで立ち上がると、へスターをちらりと見た。「あなたは来ないの?」

「もう少ししてから。図書室に本を置いてきてしまったので、少し読書をしてからやすみます」

公爵夫人は眉をひそめた。「目が悪くなるわよ。それに、蝋燭《ろうそく》をつけたまま眠ってしまって、火事にでもなったら大変だわ」

「じゅうぶんに気をつけますので」へスターは言って、聞き分けのない子供のように叱られる不愉快さを無視しようとした。

「気をつけてもらわないと困るわ」公爵夫人は嫌み

たっぷりに言った。「あまり遅くならないようにね」

そう言うと、彼女は向きを変え、黒い髪のマリアのあとについて部屋を出ていった。

まるで、わたしがいつも遅くまで起きているような言い方だわ！　ヘスターはむっとしながら、蝋燭を手に持って図書室に向かった。公爵夫人に読書の喜びが理解できるはずがない。ヘスターは夫人が本や新聞を読んでいるのはもちろん、手に取るのでさえ見たことがなかった。

廊下の突き当たりには、壁が濃い色の羽目板張りの図書室があった。公爵夫人が決して足を踏み入れない領域で、ヘスターはひとりになりたくなると、そこへ行った。静かで、だれもいない教会のような厳かな雰囲気があったが、ヘスターがなによりも気に入っているのは、長いあいだ放置されたさびれた雰囲気だった。

バロービー・ホールはとてつもなく大きな建物だった。数世代にわたる建築家が、それぞれ先人を凌駕《りようが》しようとしのぎを削り、フィッツウォルター家の財産を惜しみなく注《つ》ぎ込んだ結果、ここまで大きくなってしまった。さいわい、フィッツウォルター家は広大な地所を所有していて、優れた投機家であると同時に、絵画や彫刻といった美術品の収集家でもあった公爵が何人かいたおかげで、一族が破産の憂き目にあう恐れはなかった。

中央の威風堂々たる玄関前には広々とした前庭が広がり、玄関ホールの、距離にして一キロ以上はあるのではないかと思える長い回廊には、ヨーロッパで購入した絵画や彫像の数々が飾られていた。一階の主要な部屋の天井画は、巨匠と呼ばれる芸術家の手によるもので、暖炉の炉床でさえ、芸術作品の域に達していた。大きな食堂には、優に百人は座れるほどの巨大な大理石のテーブルが置かれていた。寝室は五十室以上あり、屋根裏部屋で寝起きしている召使いの数たるや、ちょっとした軍隊並みだった。

屋敷にはほかにも、大小ふたつの客間と図書室、公爵の書斎があり、喫煙室に至ってはふた部屋もあった。ビリヤード室、チューダー様式の玄関ホール、使用人部屋、厨房《ちゅうぼう》はあいにく、食堂から遠く離れていた。外には幾何学的に設計された庭園と大きな生け垣があり、馬車置き場に厩《うまや》、公爵の猟犬が飼われている犬舎まであった。

住み心地がいいとは言えないが、それを補ってあまりある魅力があった。それは必ずしも建物のすばらしさだけではなかった。ここなら、美人の姉や妹とくらべられることもないし、自分は病弱だと思い込んでいる神経質な母の世話に追われることもない。母はヘスターの手を借りなければなにもできず、また、それを当然のことのように思っていた。公爵夫人も同じように神経質で、体の不調を訴えることがあるが、母ほど頻繁ではないし、母よりは彼女に感謝してくれているように思えた。

それに加えて、黒の公爵の存在がここでの生活を刺激的なものに変えてくれた。

ヘスターは図書室に入った。置き忘れた本を見つけて、裏階段に向かう。そこは彼女の部屋へのいちばんの近道だった。階段を上っていくと、召使いたちが厨房でおしゃべりをしたり笑い合ったりしながら、一日の仕事を終えようとしている音が聞こえてきた。

階段を上りきったとき、ヘスターは廊下で立ち止まり、自分が今立っている場所と自分の部屋のあいだにある寝室のドアがかすかに開いているのに気づいた。いつもはきっちり閉まっているはずなのに。あそこが公爵の部屋なのだろう。通り過ぎるしかない。

そう思うと、ヘスターの胸は興奮と恐怖が入りまじった奇妙な気持ちでいっぱいになった。どうかしているわ。公爵が部屋から飛び出してきて、わたしをつかんでなかに引きずり込むとでも思っているの？　怪奇《ゴシック》小説でもあるまいし。ヘスターは笑いをこらえた。このわたしがヒロインになれるはずがないじゃないの！　だいいち、公爵は脚を怪我していて、こそこそ歩きまわることはできないわ。

ヘスターは気を取り直して廊下を歩いていった。それでも、わずかに開いたドアの前を通るとき、歩く速度が遅くなった。すると低いうめき声が聞こえた。思わず足を止め、近くにだれもいなかったので、そっとなかに入っていった。

部屋はカーテンに月明かりをさえぎられて真っ暗だった。ヘスターは手に持った蝋燭を高く掲げ、大きな部屋を照らした。広々とした部屋と、すばらしい家具が浮かび上がる。

天蓋《てんがい》つきのベッドはカーテンが開けられ、その上で公爵がドアのほうに顔を向けて眠っていた。今の彼はまったく恐れるに足りなかった。ヘスターはついさっき想像したことを思い出してほほえんだ。今の彼は、今朝会った冷ややかな男性とも、とかく噂のある、醜聞にまみれた放蕩《ほうとう》者とも違っていた。髪が乱れ、こうして目を閉じている表情は、いたずら好きな少年のように見えた。とはいえ、唇は官能的で、子供っぽいところは少しもない。

ヘスターが見ていると、公爵は寝返りを打って仰向けになり、たくましい片方の腕で顔を覆った。腕はむき出しだった。寝具の下は全裸なのかもしれない！　ヘスターは突然気づいてあとずさり、部屋を出ようとした。

公爵が再びうめいた。

彼は助けを必要としているのかもしれない。だれかを呼びに行ったほうがいいだろうか？　でも、そうしたら、なぜ公爵の部屋にいたのか説明しなければならなくなる。ヘスターは階下の使用人部屋で公爵の従者の声がしていたのを思い出した。呼び鈴を鳴らして、従者が来る前に部屋を出ていくこともできる。従者は公爵が呼んだと思うだろう。

ヘスターはそうするのがいちばんだと思い、部屋の奥に進んでいった。呼び鈴の紐《ひも》はベッドの頭板の近くにぶら下がっていた。

だれかが部屋の前を通りかかったらどうしよう？　蝋燭の明かりに気づかれてしまう。

ヘスターは蝋燭の火を吹き消した。部屋は再び真っ暗になった。目が暗闇《くらやみ》に慣れるのを待つ。公爵の姿と呼び鈴の紐がしだいに見えてきた。

ヘスターはゆっくりとベッドに近づいていって、紐に手を伸ばし、一瞬躊躇《ちゆうちよ》して、眠っている公爵を見下ろした。

公爵は今度はヘスターのほうに寝返りを打ち、そのとき、たくましい肩があらわになった。

ヘスターははっと息をのみ、呼び鈴の紐を引っ張って、大急ぎで静かに部屋から出ていった。

ヘスターがいなくなると、エイドリアン・フィッツウォルターは目を開けてほほえんだ。

翌朝エイドリアンは、継母の心のように冷たく硬い庭の石のベンチに腰を下ろして、左脚を伸ばした。脚がひどく痛み、大した怪我ではないというメイプルトン医師の言葉を信じてはいたものの、いったいいつになったら回復してここから出ていけるのかといぶかった。それが無理なら、せめて馬に乗れるようになりたい。

それでも、しばらく見ていない庭をのんびり眺め、秋にしては季節はずれの暖かい日差しを浴びるのも悪くなかった。

エイドリアンは花壇や小道や生け垣にゆっくり視線を走らせた。継母はここで忙しくしていた。いや、命令を出すのに忙しくしていた。亡き母の庭は跡形もなくなってしまった。すべて幾何学的なデザインに造り替えられ、自然の美しさはまったく感じられない。これを見たら父はどう思っただろう。頭をよぎったその考えを、ばかばかしいと頭の隅に追いやった。父はどう感じたにせよ、なにも言わなかったにちがいない。父はつねに控えめで、決して自分の感情を表に出さなかった。

死の間際までは。

エイドリアンは継母が施した〝改良〟は気に入らなかったが、彼女は不死身ではない。彼女が亡くなったあと、じつの母が生きていたころのようにまた造り替えればいいだけの話だ。十歳のときに母が亡くなってから、彼の人生は大きく変わってしまった。

思い出の残るバロービーに戻ってきたのは間違いだったかもしれない。人の噂など気にせず、せめてクリスマスまではロンドンに残るべきだったかもしれない。

エイドリアンは薔薇《ばら》の香りに意識を集中させて、涙に濡《ぬ》れたエリザベス・ハウエルの顔や、生後間もなく死んだ男の赤ん坊のことは思い出さないようにした。赤ん坊は狭く薄汚いベッドの横に置かれた木の揺りかごに寝かされていた。

エイドリアンは体を前に傾け、そうすれば記憶を消し去ることができるかのように、両のこめかみをさすった。彼はできるかぎりのことをした。だが、彼女の傷ついた評判や、失われた幸せや子供を取り戻すことはできないとわかっていた。

「公爵夫人！　さぞかしお心を痛めていらっしゃることでしょうね！」

エイドリアンは急に客間のほうに頭を向けたので、首に鋭い痛みが走った。

地元の教会の牧師、リットン・スミーチの声だった。彼は数年前に公爵夫人のはからいで聖職禄《ろく》を与えられ、いまだに彼女に恩義を感じて媚《こ》びへつらっている。

もうひとり、牧師に挨拶《あいさつ》する女性の声が聞こえてきた。ヘスター・ピムブレットだ。

エイドリアンの顔にめったに見られないほほえみが浮かんだ。ヘスターは驚くべき女性だ。内気で慎《つつ》ましく、いかにも従順そうに見えるが、それはあくまでも外見上の話だ。相当な度胸がなければ、継母の命令を無視できないし、好色な放蕩者と評判の公爵の寝室に入ってきたりはしないだろう。いくら、彼が眠っていると思っていたとしても。

いや、必ずしも度胸は必要ないかもしれない。単なる好奇心にすぎなかったのかもしれない。あるいは、控えめな外見の下に、情熱的な女性がひそんでいるのだろうか？

エイドリアンはゆっくりと立ち上がった。そういう女には前にも会ったことがある。慎み深い娘を装って、放蕩者の関心を引くのだ。ふたりきりになったら、しなやかなその体を彼に押しつけて、お行儀よくふるまうのはやめましょうと言うだろう。猫かぶりの常套《じょうとう》手段だ。彼は猫かぶりの女もよく知っていた。

もうひとり若い男の声が聞こえた。今日訪ねてくる客がいるとは知らなかった。わたしが継母《はは》と敵対関係にあることを考えれば驚くには当たらないが。それにしても、いったいだれだろう？

どうせ、スミーチのようないけ好かない人物にちがいない。あるいは、物静かなレディ・ヘスターに関心を寄せている紳士かもしれない。これは面白いことになってきたぞ。ちょっと様子を見てこよう。いい気晴らしになる。

エイドリアンはにやりとして、足を引きずりながら屋敷に戻っていった。

3

「さぞかしご心痛のこととお察しします」スミーチ牧師はいかにも同情しているように言った。

「わたしがどれだけ心を痛めているかはだれにもわからないわ」公爵夫人は哀れを誘うように言った。「ヘスター」脇《わき》を向いて小声で命じる。「扇を取ってちょうだい！」

夫人の座っているソファの右側の、少し後ろの小さな椅子に座っていたヘスターは、前に手を伸ばして扇を取った。スミーチ牧師が窓のところに歩いていくと、ヘスターは牧師とともに訪ねてきた牧師補のハミッシュ・マッケンナにほほえみかけた。彼は見るからに居心地が悪そうだった。豪華な屋敷に圧倒されているのか、健康そのものに見える公爵夫人が病気だと訴えるのにどう反応したらいいのかわからずとまどっているのか、ヘスターにはわからなかった。それでも、彼は夫人の嘆きに短くほほえんで応じた。

「わたしの気持ちはだれにもわからないわ」公爵夫人は再び嘆いた。「また世間を騒がせるようなことをして！　フィッツウォルターの名にどれだけ泥を塗れば気がすむのかしら。弟がどれだけ肩身の狭い思いをしているかまるでわかっていないんだわ。母親のわたしはいったいどうすればいいの？」

「公爵とお話しになったらいかがですか？」マッケンナ牧師補はスコットランド訛《なまり》のある英語でさりげなく言った。

公爵夫人は驚いたような顔をし、スミーチ牧師は批判的な目で牧師補を見た。

「あくまでもわたし個人の意見です」牧師補はなす

術《すべ》もなく言った。

「公爵夫人に対して失礼です」スミーチ牧師は言った。「奥さまは公爵と話をするのも汚らわしいとお考えなのです。奥さまがわざわざそのようなことをなさる必要はありません」

ヘスターはマッケンナに同情せずにはいられなかった。スミーチのような牧師の下で働くのは容易なことではないだろう。スミーチは裕福な教区民に取り入ることしか考えておらず、ほとんどの仕事を牧師補の彼に押しつけていた。

「だれかわたしの噂《うわさ》をしていませんでしたか?」

バロービー公爵は部屋に入ってきながらたずねた。

マッケンナ牧師補は立ち上がり、公爵夫人は眉をひそめ、スミーチ牧師は笑顔でお辞儀をした。「公爵、お見えになるとは思わなかったものですから」

「そのようですね」公爵はそう言ってソファに近づき、継母の隣に腰を下ろした。「またお会いしましたね、スミーチ牧師」

公爵がまるで伝染病にでもかかっているみたいに、公爵夫人が少しずつ彼から離れていくのにヘスターは気づいた。

公爵はよく眠れたのか、すっきりした顔をしていた。脚の怪我《けが》に悩まされることはなかったようだ。髪は昨夜とは違ってきれいに整えられ、服装には一分の隙《すき》もなく、ヘスターの存在にはまるで気づいていないようだった。

それは別に驚くことでもなければ、悲しむことでもない。ヘスターはそう思った。

「公爵、牧師補のハミッシュ・マッケンナを紹介させていただきます」スミーチが卑屈なまでに深くお辞儀をして言うと、ヘスターは笑いをこらえなければならなかった。スミーチ牧師は公爵夫人はもちろん、公爵の機嫌も損ねたくないようだ。「母君にも……その……お怪我のことをうかがっていたんです」

「母には詳しいことはなにも話していないので、ほとんど会話にならなかったでしょう。どうぞ座ってください、スミーチ牧師。マッケンナ牧師補、あなたも」

スミーチ牧師は公爵のぶしつけな言葉に赤くなり、ハミッシュ・マッケンナは赤毛の髪の付け根からそばかすの散らばった顔まで真っ赤になっていた。牧師補が向かいの椅子に座ると、ヘスターは優しくほほえみかけた。公爵の圧倒的な存在感はその場の空気を緊張させるのにじゅうぶんだった。ヘスターは公爵が彼女をちらりと見たときに、それを実感させられた。公爵にちらりと見られただけで、まるで宮殿にでも展示されたような気分になった。

エイドリアンは、飾り気もなにもない地味な青いドレスを着てメイドのように静かに継母の隣に座っているレディ・ヘスターから、真っ赤になっている若い牧師補に視線を移した。近ごろではこんな子供にまで聖職位を授けるのだろうか？ 彼は聖職に就くには若すぎるのではないかとエイドリアンは思ったが、それもマッケンナ牧師補がヘスターにほほえみかけるまでだった。彼はそれほど子供ではない。彼女も本当に物静かでおとなしい女性かどうか怪しいものだ。「よくおやすみになれましたか、レディ・ヘスター？」エイドリアンはたずねた。

「おかげさまで」ヘスターは落ち着いて答えた。

「公爵さまは？」

「もちろん」エイドリアンは少し面食らって答えた。昨夜彼女がわたしの寝室に入ってきたと思ったのだが、あれは幻想だったのか？ 夢でも見ていたのだろうか？ あるいはわたしが自分で呼び鈴の紐《ひも》を引っ張ってジェームズを呼び、寝酒を持ってこさせたのだろうか？

気まずい沈黙が数分間つづいたが、エイドリアンはその場の空気をなごませるようなことはいっさいなにもしなかった。継母が自分の悪口を言っていたのは先刻承知だった。自分がここにいることで彼女を黙らせることができるなら、ひと言も口をきかずに一日じゅうでもこうして座っていよう。レディ・ヘスターを含めたほかの三人が気まずい思いをしようが、そんなことはどうでもいい。

そうしているうちに、レディ・ヘスターがスミーチ牧師に話しかけた。「今年は豊作だったそうですね」

「そうなんですよ。大豊作でした」

スミーチ牧師はバロービーの村で栽培されている農作物と飼育されている家畜について話し出した。低く朗々とした自分の声にうっとりして、だれに促されるでもなく延々と話しつづけている。エイドリアンはなにかがおかしいのに気づいた。さえない若い娘が会話の主導権を握っているのも、秘密を共有しているかのように恥ずかしそうにマッケンナを見るのも、あってはならないことだった。

このバロービー公爵の前では。

「十分の一税はすでに徴収したんですね？」エイドリアンはぶしつけにきいた。

スミーチはあごの下のだぶついた贅肉《ぜいにく》を揺すって、もったいぶって咳払《せきばら》いをした。「もちろんです」

「あなたがそれを怠るはずはないと思っていました」公爵は冷ややかに言った。

レディ・ヘスターがかすかに眉をひそめ、ふっくらした唇の端を下げている。わたしの発言が気に入らないのだろう。だが、それがどうだというのだ。きっと、わたしに関してよくない話を吹き込まれているにちがいない。わたしがスミーチのようなもったいぶった偽善者に敬意を払わないこと以上に悪いことをしていると。

公爵夫人の話し相手《コンパニオン》は優雅に立ち上がって、夫人と向かい合った。「このつぎにお見えになったら、お庭にご案内しますとマッケンナ牧師補にお約束していたんです。今日はお天気もいいですし、お許しがいただければご案内してさしあげたいのですが」

ハミッシュ・マッケンナはぎこちなく立ち上がり、顔を真っ赤にして言った。「喜んで」

〝そうだろうとも〟エイドリアンは内心思った。「レディ・ヘスターはわたしと一緒の部屋にはいたくないようだ……今日は特に」

やはりそうだ！ エイドリアンはレディ・ヘスターの大きな青い瞳に怒りの炎が燃え上がるのを見て思った。彼女はわたしがなにを言おうとしているのかわかっている。昨夜彼女がわたしの部屋に入ってきたのは、やはり幻想ではなかったのだ。

「あなたがそんなに失礼では無理もないでしょう」公爵夫人は言った。

「わたしを傷つけるようなことをおっしゃらないでください」エイドリアンは母親の言葉に深く傷ついたかのように胸に手を当てた。同時に、レディ・ヘスターにはもっと礼儀正しくしようと心に決めた。

「どうぞおふたりで行ってください」本当は一緒について行きたかった。だが、足を引きずって歩いて、哀れみの言葉をかけられるのはまっぴらだ。

ジェンキンズが戸口に現れ、リューマチを患った背中が許すかぎり深々とお辞儀をした。「サー・ダグラス・サッククローズ＝アンド＝アッシュズとお嬢さまがお見えになりました」

「サー・ダグラス・サックヴィル＝クーパーとお嬢さんのダマリスと言おうとしたのよ」公爵夫人は混乱しているふたりの聖職者に説明した。「かわいそうに、ジェンキンズも耳が遠くなってきたのかしらね」

エイドリアンは笑いを隠そうともしなかった。遠くなってきたのかしらだって？ ジェンキンズはすでに十五年も前から耳が遠かった。

「お通しして」公爵夫人はぞんざいに言い、エイドリアンは一緒に庭を散歩すると言わなくてよかったと思った。これは面白くなりそうだ。

サー・ダグラスのことはよく覚えていた。地元の郷士で、教養はないが礼儀正しく、とてつもなく大きな野心を抱いていた。ダマリスには五年前に会ったきりだった。当時十二歳くらいで、とてもかわいらしい少女だった。

サー・ダグラスが部屋に入ってきた。彼は軍人のようにきびきびとした身のこなしで、五十歳とは思えないほど若々しい肉体を保っていた。田舎の暮らしが性に合うのだろう、見るからに健康そうだ。

「これはこれは公爵殿！」郷士はエイドリアンの手を取って、力強く握手をした。「公爵殿がお帰りになったと〈ジョージ亭〉のスマイスから聞きました」彼は公爵夫人と立ち上がっている牧師のほうを向いた。「こんにちは、公爵夫人。スミーチ牧師」そう言ってレディ・ヘスターにお辞儀をした。彼女は軽く膝を曲げてお辞儀を返した。マッケンナ牧師にはぞんざいにうなずいただけだった。

ダマリス・サックヴィル＝クーパーが部屋に入ってきた。彼女はもはや少女ではなかった。エイドリアンは彼女がたぐいまれな美女に成長したのに気づいた。黒髪にしゃれた帽子をかぶり、帽子についたベール越しに澄んだ灰色の瞳が見えた。彼女は慎《つつ》ましく目を伏せた。すると、黒いまつげがサテンのようになめらかな頬に扇形に広がった。最新流行の濃い緑色のベルベットの乗馬服に身を包み、立ち居ふるまいは優雅で気品さえ感じられた。

ダマリスがわたしと一緒にロンドンに現れたら、大変な騒ぎになるだろう。エイドリアンはそう思った。だが彼はしょっちゅう騒ぎを起こしていたので、その光景を頭に思い浮かべても、少しも興奮しなかった。レディ・ヘスターを伴っていくほうがはるかに刺激的だ。

　エイドリアンはひとりほほえんだ。今までとはまったく違った騒動が巻き起こるだろう。黒の公爵が地味でさえない女性を連れて公の場に現れる――これ以上のスキャンダルはない。

　エイドリアンはハミッシュ・マッケンナをちらりと見た。聖職者がこのような美女を前にしてどんな反応を示すのか、大いに興味をそそられた。

　マッケンナ牧師補はダマリスの美しさに完全に打ちのめされているようだった。

　レディ・ヘスターは？　彼女は美しい訪問客の登場を歓迎しないのではないだろうか？

　レディ・ヘスターはダマリスに温かくほほえみかけた。妬《ねた》みやひがみといった感情はまったく見られない。ダマリスのような美しい女性に嫉妬《しっと》しないとは、本当にめずらしい女性だ。

　立ち上がってダマリスに挨拶《あいさつ》をするとき、エイドリアンは彼女を見つめながら、単なる好奇心以上のものを感じないのはなぜだろうと思った。年を取った証拠だろうか？　単に、美しい女性を見慣れてしまったからだろうか？　エイドリアンがダマリスの手を取ろうとして手を伸ばすと、彼女はおびえた馬のようにあとずさった。田舎で育った娘なのでしかたがないだろうと思い、エイドリアンは特別気にしなかった。

　父親が咳払いをすると、ダマリスはエイドリアンに手を噛《か》みちぎられるのを恐れているかのように、おずおずと手袋をした手を差し出した。

「ちょうど庭に出ようとしていたところなんです」レディ・ヘスターは優しく言った。「よろしければ、ミス・サックヴィル＝クーパーもご一緒しませんか？」

「お目にかかれて光栄です」ダマリスはエイドリア

ンのほうを見ずに答えた。

「それはすばらしい！」サー・ダグラスは言った。「じつにすばらしい！　公爵殿は植物についてお詳しいはずだ！」

「残念ですが、この脚ではここに残らざるをえません」エイドリアンは言った。継母とここにいたくはないが、この脚で庭を歩きまわるのは無理だ。彼らが庭に出ていったら、さっさと部屋に引き揚げよう。公爵夫人とスミーチにつき合うくらいなら、退屈するほうがずっとましだ。

　ダマリス・サックヴィル＝クーパーはエイドリアンの言葉に明らかにほっとしていた。ほかのふたりはエイドリアンが表情を見る前に出ていってしまった。ふたりの反応が特別気になったわけではないが。

「大したお怪我ではないとよろしいのですが」サー・ダグラスは心配そうにたずねた。

「大したことはありません」エイドリアンは軽い調子で答えた。「じっとしているようにという医師の言いつけを守っているだけです」

「あなたも一緒に行かれたら、サー・ダグラス？」公爵夫人はそれとなくほのめかすようなことはしなかった。「スミーチ牧師、あなたも。サー・ダグラスに、あなたの勧めで薔薇《ばら》園のそばに植えた新しい植物について話してあげてちょうだい。わたしはあなた方が戻ってくるのをここで待っているわ。みなさん、お茶の時間までいらっしゃるでしょう？」

「奥さまもご一緒しませんか？」スミーチ牧師はたずねた。

「こんな暑い最中《さなか》に庭を歩くのは、心臓が耐えられないわ」

　庭園めぐりの一行は部屋を出ていった。レディ・ヘスターを先頭に、そのあとに、マッケンナ牧師補とミス・サックヴィル＝クーパーがつづき、少し遅れてスミーチ牧師とサー・ダグラスがしぶしぶあとについていくのが見えた。

一行はすぐに見えなくなり、声も聞こえなくなった。エイドリアンが立ち上がって部屋を出ようとすると、公爵夫人が彼のほうを向いた。「あの男がなにを企《たくら》んでいるかわかっているんでしょうね？」

「どの男のことです？」

「サー・ダグラスに決まっているじゃないの」

エイドリアンは思わせぶりに片方の眉を上げた。

「わかりませんが、そのことをわたしに話すつもりですか？」

「わたしをそんな目で見ないでちょうだい、エイドリアン。わたしはあなたのためを思って言ってあげているのよ」

「それなら、聞きましょう」エイドリアンは継母の言う〝あなたのため〟とはいったいどういうことなのだろうと思いながら耳を傾けた。

公爵夫人は顔をしかめた。「彼はあなたに下心を抱いているわ」

「男のわたしに？」エイドリアンはなにげなくたずねた。

公爵夫人は息をのんで、真っ赤になった。「違うに決まっているでしょう！　まったくいやな人ね！　彼は娘をあなたと結婚させたがっているのよ」

「なるほど、そういうことですか」

「娘が彼の餌《えさ》よ」

「そして、わたしが獲物ですか？」

「あなたの爵位よ」公爵夫人は答え、あざ笑うように言った。「娘をつぎの公爵夫人にしたいのよ。あの小娘を！」

「とても美しいお嬢さんではありませんか」エイドリアンは言った。

「ろくな親戚《しんせき》もいないのよ。わたしはこの土地がサー・ダグラス・サックヴィル＝クーパーの娘の手に渡るのを見るつもりはありませんから」

「わたしが結婚する気になるころには母上は亡くなられているでしょうから、心配なさる必要はありませんよ」エイドリアンはそう言って、立ち上がろうとした。

「真剣に取り合わないと大変な目にあいますよ。サー・ダグラスはあなたを陥れようとあらゆる場所に罠《わな》を仕掛けるでしょう。あなたは評判が評判だし、さっき軽々しくも言ったように、彼女はとても美人だわ。彼女には近づかないようにしなさい！　身勝手な快楽を追求するのは許しませんよ！」

今度はエイドリアンが顔をしかめる番だった。もちろん、そうしないようにしたが。この世でだれが身勝手な人間かと言えば、継母とその息子以外にはだれも思いつかなかった。「ダマリス・サックヴィル＝クーパーの処女を奪ってはいけないということですね？」彼はたずね、継母をじっと見つめた。

「わたしの前でそのような言い方をするのはおよし
なさい」

「母上はわたしにそうおっしゃりたいのではありませんか？　サー・ダグラスは娘をわたしと結婚させるためなら手段を選ばない。娘にわたしの気を引かせるつもりだと」

「あなたがあくまでもそのような言葉を使うことにこだわるなら、そうよ」

「母上はほかのことに気を取られていてお気づきにならなかったのでしょうが、問題のお嬢さんはわたしを好意的な目では見ていませんでした」

「わたしはごまかされませんよ、エイドリアン。あなたがその気になれば、道ばたに転がっている石ころでさえ誘惑できるのはわかっているんですからね。なにしろ、あなたは経験豊富ですもの」

エイドリアンはおどけたようにお辞儀をした。

「お世辞でもうれしいです。母上に褒めていただいたのはこれが初めてですからね」

「とにかくダマリス・サックヴィル＝クーパーには近づいてはいけません！」

「でも、わたしの浅ましい欲望をどうやって解消すればいいのでしょう？　母上はわたしのあらゆる決定に影響をおよぼすおつもりのようですが」彼は表面的には落ち着いてたずねた。「まさか、修道士のような禁欲生活を強いるおつもりではないでしょうね？」

「家名に傷をつけないかぎりは、なにをしてもけっこうよ」

彼女が言っている名誉が、自分自身と最愛の息子のエリオットの名誉であることをエイドリアンはよく知っていた。「召使いに手を出す趣味はありません」エイドリアンは答え、継母がどこまでこの話題を真剣に考えているのだろうと思った。「レディ・ヘスターなら？」

「ピムブレット卿《きょう》のお嬢さんを堕落させることを考えるなんて、あなたは本当にならず者ね」公爵夫人は言った。そのあと、彼女は冷ややかにほほえんだ。「できるものなら試してごらんなさい。たとえあなたでも彼女を誘惑することはできないわ」

「そうですか？　道ばたに転がっている石を誘惑できるなら、彼女も誘惑できるはずです」

公爵夫人は扇で顔をあおいだ。「彼女はそこらへんの浮ついた愚かな娘とは違うわ。お行儀がよくて、物静かで、未来の夫のために純潔を守っている淑女なのよ」

「つまり、このバロービー・ホールで未来の夫探しをしているということですか？」

「ふざけないでちょうだい」

「彼女はマッケンナ牧師補とかなり親しいようですが」エイドリアンは言った。

「ばかなことを言わないで」公爵夫人はぴしゃりと言った。「レディ・ヘスターは田舎の牧師補と結婚するような分別のないお嬢さんではありません。たとえ彼が裕福な家の出だとしても、しょせんは商売で築いたお金ですもの」

「それでしたら、彼は完全に候補からはずれますね。サー・ダグラス・サックヴィル＝クーパーはどうです？　彼は妻を亡くしてからしばらくたっているでしょう」

「エドガー・ピムブレット卿のお嬢さんとあの男が？」

「彼女にはいい縁組みだと思いますよ」

継母は敬意にも似た表情でエイドリアンを見た。

「悪くないかもしれないわ、エイドリアン。彼女はもう若いとは言えないし、それほど器量もよくない。喜んで彼と結婚するかもしれないわね」

エイドリアンはしまったと思った。継母がこの案に賛成したら、厄介なことになる。なぜかわからないが、ヘスター・ピムブレットとサー・ダグラスの組み合わせは滑稽《こっけい》に感じられた。この話はもう終わりにしよう。継母《はは》につき合うのもこれが限界だ。

「失礼して、部屋に下がらせていただきます。このくそいまいましい脚が痛むので」彼はお辞儀をして、ドアに向かった。

「わたしの前でそういう悪い言葉を使うのはおやめなさい、エイドリアン」公爵夫人はきびしい口調で言った。「それから、わたしは下がっていいとは言っていませんよ」

しかし、公爵はすでに部屋を出ていったあとだった。

4

ヘスターはハーメルンの笛吹きになったような気分で、マッケンナ牧師補にダマリス、さらにはサー・ダグラスとスミーチ牧師を引き連れて薔薇《ばら》園に向かう小道を歩いていった。マッケンナ牧師補はすぐにヘスターに追いついて歩調を合わせ、ダマリスもふたりに加わって、ヘスターのもう片方の側を歩いた。

「なんて不道徳な人なのかしら！」ダマリスは小声でささやくと、まるで黒の公爵が後ろから追いかけてくるのを心配しているかのように肩越しに振り向いた。「パパは、公爵は若くて元気がありあまっているだけだと言うけれど……。元気がありあまっているですって！　世間で言われている噂《うわさ》はみんな本当だったのね」

エイドリアン・フィッツウォルターに悪魔的な資質があるのは確かだ。ヘスターはついさっき彼に言われたことを思い出した。わたしが彼の寝室に入っていったとき、彼は起きていたにちがいない。恥ずかしさのあまり、顔から火が出そうになった。それでも、彼が公爵夫人や、サー・ダグラス以外のすべての人が信じているような邪悪な人間なら、あのまま眠ったふりをしつづけなかったのではないだろうか？　ベッドから跳び起きて、わたしにキスをするとか、なにかよからぬことをしたはずだ。

なにかを企《たくら》んでいるような、秘密めいた笑みを浮かべながら豊かな唇をわたしの唇に重ねて、ゆっくり、誘惑するようなキスをしただろう。筋肉質で硬く引き締まった体をわたしに押しつけ、力強くも荒々しい情熱を込めて抱き締め、わたしを抱き上げてベッドに運んでいたかもしれない。

「歩くのが速すぎるかしら、レディ・ヘスター？」ダマリスがたずねた。「息を切らしているようだから」

「いいえ、だいじょうぶよ」ヘスターは答え、なんとか心を落ち着かせようとした。自分がこんなみだらな想像をするとは信じられなかった。

「わたしたちは寛容になるべきでしょう」マッケンナ牧師補は控えめに言ったが、その口調から、それが容易ではないと思っていることがうかがえた。ヘスターは牧師補が美しいダマリスを横目でちらりと見て、ため息をもらすのをはっきりと聞いた。

「彼はとてもハンサムだわ」ヘスターは言った。

「ハンサムはハンサムでも、彼には邪悪なものを感じるわ」ダマリスは言った。「これは確かな筋から聞いた話だけれど、彼の不品行なふるまいはロンドンにとどまらないそうよ。肉屋の娘がわたしのメイドに話していたの。以前に彼がここを訪ねてきたとき、彼がスタンフォード通りにある家から出てくるのを見たんですって」

ヘスターはダマリスの軽蔑《けいべつ》したような口調から、彼女がどの家のことを言っているのかがわかった。このバロービーにさえ売春宿はあるのだ。「公爵に間違いないの？」ヘスターはたずねた。公爵のような男性が女性の愛情をお金で買う必要があるとは思えなかった。

「そうね」ダマリスは言葉を濁した。「後ろ姿しか見なかったと言っていたわ。でも、あれほど背が高くて身なりのいい男性は公爵以外にいないし、おやすみと言う声を聞いて、本人に間違いないと思ったそうよ」

ヘスターは答えなかった。マッケンナ牧師補は地面を見つめているだけだった。

「彼はどうして戻ってきたのかしら？」ダマリスは

言った。「彼と公爵夫人は犬猿の仲なのに」

「彼は怪我《けが》をしたのよ」

「どうして？」

「決闘をしたと聞いたわ」ヘスターは言った。

「まあ、なんて恐ろしい！」ダマリスは目を見開いて言った。「公爵夫人が彼を嫌うのも無理はないわ！　パパは――」彼女は口をつぐんで赤くなり、そのあとつづけた。「決闘は不法行為よ！」

「公爵がしたと言われていることの多くは不法行為だわ」ヘスターは言った。

「あなたはここに残るつもりなの？」

ヘスターはきょとんとしてダマリスを見た。「どうしてそんなことをきくの？」

「どうしてって、彼の評判を聞いたでしょう！」ダマリスは言った。「彼のまわりにいて安全な女性はいないわ！」

ヘスターは再び歩き出した。「きれいな女性は、でしょう」彼女はダマリスがわかってくれることを期待して言った。「彼はわたしを誘惑しようとは思わないわ」

「それでも、公爵夫人から公爵に出ていってもらうようにおっしゃったほうがいいでしょう」マッケンナ牧師補がいつになく強い口調で言った。

ハミッシュ・マッケンナの助言に公爵夫人がどんな反応を示すか容易に想像できた。彼が聖職者であろうとなかろうと、そんなことは関係ない。ヘスターは言った。「彼はすぐに退屈してロンドンに戻るでしょうから、これ以上ふたりのあいだに波風を立てることはないわ」

「でも――」マッケンナ牧師補が言いかけた。

「もうこの話はよしましょう！」ダマリスがかわいらしく唇をとがらせて言った。

マッケンナ牧師補は黙り込んだ。

若い三人は道を曲がって薔薇園に入っていった。

年かさのふたりは少し遅れてあとをついてきた。もれてくる会話の断片から、ヘスターはふたりが公爵の財政状況について話しているのに気づいた。

サー・ダグラスは愛娘《まなむすめ》をどれだけ危険に近づかせているか気づかないのだろうか？　公爵がダマリスを誘惑の対象ではなく、結婚相手としてだけ見ると考えているのなら、彼も相当におめでたいと言わざるをえない。でも、彼がスミーチ牧師と公爵の地所のことを話しているのを聞くかぎりでは、勲爵士の彼が、バロービー公爵と娘の結婚で自動的に得られる爵位と財産のことしか考えていないのは明らかだった。公爵にまつわるさまざまな醜聞や悪評はまったく気にならないようだ。

ダマリスは公爵を心底嫌っているようだが、ヘスターはエイドリアン・フィッツウォルターがその気になれば、どんなに貞淑な女性でも誘惑することができるのを知っていた。彼が美しいダマリスをただ黙って見ているとは思えなかった。それに、彼のハンサムな容姿とすらりと引き締まった筋肉質の体は、女性がほかの多くの欠点に目をつぶってしまうほどじゅうぶんな魅力があった。

ダマリスにとって、あるいはマッケンナ牧師補にとってよくない前兆だ。若い牧師補が再び美しいダマリスに目をやるのを見て、ヘスターは思った。彼がダマリスに魅了され、公爵の存在に危機感を覚えているのは明らかだった。

かわいそうに！　たとえ、娘をつぎのバロービー公爵夫人にするというサー・ダグラスの計画がうまくいかなかったとしても、牧師補の恋心が実を結ぶ可能性はないだろう。サー・ダグラスは公爵と同じくらい条件のいい相手をまた探すだけだ。

ヘスターはため息を抑えた。彼女の両親は彼女に対してそこまでの野心は抱いていなかった。姉のヘレナが裕福な工場経営者の息子に嫁ぎ、ヘンリエッタが富裕な貴族をパトロンに持つ聖職者と結婚すると、親としての責任は果たしたと思っているようだった。しょせん、わたしは美人ではないし、なんの取り柄もない。両親の態度がそれを示していた。

いつものことだが、そう思うと胸が痛んだ。機会さえ与えられたら、わたしは両親のお荷物にならずにすんだのに。もっと教育を受けることができたら、少なくとも学問に慰めを見出《みいだ》すことができたかもしれない。それができなかったばかりに、今は、最愛の息子のエリオット以外のありとあらゆることについて文句ばかり言っている気むずかしい夫人の話し相手《コンパニオン》をしている。

同じ兄弟でありながら、ひとりが模範的な青年で、もうひとりが悪魔の化身だということがありうるだろうか？

エイドリアン・フィッツウォルターが悪魔だとしても、彼は鋭い人だと言わざるをえない。スミーチ牧師にヘスターと同じような印象を持った人は、彼以外にはひとりもいなかった。ヘスターは初めて会ったときからスミーチ牧師が嫌いだった。牧師は哀れむような目で彼女を見た。公爵夫人の前であれほど公爵に媚《こ》びへつらっておきながら、公爵夫人と一緒になって公爵を激しく非難するのも聞いた。それでも、スミーチ牧師に対する公爵の態度はあまりに失礼だ。牧師は、仮にも英国国教会を代表しているのだ。

公爵が聖職者に敵意を抱くのはそれほど驚くことではないのかもしれない。公爵が噂されているような罪を日常的に犯しているのなら。

「いい香りだわ」ダマリスはそう言って、ヘスターに薔薇を差し出し、彼女の物思いを打ち破った。

「そうお思いになりません、マッケンナ牧師補？」

「じつに美しい」ダマリスがもう一輪の花に顔を近づけると、若い牧師補はそうつぶやいて頬を染めた。

ダマリスもかすかに頬を染め、それが身を乗り出して薔薇に顔を近づけたからなのか、牧師の言葉が花にだけ向けられたものではないことに彼女も気づいたからなのか、ヘスターにはわからなかった。

ヘスターはダマリスがハミッシュ・マッケンナと恋に落ちることを願った。ダマリスは夫に尽くすよい妻になるだろう。父親の野心の犠牲になるのはあまりにかわいそうだ。

黒の公爵の魔の手からも若い彼女を守りたかった。それがヘスターの偽らざる本心だった。

エイドリアンはつぎの数日間部屋にこもって過ごした。部屋にいれば、継母《はは》に我慢する必要はないし、毎日のように屋敷に訪ねてくるサー・ダグラスとその娘と礼儀正しい会話をしなくてすむ。そしてなによりも、彼の気分を害さないようにしながら、彼の生き方がいかに間違っているかを説こうとするスミーチの話を聞かずにすむ。

レディ・ヘスターにはまったく会っていなかったが、おそらく継母の相手をして過ごしているのだろう。継母のさまざまな病状は、義理の放蕩《ほうとう》息子の帰還によってますます悪化したようだから。

エイドリアンが自らに課した監禁状態で後悔することがあるとすれば、それは興味深いレディ・ヘスターを観察する機会を逸してしまったことだった。

彼女はダマリス・サックヴィル＝クーパーの美しさを少しも妬《ねた》んでいないように見えた。彼女自身にも美しい姉妹がいるせいかもしれない。おそらく、彼女はどんな集まりでも壁の花でいることに慣れてしまったのだろう。それにしても、彼女が若い牧師補の反応を見ても、ダマリスにまったく嫉妬《しっと》しなかったのには驚かされた。エイドリアンは観察眼には自信があったから、マッケンナ牧師補はミス・サックヴィル＝クーパーにひと目惚《ぼ》れしたと確信していた。

レディ・ヘスターはそれに気づいているのだろうか？　あるいは、気づいていても、まったく気にしていないのだろうか？

サー・ダグラスが娘のことで壮大な計画を立てているのは明らかだった。しょせんむだなことだとは知りもせずに。エイドリアンはしばらくは結婚するつもりはなかった。今でさえ多くの責任を背負わされているのだ。このうえ、妻子を持って責任を増やしたくない。

そうはいっても、エイドリアンは人恋しくてたまらなかった。さらに悪いことに雨が降り出し、部屋はひどく陰鬱《いんうつ》だった。天気が慰めをもたらしてくれることがあるとすれば、それはバローービー・ホールに歓迎されざる訪問客が来ないことだった。そこで、彼は図書室に行ってみることにした。図書室は継母が決して足を踏み入れない聖域だ。ジェンキンズが暖炉に火を入れてくれているかもしれない。執事は先代の公爵の図書室が白かびの餌食《えじき》になるのを恐れていた。暖かくて居心地がよく、なにか新しい本が見つかるかもしれない。

エイドリアンが期待していたとおり、図書室の暖炉には火が入り、羽目板張りの部屋を本がずらりと並べられた洞穴のように見せていた。本だけを友に、孤島に置き去りにされたロビンソン・クルーソーにでもなったような気分だった。エイドリアンにはそれはむしろ歓迎すべきことだった。彼はかつてこの居心地のよい部屋で多くの時間を過ごした。ここは父のお気に入りの部屋だった。母もこの部屋が好きだった。

部屋の穏やかな空気がエイドリアンを包み込む。人々が〝黒の公爵のお仲間の紳士たち〟と呼びたがる連中とクラブや劇場にいるよりも、どれだけいいか知れない。彼らは親友などではなく、ロンドンにいるときだけ暇つぶしにつき合う遊び仲間にすぎなかった。

エイドリアンは適当に本を選び、ミセス・ラドクリフのくだらない本を手にした。そして肘かけつきの安楽椅子に腰を下ろした。痛む足を暖炉の火格子にもたせかけ、『ユードルフォの怪奇』の貞淑なヒロインがどんな恐ろしい目にあうか読もうとした。

エイドリアンは暖炉の火の暖かさと、窓をぱらぱらと打つ雨音に眠気を誘われて、いつの間にか居眠りしてしまった。

そして、夢とも記憶ともつかないものに引き込まれていった。蒸し暑く汚れた薄暗い部屋でエリザベスを見つけた。陣痛に苦しむ彼女、激しく泣きじゃくる彼女の姿が見える。医者が到着するまでの時間が恐ろしく長く感じられた。ようやく医者が到着し、部屋に入るなり、もうだめだという顔をしたので、エイドリアンは医者の胸ぐらをつかんで、自分がだれか名乗った。

遅すぎた。エイドリアンが来るのも、医者が来るのも遅すぎた。

部屋にはほかにだれかがいた。女性だ。静かに、手際よく、死にかけた赤ん坊をそっとあやしながら布でくるんでいる。そのあと、かぎりなく優しく、忍耐強い態度でエリザベスのほうを向き、額の汗を拭《ぬぐ》うと、赦《ゆる》しと理解のこもった目でエイドリアンを見上げた。

女性はレディ・ヘスターだった。彼女のほほえみは彼の傷ついた心を癒《いや》してくれた。

「公爵さま！」

エイドリアンはすぐに目を覚ました。レディ・ヘスターが彼の肩をそっと揺すっていた。彼女の顔がすぐ目の前にあり、心配そうにこちらを見ている。エイドリアンはなにも考えずに両手で彼女の顔をはさんで自分のほうに引き寄せると、彼女の唇に唇を押し当て、貪《むさぼ》るようなキスをした。砂漠をさまよっていた男が、ようやくありついた水で喉の渇きを潤そうとするかのように。一瞬だが、彼女は彼に屈した。彼女の唇はやわらかく、従順だった。

エイドリアンは自分がどれだけ彼女を求めているかに気づき、その欲望の強さに愕然《がくぜん》とした。

だが、それも一瞬のことだった。レディ・ヘスターは身を引き、驚きと恐怖の入りまじった表情でエイドリアンを見つめ、彼によって汚された唇を手で拭った――彼の見ていた夢とはだいぶ違っていた。

なんてばかなことをしてしまったんだ！　エイドリアンは自分の愚かさを呪《のろ》った。彼女は美人でもなんでもないじゃないか！　あんな夢を見たせいで、彼女にキスをしてしまったのだ。「なんの用だ？」エイドリアンはつっけんどんに言って疲れたように椅子の背にもたれ、彼女に平手打ちを食らわされるか、激しく非難されるか、あるいは、彼女が泣き出して部屋から飛び出していくのを待った。

だが、彼女はそのどれもしなかった。代わりに、一歩あとずさり、じっとエイドリアンを見つめた。きらきら輝く大きな青い瞳に浮かんだ表情が驚きから困惑に変わった。「どうしてこんなことをなさったの？」彼女はそっとたずねた。

「いけないか？」

「紳士がすることではありません」

「わたしの評判を考えたら、驚くことではないだろう？」

「そうですね」彼女は静かに答えた。

なんて変わった女なんだ！　彼女と同じ年ごろの、同じ身分の女性は決してこんな反応は示さない。エイドリアンはそう思い、皮肉な笑みを浮かべた。

「母はわたしが紳士ではないと言うだろう」

レディ・ヘスターはゆっくりとうなずいたが、エイドリアンには彼女が彼の意見に納得しているようには見えなかった。ふたりが話している内容を考えると、彼女があまりに真剣にエイドリアンの言葉を考えているようなので、彼のほうが気まずくなった。

「スミーチ牧師に対する態度はひどく不作法だったと思います」

「彼は欲深い偽善者だ」

レディ・ヘスターは少しも驚いたようには見えなかった。「それは言い訳にはなりません。彼は教会を代表しているんですよ」

「それが彼の言い訳になっている」

彼女の意見が重要なはずはない。エイドリアンは何度も自分に言い聞かせたが、地味な灰色のドレスを着たお世辞にも美人とは言えない女性にじっと見つめられ、すっかり困惑してしまった。「そうは思いませんけれど」レディ・ヘスターは言った。「あなたの意見には賛成です。それでも、失礼な態度をとりながら、彼に変わることを期待するのは無理です。あなたが影響力を行使なさって、彼が欲深い偽善者になる機会がより少なくなるような地位に就かせるほうがよろしいかと思います」

「これはこれは」エイドリアンは言って、ゆっくりと立ち上がった。「きみはわたしの影響力を過信している」彼は暖炉に近づき、炉棚にもたれた。

「公爵というだけであなたには影響力があります」

「わたし自身の力ではなく?」

「お邪魔して申し訳ありませんでした。わたしはこれで失礼――」

「だめだ」驚くべきことに、エイドリアンは気まずい思いをしているにもかかわらず、レディ・ヘスターとのやりとりを楽しんでいた。敵意をむき出しにするか、媚びへつらう以外の態度で彼に接した人物がここ何年もいなかったからだろう。「ここでなにをしていたのだ?」

「本を探しに来たのです」

「だが代わりに、わたしを見つけた。なぜそっと出ていかなかった?」

「夢を……夢を見ていらしたようなので……」

「いい夢のようには見えなかったと?」

「ええ」

「確かにそうだ。起こしてくれたことに感謝して、きみにキスをしたのだ。魔が差した」

「あなたにはそのようなときが何度もおありになるようですね」彼女は淡々と言った。

エイドリアンはかすかに眉を寄せた。「母は? きみがそばにいないと、文句を言うんじゃないのか?」

「おやすみになっておられます。ですから、本を読もうと思ってここに来たのです。お邪魔して申し訳ありませんでした」

意外なことに、エイドリアンは彼女に行ってほしくないと思っている自分に気づいた。「逃げ出す必要はない。この三日間、だれとも会話らしい会話をしていないんだ。暖炉の前に座って、どうしてわたしの屋敷で暮らすようになったのか話してくれ」

ヘスターはためらった。彼女の心のなかでは、逃げ出したい気持ちと、ここにいたい気持ちがせめぎ合っていた。ここを立ち去るべきだとわかっていた。公爵にいきなりキスをされたあとなのでなおさらだ。女たらしだという世間の評判を裏づけるようなものではないか。

それでも、ヘスターが公爵の前でこうして落ち着いていられるのは、起こしたときの彼の顔を見たからだ。そのときの彼は、ハンサムで女たらしと評判の放蕩者の貴族ではなく、ひとりの傷つきやすい男性だった。目は苦しみに満ちていた。図書室に入ったときうめき声が聞こえて、思わず近づいていったのだ。

キスについて言えば、ヘスターは今まで生きてきて、あれほど驚きと刺激に満ちた経験をしたことはなかった。男性にキスをされたのは生まれて初めてだった。キスは想像していたとおりすばらしかった。天にも昇るような気持ちだった。女性の趣味がいいことで知られている黒の公爵が、好意のしるしを与えてくれたのだ。そのあとで、キスをしたのは〝魔が差した〟せいだと言われて現実に引き戻されても、喜びが損なわれることはなかった。

ヘスターのなかの慎み深い部分は、すぐに部屋を出なさいと言っていたが、孤独な心は残りなさいと言っていた。ヘスターは今回だけは心の声に従おうと決めた。だれかに見つかる恐れはない。公爵夫人はぐっすり眠るたちで、客間でうとうとしはじめたばかりだった。図書室にはめったに人が来ない。だれもわたしたちがここにいるとは思わないだろう。

ヘスターは公爵が座っていた椅子のそばにある椅子に座った。「それで、レディ・ヘスター」彼が低い声で言うと、ヘスターの心臓の鼓動は速くなった。「どうしてまたバロービー・ホールに来るようになったんだね？」

「公爵夫人とわたしの母は手紙のやりとりをしていました。公爵夫人がコンパニオンを探していると知って、母にどうかと勧められたんです」ヘスターは淡々と事実を述べ、落ち着いて公爵を見つめようとした。彼は生まれついての浮気者で、わたし個人に関心があるわけではないのだ。

「きみはどう思った？」公爵はヘスターの座っている椅子の後ろに立った。彼の顔が見えればいいのにと彼女は思った。

公爵の声は本当に彼女を気にかけているように聞こえ、キスよりも危険な雰囲気を作り出していた。でも、公爵のような男性がわたしに関心を持つはずがない。ヘスターはそう自分をいさめた。「わたしにはほかにこれといった将来の見とおしがなかったので、同意しました」

「なんの見とおしもなかった？」

ヘスターは答えなかった。公爵はわたしがなにを言おうとしたかよくわかっているはずだ。

「でも、ここが好きなはずがない」エイドリアンは決めつけるように言った。

「ここは美しい土地です。すばらしいお庭もあります」ヘスターは本で埋め尽くされた図書室の壁を手で示した。「それに、図書室も」

「母はあのとおり気むずかしい女性だ」

「あなたがおいでにならないときは、もっとお優しくなります」

公爵は鼻で笑った。

「公爵夫人はわたしに機会を与えてくださいました」ヘスターは正直に答えた。

「確か」公爵は部屋を歩きまわりながらつづけた。「ロンドンできみの姉上に会ったことがあると思うが、きみには会わなかった」

「わたしにお気づきにならなくても無理はありませんわ」

「よく見過ごされるということかな？」

「はい」

「あまり気にしていないように聞こえるが」エイドリアンは皮肉っぽい笑みを浮かべた。

ヘスターは肩をすくめた。「姉と妹は美人ですが、わたしはそうではありません。そのことはわたしにはどうすることもできません」

「なるほど」

公爵にわたしの気持ちが理解できるはずがないわ。彼のようにハンサムな男性に、家族のなかでただひとり醜いあひるの子であるわたしの気持ちがわかるはずがない。

公爵は暖炉のところに戻って、ヘスターを見つめた。ヘスターは公爵にじっと見つめられて、ますます落ち着かない気持ちになった。「きみが本当はなにを求めているか考えているところなんだ、レディ・ヘスター」彼はつぶやくように言った。

「さきほどもお話ししましたように、本を読むためにここに来たのです」

公爵はほほえんだ。心からのほほえみだった。彼がだれにも、ダマリス・サックヴィル＝クーパーにさえ見せたことのない笑顔のように思えた。「人生になにを求めているかということだ」

「そんなことは考えたことも――」ヘスターは反論しようとした。

「いや、きみは非常に頭のいい女性だ」エイドリアンはさえぎった。「レディ・ヘスター・ピムブレットの心の奥底にある欲望を当ててみよう」

ヘスターは立ち上がろうとした。「わたしはなにも――」

「まずいちばん目は、自分にもっと関心を持ってもらいたいということだ」

ヘスターは肩をそびやかして、眉をひそめた。

「公爵さま、わたしは本当に――」

「つぎは、刺激だ」

「あなたがおっしゃっているような刺激は、わたしには必要ありません！」ヘスターはぴしゃりと言った。「わたしをからかうことだけに興味がおありのようですから、わたしはこれで失礼させていただきます。あなたの許可があろうとなかろうと」

「世間話しかしないと約束する」公爵は突然懇願するように言い、とっておきの魅力的な笑みを見せた。「天気の話をしよう。わたしの怪我の話でもいい。わたしの馬の蹄《ひづめ》のなかにいるかびの話でもいい。きみがもう少しここにいてくれるなら、どんな話でもいい」

ヘスターはふいに気づいた。この男性はなにからなにまでが誘惑的だ。整った容姿や声はもちろん、話す言葉はすべて誘いに聞こえ、ひとつひとつのしぐさが相手に親密さを感じさせる。「ここには長居しすぎました。ごきげんよう、公爵」ヘスターはドアに急ぎ、戸口で振り向いて、かすかにからかうような笑みを浮かべた。「公爵夫人に、あなたがすっかり元気になられて、正餐《せいさん》には必ずお見えになるでしょうと伝えておきます」

ヘスターがいなくなると、エイドリアンは暖炉の火を見つめて、ヘスター・ピムブレットは特別でもなんでもないと自分自身に言い聞かせようとした。ふたりとも親に価値を認められない子供だった。ふたりの共通点はそれだけだ。

それと、キスを交わしたことだけ。正餐には下りてはいかない。レディ・ヘスターともう一度話ができると思うと、大いにそそられはしたが。

5

「ヘスター、いったいどこに行っていたの？」ヘスターが客間に戻ったとき、公爵夫人は問いつめるように言った。

ヘスターは疲れ果てていて、公爵夫人にこれ以上なにも言われないことを願った。さいわい、彼女の願いは聞き入れられ、公爵夫人は今まで見せたことのないような機敏な動作でソファから立ち上がり、召集令状が届いたかのように手紙を振ってみせた。

「わくわくするような知らせが届いたの！」わざわざ言う必要もないのに言う。

ヘスターはわくわくするようなことは今日はもうたくさんだと思った。それでも、気持ちを落ち着かせ、作り笑いを浮かべた。

「エリオットが明日戻ってくるの」公爵夫人は勝ち誇ったように言った。「明日になれば、かわいい息子に会えるんだわ」夫人はふいに口を閉じ、白くなめらかな額にしわを寄せた。「エイドリアンがバロービーに馬車をやってくれるといいけれど。そうじゃないと困るわ。だって、わたしの最愛の息子がようやく家に戻ってくるのよ！」公爵夫人は恍惚《こうこつ》とした表情を浮かべていたが、再び真顔に戻った。「あら、午後になったら急に元気がなくなったようね」

ヘスターは公爵夫人の発言について考えていた。どうも腑《ふ》に落ちない。なぜ馬車を出すのに公爵の許可が必要なのだろう？　この屋敷や地所は公爵夫人のものではないのだろうか？　第五代公爵が亡くなったときに、妻である彼女に遺《のこ》されたのではないのだろうか？　夫人はいつもそのようにふるまっていて、実際、湯水のごとくお金を使っていた。

現在の公爵はバロービー・ホールを〝わたしの家〟と言っていたけれど、それは家族の家という意味だろうとヘスターは思っていた。

もしそうではなく、公爵ひとりがすべての財産を相続したのだとしたら、彼はなぜあれほど自分を嫌っている継母に耐えているのだろう？　彼女をどこでも好きなところにやることができるはずだ。世間でならず者と言われている人なら、きっとそうするにちがいない。

「それはよかったですね」ヘスターは調子を合わせ、気をつけないと、わたしもスミーチ牧師のような偽善者になってしまうと思った。それでも、今の公爵夫人のはしゃぎぶりと、公爵が帰ってくるという手紙を受け取ったときの反応をくらべずにはいられなかった。ひとりは義理の息子で、もうひとりは血のつながった息子だからしかたがないのかもしれない。結婚相手の連れ子よりもわが子をかわいがるのは、

「まさか！」公爵夫人は言った。「エリオットが帰ってくるのよ」

「本当ですか？」公爵はほんの一瞬だが、ヘスターが今まで見たこともないような、冷ややかで残忍とさえ言えるまなざしで継母を見た。さいわい、ヘスターは今までだれにもそのような目で見られたことがなかった。そして、公爵が暴力的だと言われていることをふと思い出した。ほかの評判のことばかり考えていて、そのことをすっかり忘れていた。でも、今の彼の目を見た人ならだれでも、容易にそれが信じられただろう。

公爵の反応は公爵夫人の喜びに水を差したようだった。「問題を起こさないでちょうだいよ、エイドリアン」彼女は心配そうに言った。

「そんなことはしませんよ」公爵はソファのほうに歩いていって、座った。「エリオットに会うのを楽しみにしているんです」

公爵夫人だけにかぎったことではない。

「ドーヴァーから手紙を送ってよこして、家に帰るのが待ちきれないと書いてあるわ！」公爵夫人は興奮した声で言った。彼女は窓のところに歩いていくと、今この瞬間にもエリオット卿《きょう》を乗せた馬車が現れるのではないかと思っているかのように車回しを見つめている。「エリオットは病気だったのだけれど、ようやく回復したの。病気だったことをわたしに黙っていたなんて、少し叱《しか》ってやらないといけないわね」

「なんの騒ぎですか？」公爵は客間にぶらりと入ってきて、さりげなくたずねた。「泥棒にでも入られたのですか？」

ヘスターはなんとか逃げ出せないものかとドアのほうに視線を走らせたが、それが無理なのはわかっていた。キスのことは忘れて、なにもなかったようにふるまうしかないだろう。

公爵夫人は見るからにほっとしていた。「よかったわ。どこかのだれかと違って、エリオットは家族を困らせるようなことはしませんからね」

公爵は継母の当てこすりを無視した。「エリオットはほかになんと言ってきているのですか？」

「あなたがバロービーに馬車をよこしてくれれば、明日にはここに着くと書いてあるわ」

公爵はほほえんだ。「わたしがエリオットの到着をこれ以上遅らせるようなことをするとお思いですか？　もちろん、馬車をやりましょう」

「明日のお茶は特別なものにしないといけないわね」公爵夫人はつづける。

ヘスターは彼女が義理の息子にお礼を言わなかったことに気がついた。

「いちばん太った子牛を殺しましょうか？」公爵はからかうような表情を浮かべて、ヘスターをちらりと見た。

ヘスターは疑問に思わずにいられなかった。彼は道楽と怠惰で遺産を浪費している放蕩《ほうとう》息子ではないのではないだろうか？

「エリオットのヨーロッパからの帰国を祝ってパーティーか舞踏会を開きましょうよ」公爵夫人は言った。

ヘスターは考えただけで憂鬱《ゆううつ》な気持ちになった。何時間も壁際に座り、ほかのカップルが踊っているのを眺めながら、これまでどれほど退屈でみじめな思いをしてきたことか。ヘスターは舞踏会やそのほかの集まりを楽しめなくなっていた。

彼女は公爵がまた自分のほうを見ているのに気づいて、素早くほほえんだ。「舞踏会なんてすてきですね」彼女は嘘《うそ》を言った。

「準備が大変です」公爵はきびしい口調で言った。

「費用もばかにならない」

「あなたが出し惜しみすることを覚えておくべきだ

ったわ」公爵夫人はいらだたしげに言った。「あなたは自分の堕落した楽しみのためなら惜しみなくお金を注《つ》ぎ込むのに、わたしが舞踏会を開きたいと言ったら急にお金のことを言い出すなんて。社交界におけるわが家の地位を考えたら、とっくの昔に開いていてもおかしくないのに！」

「費用の問題は別として、わたしが賛成したら、いったいだれがすべての準備をするのですか？」公爵は冷静にたずねた。

「わたしに決まっているじゃないの！」公爵夫人は叫んだ。

「そうでしょうね」公爵はつぶやき、ヘスターをちらりと見てほほえんだ。もし舞踏会が開かれることになったら、だれがほとんどの準備をすることになるかわかっているとほのめかすかのように。ヘスターは公爵が自分に同情してくれているのに気づいて、頬を赤らめた。「舞踏会の準備は大変です」公爵は継母に言った。「母上がどうしてもとおっしゃるなら、費用のほうはなんとかしましょう」

ヘスターは公爵夫人に言った。「公爵はお怪我《けが》をなさってダンスを踊れないでしょうから、舞踏会の日にちを少し遅らせたらどうでしょうか？」

公爵夫人はなにをばかなことを言っているのとでも言いたそうな顔でヘスターを見た。「義理の息子は、ひと晩じゅうお酒を飲んだあとに狩りに出かけると言われているのよ。少しダンスを踊るくらいなんともないわ。それが礼儀ですもの」

「母上、感激です」公爵は胸に手を当てて言った。「わたしに出席してほしいんですね。レディ・ヘスター、それならばぜひ舞踏会を開きましょう」

公爵夫人はまるでヘスターが最初に舞踏会を開こうと言い出したかのように、恐ろしい目で彼女をにらんだ。

「ハンプシャー州のすべての人がエリオット卿にお

会いになりたがると思いますわ」ヘスターは夫人をなだめるように言った。

公爵夫人がほほえんだのを見て、ヘスターは自分が無意識のうちに夫人がいちばん喜ぶことを言ったのに気づいた。「もちろんですとも！」夫人は言った。「エリオットはみんなに愛されているのよ！」

みんなではないわ。公爵は例外だとヘスターは思った。

「ヘスター、招待状を書くのを手伝ってちょうだい。日にちはいつがいいかしらね？」

「エリオット卿とご相談にならないのですか？」ヘスターはそれとなくたずねた。「旅でお疲れになっていて、二、三日は舞踏会のような催しには参加できないのではないかと思いますけれど」

「レディ・ヘスターはつねに他人を思いやっている」公爵は言った。

ヘスターは再び顔が赤くなるのを感じ、すぐに赤くなる自分を呪《のろ》った。

「それは考えていなかったわ」公爵夫人は言った。「もちろん、あなたの言うとおりよ。しばらくのあいだは、彼をわたしたちだけのものにしておかないと」夫人は二十歳若返ったかのように楽しそうに笑った。「エリオットは人気があるから、毎日のように乗馬やら狩りやらに誘われるでしょう。あの子はお誘いを受けたら、いやとは言えない性格なのよ」

「エリオットは決してノーとは言いませんからね」公爵はそう言って、立ち上がった。「わたしは部屋に下がります。舞踏会の話で疲れました」

「お好きなように」公爵夫人は言った。

公爵は礼儀正しくお辞儀をした。「母上、レディ・ヘスター」彼はくるりと踵《きびす》を返して、部屋から出ていった。

「こんなに腹の立つ身内を持った人がほかにいるかしら？」ドアが閉まると、公爵夫人は言った。「本当にいらいらするわ！」

「舞踏会を開くのに公爵の許可が必要なのは残念ですね」ヘスターはなにげなく言った。

「本当にそうよ！　あなたもこれをいい教訓にするのね、レディ・ヘスター。夫にあなたが自由に使えるお金をちゃんと遺してもらうようにしなさい。跡継ぎの息子にいちいちおうかがいを立てることほど癪《しゃく》に障ることはないわ！」

ヘスターは形だけうなずきながら、公爵夫人の言った言葉の意味を考えた。どうやら公爵が地所と財産をひとりで握っているらしい。公爵夫人は文句を言っているけれど、公爵が気前のいい人であることは否定できない。公爵夫人はつい先週も、宝石を何点か直しに出し、新しいドレスを三着に帽子を数点、靴に至っては五足も注文した。バロービー・ホールの食事はいつも豪華で、ワインは最高級のものが出され、召使いはいいお仕着せを身につけている。

「さあ、どなたを招待したらいいかしら？」公爵夫人はうれしそうに言い、ソファのいつもの場所に戻った。「サー・ダグラスとお嬢さんを招待しないわけにはいかないわね」

「そうですね」ヘスターは答え、紙とペンとインクを取って名前を書き留めようとした。そのとき、公爵夫人が妙な目で自分を見ているのに気づいた。

「なにか？」

「少し顔が赤いわ、ヘスター」

「ご子息がお帰りになるのと、舞踏会で興奮しているんです」ヘスターはそれで夫人が納得してくれることを祈った。

「サー・ダグラスは大きなお嬢さんがいるにしては若々しいと思わない？」

「そうですね」ヘスターは思わず公爵夫人の顔を見つめた。サー・ダグラスのことをいつもあれだけ悪く言っているのに、今朝はどういう風の吹きまわしだろう？　エリオット卿が戻ってくるので上機嫌なのだろうか？　ヘスターはこの状態が少しでも長くつづいてくれることを願った。

「それに、健康そのものだわ」

「そうですね」

公爵夫人はサー・ダグラスについてはそれ以上なにも言わず、招待客のリストに彼の名前を載せただけだった。だが、そのリストにはすぐに五十もの家族の名前が並んだ。招待客の選定が終わったころには、正餐《せいさん》のために着替える時間になっていた。

公爵は正餐には現れなかった。ヘスターはほっとした。公爵がいたら、気疲れして満足に食事が喉を通らなかっただろう。

「三時間も遅れている」公爵は言って、客間の漆塗りのテーブルの上に置かれた年代もののドイツ製の時計をあごで示した。ヘスターはその方向を目で追い、ため息をつかないようにした。馬車はすでに出発し、天気もよかった。エリオット卿が到着する正確な時間を知るのがむずかしいことはわかっていたけれど、彼女もまた、いつ来るとも知れない彼を待って座っているのにうんざりしはじめていた。「お茶にしましょう」公爵は言った。

ヘスターは炉棚の近くに立っている公爵を黙って見つめた。公爵は彼女のほうを見ているのではなく、継母だけを見ていた。彼は投げやりな態度をとっていたが、ヘスターはだまされなかった。上等な服を着た体が緊張しているのがわかった。肩に怒りが、しわの寄った眉間《みけん》にいらだちが表れている。

「なにを言っているの！」公爵夫人はすかさず抗議した。「エリオットは少し遅れているだけよ。途中で休んでいるのかもしれないわ」

「おそらく、そうでしょう」公爵は言ったが、ヘスターは声の調子から、彼が少しも納得していないのに気づいた。「それでも、レディ・ヘスターをこのまま飢え死にさせるわけにはいきません」

「わたしはだいじょうぶです」ヘスターは答え、このまま部屋に下がることを許されるのを願った。家族のいざこざに巻き込まれるのはごめんだった。

「でも、あなたが快適に過ごせるように最善の努力をするのが主人の務めです」

ヘスターは思わず公爵を見たが、見なければよかったとすぐに後悔した。公爵は彼女を見てかすかにほほえんだ。彼女がハンサムな男性に望んでいるどんな願いも叶《かな》えてあげようと約束するかのように。

ヘスターは舞踏会で壁際に座り、男性がほかの女性にそう言うのを何度も耳にした。そして、頭のなかで何度も返事をした。ヘスターの答えは、実際にそう言われた女性たちの答えよりもはるかに気が利いていた。でも今は気の利いたせりふがなにひとつ思い浮かばず、自分がひどく間抜けに思えた。「お茶はいつでもけっこうです。わたしは急いでいませんから」

公爵夫人は窓に歩いていった。彼女の体は実際にいらだちと興奮に震えていて、ドレスの青い襞《ひだ》飾りが揺れている。「あと少しくらい待っても、支障はないでしょう」

「わたしにできることがあれば、遠慮せずにおっしゃってください、レディ・ヘスター」公爵はそう言って礼儀正しくお辞儀をし、いらずらっぽく目を輝かせた。

「あまりお金がかからないことならばね」公爵夫人は窓の外を見たまま、嫌みたっぷりに言った。

「お心づかいありがとうございます。でも、わたしは今のままでじゅうぶんに満足しておりますので」ヘスターは公爵に言った。

「これで満足されているとは、あなたはめずらしい方だ」

「満足するのは退屈みたいなおっしゃり方ですね」

「そうじゃありませんか？」

「あなたのご性格からすると退屈かもしれませんが、わたしはこれでじゅうぶんです」

公爵は黒い眉を上げた。「あなたはわたしの性格をよく思っていらっしゃらないようですね」

「わたしはあなたのことをほとんど存じ上げませんので、批判する立場にはありません」

「あなたはやはりめずらしい女性だ。ほとんどの人は、わたしを知っていようがいまいが、わたしを批判することになんの良心の呵責《かしゃく》も感じていない」

「いったい、ふたりでなにをぺちゃくちゃしゃべっているの？」公爵夫人は肩越しに振り向き、部屋にはほかにも人間がいることをヘスターに知らしめた。

ヘスターは邪魔が入ってがっかりした。公爵との会話を楽しみはじめていたところなのに。公爵の心をのぞけたような気がして、彼のことをもっと知りたいと思った。

「いちばんいい馬を行かせたんでしょうね、エイドリアン？」

「最高の馬を二頭行かせました」公爵は答えた。「エリオットが遅れているのはわたしの責任のようですね」彼は悲しげにつづけた。「わたしは最高の馬車に最高の馬をつけ、宿での支払いに困らないようにかなりの額の現金を持たせましたから」

「馬車が来たわ。ほら見て！」公爵夫人は安堵《あんど》と興奮の入りまじった声で突然叫び、バロービー・ホールへとつづく長く曲がりくねった車回しを見下ろした。「エリオットが見えるわ。ヘスター、あなたもこっちに来て見てごらんなさい」

ヘスターは言われたとおり窓に近づき、扉に公爵の紋章のついた黒い四輪馬車が、同じように黒い馬に引かれて車回しをやってくるのを眺めた。なかに帽子をかぶった背の高い若い男性が乗っていた。それだけで息子とわかるのは母親くらいなものだろう。

公爵夫人は馬車が厩《うまや》の壁のなかに消えるのを見届けると、勝ち誇ったように振り向いた。「だから言ったでしょう、エイドリアン。エリオットが来るのを待ってからお茶にすべきだって。旅のあとで、さぞかしおなかを空《す》かせているでしょう」公爵夫人はたっぷりした絹のドレスの裾《すそ》を持ち上げ、急いで部屋から出ていった。最愛の息子を玄関まで出迎えに行ったのだ。

ヘスターはまた公爵とふたりきりになった。そのとき偶然、公爵夫人が置き忘れていったショールが目に入った。秋の風は冷たいし、彼女の心臓の鼓動はすでに狂ったように打ち出していた。ヘスターは夫人にショールを持っていくことにした。ソファへ急いで、やわらかい毛織りのショールを手に取る。

公爵はいぶかしげに片方の眉を上げてヘスターを見た。「公爵夫人ご自慢の模範青年に早く会いたくてたまらないようだね」彼はそう言って、上着の胸のポケットから葉巻を取り出した。

「そのような方には一度もお会いしたことがありませんので」ヘスターは言い返した。

「気をつけないと、レディ・ヘスター、わたしは弟に嫉妬《しっと》してしまいそうだ」

ヘスターは公爵が自分をからかっているだけだと思って、彼の目を大胆に見つめ返した。「弟さんがそれほど模範的で立派な方なら、あなたもきっとそうなのでしょう」

エイドリアンは目を見開いた。まったくレディ・ヘスターには驚かされてばかりだ。

彼女は対等な人間としてわたしと向かい合っていた。こんな女性は初めてだ。エイドリアンが今まで出会った女性は、とかく悪い噂《うわさ》のある彼を敬遠し、軽蔑《けいべつ》するか、見ていて哀れになるほど卑屈な態度をとるかのいずれかだ。「それを公爵夫人に持っていかないのか？」彼はようやく言った。「彼女に風邪をひかれたら、おたがいに困るだろう？」

「ええ、公爵。おたがいに困りますね」

エイドリアンはレディ・ヘスターが部屋を出ていくのを目で追いながら、彼女はなぜ〝おたがいに〟という言葉を強調したのだろうと思った。おたがいに……。ここではふたりは味方同士だと言いたいのだろうか？　ふたりで継母《はは》に対抗しよう、と？

わたしはもうひとりではない。

心をそそられる考えだった。そそられるが、ばかばかしい。

エイドリアンは葉巻に火をつけて彼女のあとを追った。母と息子の再会を目撃するのも悪くないだろう。だが、エイドリアンが本当に興味があったのは、驚くべきレディ・ヘスターが、彼の腹違いの弟、魅力的なエリオット・フィッツウォルター卿にどんな反応を示すかだった。

6

エイドリアンが玄関に着いたときには、ふたりの従僕がすでにトランクを運び入れ、二階に運ぼうとしていた。外では、さらに三人の召使いが、エリオットのイタリア人の従者の指示で、それよりも小さな荷物を受け取るために並んで立っていた。

エリオットは百九十センチを超える長身で、健康そのものに見えた。南イタリアの日差しを浴びて髪の色が明るくなり、日焼けした顔に青い瞳がいちだんと青く輝いていた。最新流行のヨーロッパの服に身を包み、玄関で母親と対面すると、母親を抱き締めて優しくほほえみかけた。

「エリオット、体の具合はどうなの？」公爵夫人は今にも泣き出しそうになっていた。

「こうして母上に会えてすっかり元気になりました」

公爵夫人は再び息子を抱き締めたが、エリオットの注意はすでに異母兄に向けられていた。「兄上も来ているんですね」

公爵夫人は体を離した。「そうなのよ」

「エリオット、無事に到着してなによりだ」公爵は挨拶《あいさつ》代わりに言った。

エリオットは片方の唇の端を上げてほほえんだ。玄関ホールを見まわし、階段の下に黙って立っているヘスターに目を留める。ほっそりとした腕にショールをかけて辛抱強く待っている彼女は、貴婦人というよりもむしろ、忠実な召使いのように見えた。

公爵夫人が息子を自慢に思うのも無理はないとヘスターは思った。エリオット卿《きょう》は長身で、金色の髪と青い瞳は確かに魅力的だった。礼儀正しく、ぴんと背筋が伸び、運動選手のような身のこなしをしている。唇の片方の端を上げてほほえむのも、兄の公爵とは違ってそれほど皮肉っぽくは見えず、彼をより魅力的に見せていた。ふたりはほぼ同じ身長で、低くなめらかな声は驚くほどよく似ていた。ヘスターは、病気で帰国が遅れたにしてはいたってエリオット卿が健康そうに見えるのに気づいた。ここに到着したときの青ざめた公爵の顔とは大違いだ。

「このすばらしい女性はどなたですか？」エリオット卿はそうたずねて、ヘスターのほうに近づいてきた。

彼がヘスターの手を取ったとき、彼女はふたつのことに気づいた。公爵がじっとこちらを見ていることと、エリオット卿が礼儀正しくハンサムなのにもかかわらず、彼に触れられてあまりいい気持ちはしなかったということだ。なぜそんなふうに感じるのか、彼女自身にもはっきりとした理由はわからなかった。

考えられるとすれば、エリオット卿の品定めするような視線だ。想像するに彼は男性が娼館《しょうかん》で娼婦を選ぶような目をしていた。そう気づいた瞬間、彼女は驚きのあまりなにも言えなくなってしまった。

こんなふうに考えるなんてどうかしているわ。彼女は自分をたしなめた。わたしは黒の公爵の存在と評判にすっかり毒されている。「おかえりなさいませ」彼女はそう言って、膝を折ってお辞儀をした。

公爵夫人は急いで前に進み出て、鉤爪《かぎづめ》のような長い指で息子の腕をつかんだ。「こちらはレディ・ヘスター・ピムブレットよ。ヘスター、わたしの息子のエリオット・フィッツウォルター卿」

「お目にかかれて光栄です、レディ・ヘスター」エリオット卿はそう言って、母親をちらりと見た。

「こんなに美しい人だとは言っていなかったじゃありませんか」彼はヘスターの手の甲にキスをして、彼女にほほえみかけた。

ヘスターは顔に嫌悪感が表れそうになるのをなんとか抑えた。彼はわたしがこんな見え透いたお世辞を真に受けるほど愚かな娘だと思っているのだろうか？　こんな空々しい嘘《うそ》をつかれるよりは、きみにキスをしたのは魔が差したからだと言われるほうがはるかにましだ。

ヘスターはエリオット卿の手からそっと手を引き抜いて、公爵夫人にショールを渡そうとした。

「今日はもう来ないのではないかとあきらめかけていたところだった」公爵はそう言って、近づいてきた。

「やむをえない事情があって」エリオット卿は言って、兄と向き合った。

「そんなことだろうと思った」公爵は皮肉を込めて言った。

公爵は優しくもなれれば、ひどく冷たくもなれる。

ヘスターは公爵の顔を見て思った。ほほえんでいても、相手をおどしているように見える。

ところが、エリオット・フィッツウォルター卿は兄に敵意のこもった目で見られても、平然としていた。「ロンドンに立ちよったとき、決闘をして怪我《けが》をしたと聞いたが」

「そうだ」

「それは気の毒に」

「そのことについてはあとですべて話してやろう」公爵は弟にさらに一歩近づいた。「ふたりきりになったときに」

公爵夫人がエリオット卿の腕を取って客間に引っ張っていく前に、ほんの一瞬彼の視線が泳いだように見えた。「いらっしゃい、エリオット。あなたが着くまでお茶にするのを待っていたのよ」

エリオット卿は母親にほほえみかけた。「母上はさすがに気が利きますね。もう腹ぺこなんですよ」

「あなたもいらっしゃい、レディ・ヘスター」公爵夫人は命じた。

ヘスターはふたりのあとについて二、三歩歩いたところで、公爵が玄関ホールに立ったままなのに気づいた。「おいでにならないのですか?」

「食欲がなくなった」公爵はつぶやくと、従僕を押しのけるようにして玄関の外に出ていった。

公爵の失礼な態度は、礼儀正しい弟のエリオット卿とは対照的だった。エリオット卿と公爵夫人のあとについて客間に入りながらヘスターは思った。家族の不和の原因はいったいなんなのだろう? 夫人のふたりの息子への接し方の違いだけが原因ではなさそうだ。

「エイドリアンがここにいるので驚きました」エリオットは母親をソファの指定席に導きながら言った。

「ほとぼりを冷ましに来たのよ」夫人は言った。

「彼が今さらなにをしたところで驚かないわ。さあ、エイドリアンの悪い行いの話をして気分を台なしにするのはよしましょう。イタリアはどうだったの？」

「太陽がさんさんと降り注いで、暖かくて、すばらしい場所です」エリオットはイタリアの太陽のような輝くばかりの笑みを向けた。「母上がつらい思いをなさっているときにそばにいてあげられなくて申し訳ありませんでした。エイドリアンの話は家に戻る途中、ロンドンで聞きました。重傷だと思っていたのですが」

「とんでもない」公爵夫人はあざけるように言った。「さっき自分の目で見たでしょう」

「元気そうで安心しました」エリオット卿は不安な様子で戸口に立っているヘスターにほほえみかけた。「お座りになってください、レディ・ヘスター。あ、お茶が来ました！」

ヘスターは家政婦とメイドが暖炉の前の大きな円いテーブルにお茶の用意をしているあいだ、邪魔にならないように脇《わき》に寄っていた。サンドイッチのほかにもたくさんのごちそうが並び、ヘスターがバロービー・ホールに来てから出されたどんなお茶よりも豪勢だった。

ヘスターはいちばん遠くの、窓のそばに置かれた椅子に座った。外に目をやったところ、公爵が庭を歩いているのが見えた。なにか考えごとをしているのか、黒い頭をうなだれ、足を引きずって歩いている。確かに重傷ではないのかもしれないが、本人が言っているほど軽傷でもないのではないかという気がした。

どうして本当の怪我の程度を隠すのだろう？　公爵夫人の侮辱や非難をまったく気にしていないように見せるためだろうか？　本当は継母にどう思われるか気になるのに、強がって気にならないふりをしているだけなのだろうか？　わたしが公爵のことが気になってしかたないのを決して気づかれないようにしているように。

召使いが仕事を終えて部屋を出ていくと、ヘスターは公爵夫人と彼女のお気に入りの息子に注意を戻した。

「あなたのために舞踏会を計画しているのよ、エリオット」公爵夫人は優雅な手つきでお茶を注《つ》ぎながら言った。

エリオット卿の顔に兄よりも母に似た退屈でいらだたしげな表情がよぎった。「うれしいですね」表情とは対照的に、興奮した口調で言う。「レディ・ヘスター、少なくとも二曲はわたしとダンスを踊ってくださいね」

「喜んで」ヘスターは言ったが、それはまんざら嘘でもなかった。こんなに若くてハンサムな男性と踊るのはめったにあることではない。エリオット卿にはあまりいい印象を受けなかったけれど、それは彼に敵意を持つ公爵に影響されただけかもしれない。ヘスターにそう思わせるほど、エリオット卿のダンスの誘いは魅力的だった。

そのあと、ヘスターはエリオット卿がまだダマリス・サックヴィル＝クーパーに会っていないのを思い出した。彼が義務感以外の感情でわたしにダンスを申し込むのは期待しないほうがいいだろう。

「そのころまでには、エイドリアンはここからいなくなっているでしょう」エリオット卿は冷ややかに言った。

ヘスターは公爵が舞踏会に出席しないとは考えてもみなかったので、エリオット卿の言葉にがっかりした。どうしてわたしはがっかりしているの？　彼女は自分を叱《しか》りつけた。どのみち、公爵がわたしにダンスを申し込むことはないだろう。そもそも、あの脚ではダンスは踊れない。

「エイドリアンがどれくらいここにいるつもりかわ

からないわ」公爵夫人はうんざりしたように言った。「いつもいきなりやってきては、ひと言の挨拶もなく出ていくのよ」サンドイッチを手に取って、冷ややかな目でヘスターを見る。「お茶がすんだのなら、レディ・ヘスター、下がってもいいわよ」

ヘスターはお茶にはほとんど手をつけていなかったが、素直に命令に従った。彼女は邪魔者でしかないのだ。

「正餐《せいさん》のときに会いましょう、レディ・ヘスター」公爵夫人は言った。

エリオット卿は立ち上がってお辞儀をし、かすかにほほえんで、申し訳なさそうに肩をすくめた。

「また正餐のときに、レディ・ヘスター」

ヘスターはボンネットの紐《ひも》をきつく締めて、肩に厚手の毛織りのショールを巻きつけた。寒いが、晴れて天気がよく、新鮮な空気が吸いたかった。エリオット卿が到着してからというもの、それでなくても険悪なバロービー・ホールの雰囲気はますます険悪になり、息が詰まりそうだった。

ヘスターは急いで裏階段を下りて、厩《うまや》に向かった。厩を選んだのにはふたつ理由があった。ひとつは、もともと厩が好きだからだ。厩はいつも暖かく、藁《わら》のにおいが故郷の納屋を思い出させた。姉と妹が喧嘩《けんか》をしているときなど、よく逃げ込んだものだった。もうひとつは、公爵が行った方向と反対の方向だったからだ。

一日の仕事を終えて使用人部屋に向かう馬丁たちは、ヘスターが薄暗い煉瓦《れんが》造りの建物に入っていくと、黙ってうなずき、彼女をひとりにしておいてくれた。ヘスターがここに来るのは初めてではなかった。彼女はほとんどの馬を知っていた。中央の通路をゆっくり歩いているうちに、公爵の馬車を引く上等な馬と、乗用馬がいらいらして足を踏みならしているのに気づいた。運動が足りないのだろうとヘスターは思った。「あなたはあなたのご主人さまと同じように信用できないわ」彼女はつぶやき、立ち止まってほれぼれと馬を眺めた。

「そんなことはないとわたしが保証する」

ヘスターがくるりと振り向くと、公爵が通路のまんなかに立っていた。怪我をしていないほうの脚に体重をかけ、たくましい胸の前で腕組みをしている。薄暗く、顔はかろうじて見分けることができたが、さすがに目の表情までは読み取れなかった。

公爵はゆっくりとヘスターに近づいてきた。「さあ、レディ・ヘスター、遠慮することはない。きみは知的な女性だ。だから、わたしを信頼することは期待していない」

「昨日あんなことがあったあとでは、信頼するようにとおっしゃるほうが無理ですわ」さりげなく言うつもりだったのに、公爵がふいに現れた驚きから、きつい口調になってしまった。「ごきげんよう、公爵」ヘスターが大胆にも公爵の横を通り過ぎたとき、彼は彼女の前に立ちふさがった。

「逃げる必要はない。むやみに近づいたりしないと約束する」

「わたしはあなたを恐れてはいません」

「おやおや、きみはわたしが若い女性の胸に恐怖心と畏敬《いけい》の念を引き起こす能力を失いつつあると言っているのか?」

ヘスターは警戒のまなざしで公爵を見つめ、彼の顔がもっとよく見えればいいのにと思った。「賞賛と尊敬の念を起こそうとお考えになったほうがよろしいのではありませんか?」

公爵は驚いたように胸に手を当ててみせた。「わたしは人から賞賛も尊敬もされない人間だというのか? どうかそうではないと言ってくれ。さもないと、向こうの飼い葉桶《おけ》に頭を突っ込まなければならなくなる」

「頭を冷やすのもいいかもしれませんよ」ヘスターはそう言って、公爵の芝居がかったせりふに笑いをこらえた。

「でも、額に濡《ぬ》れた髪が張りついた姿は見られたものではない」

「わたしは容姿ではなく、人柄を賞賛されるようになさったらいかがですかと申し上げているのです」

公爵は片手で目を覆って、二、三歩後ろによろめくふりをした。「ああ悲しいかな！　そなたはこのわたしに人柄を賞賛されるような人間になれと申すのか？　それは無理な話だ」彼は手を脇に垂らした。「今となってはもう手遅れだ」彼の声には真剣な響きがあった。

「遅すぎるということはありません」彼女は言った。

「きみになにがわかるというのだ？」公爵は突然親密な口調で言った。「きみは非の打ちどころのない、尊敬すべき若い女性だ」

ヘスターの顔が赤くなり、心臓の鼓動が速くなった。「あの……もう行きませんと」

公爵は道を空けようとしなかった。「エリオットは人々に賞賛され、尊敬されている。特に女性から」

ヘスターはどう答えたらいいのかわからなかった。家族の争いには巻き込まれたくなかった。「そう言えるほどあの方を存じませんので」彼女はようやく答えた。

「だが、きみはどう思う？」公爵はたずねた。

「今は言えません」

「まだ判断を下すのは早いと？」

「わたしは急いで判断を下さないようにしています。第一印象に惑わされることもありますので」

公爵はヘスターに少し近づいた。「わたしは悪名高い男だが、きみはわたしを嫌いにならない可能性もあるということか?」

ヘスターはゆっくりとうなずいた。

公爵はくすくす笑った。「きみは醜聞に惑わされないまれな女性だ。教えてくれ、レディ・ヘスター、きみはわたしにどんな第一印象を持った?」

「怒りをよく抑えていらっしゃると思いました」

「わたしの容姿や、皮肉のきいた会話については?」

「お世辞を言ってほしくてわたしにそのようなことをおたずねでしたら、あなたはわたしの時間と、あなたご自身の時間をむだにしていると言わざるをえません」

「待ってくれ!」ヘスターが再び前を通り過ぎようとすると、公爵は言った。「きみはわたしを信用していないんだろう?」挑むように言う。

「わたしは噂《うわさ》を鵜《う》呑《の》みにはしていませんが、かといって、あなたを全面的に信頼するのも賢明ではないと思っています」

「そうか」

「あなたがおききになったので、申し上げただけです」

「いや、わたしは気分を害してなどいない。実際、きみの理性的なものの考え方には感心しているんだ、レディ・ヘスター。きみに言いたいことがひとつだけある。それを聞いたら、行ってもいい。きみはそうしたくてたまらないようだから。わたしを信頼していないのなら、弟も信じるな」

「どうしてですか?」ヘスターは公爵をじっと見つめ、彼の顔に浮かんだ謎《なぞ》めいた表情を読み取ろうとした。

「彼もしょせん男だ。それも、恐ろしく魅力的な。きみは自分を見失う可能性がある」

「悪名高い、ハンサムで誘惑的な黒の公爵を前にしても自分自身を見失わなかったわたしが、どうしてあなたの弟さんにはそうならなければならないのですか？」

「腹違いの弟だ」公爵はわざわざ言った。

「わかりました。半分血のつながった弟さんですものね」

「危険も半分かもしれないが、危険であることに変わりはない」

「いつまでわたしを引き留めておくおつもりですか？　そろそろ正餐のために着替える時間です」ヘスターは公爵にからかわれるのにうんざりして言ったが、心の底では困惑していた。公爵が本当に彼女のことを心配しているように思えて、心を揺さぶられた。

公爵は静かに笑った。「さあ、逃げるがいい。わたしたち兄弟のどちらも信用しないと約束するなら」

ヘスターは勇気を奮い起こして、公爵の目をまっすぐに見つめた。「弟さんはわたしにキスをしたりしませんでした。無理に言いよってくるようなことも」彼女は公爵にというよりもむしろ、自分自身に言い聞かせるように言った。「わたしは噂で人を判断しないように、あなたの意見に左右されることもありません」

「わかった」公爵が後ろに下がったので、ヘスターはようやく彼の顔がはっきり見えた。

ヘスターは顔を見なければよかったと思った。公爵はぞっとするほどきびしく冷たい表情をしていた。

「なにが起きても、どうして警告してくれなかったのだと、あとで泣き言を言わないように」

「たとえば、どんな警告がありますの？」ヘスターはたずねた。

「女性の心をずたずたにするフィッツウォルターはわたしだけではない」エイドリアンは真剣な口調から、もとのふざけるような口調に戻った。わたしは彼女にちゃんと警告した。気をつけるかどうかは彼女しだいだ。

「わたしの身に危険がおよぶとは思えません」ヘスターは同じように冗談めかして答えた。「本当に、これで失礼させていただきます」そして公爵の前を通り過ぎ、後ろを振り返りもせずに急いで厩を出ていった。

これでいいのだ。エイドリアンはそう自分に言い聞かせた。レディ・ヘスターとふたりきりでいるのを必要以上に楽しみはじめている。彼女はエリオットと同じようにわたしも避けたほうがいいのだ。

エイドリアンは愛馬のほうに向かいながら、静かに雄弁に悪態をついた。「わたしは努力したんだ、ドレイク」彼はささやいて、愛馬の筋肉の発達した首を撫《な》でた。「できるだけのことはした」

レディ・ヘスターは自分の身に危険がおよぶとは考えてもいないだろう。彼女のような女性――孤独で、美しくもなく、花も恥じらう年齢を過ぎた女性のほうが、エリオットの優雅な魅力の餌食《えじき》になりやすい。エイドリアンは彼女が彼の警告に耳を貸さないのではないかと不安になった。見かけで人を判断しないと言ったが、彼女はわたしを信用していないし、エリオットの魅力にはどんなに貞淑な女性も抗《あらが》えない。

厩の反対側の細長いドアが開いて、ジェンキンズが弱った足で精いっぱい速く歩いてきた。ぜいぜい息をする音が静まり返った厩に大きく響き、エイドリアンは心配そうな目で年老いた召使いを見た。そろそろジェンキンズに年金を与えて仕事を辞めさせる潮時かもしれない。公爵夫人が同意しようがしまいが、ジェンキンズが同意しようがしまいがかまわずに。

「旦那《だんな》さま！」年老いた執事はあえぎながら言った。

「なにごとだ？」エイドリアンは大きな声できいた。

「なにがあったんだ？」

「ボールビーの息子が大急ぎでやってまいりました。父親が、今夜ひと晩持たないだろうということです」

エイドリアンはごくりと唾《つば》をのんで、急いで鞍《くら》をつかんだ。

「馬丁を呼びましょうか？」

「いい、自分でやる」

「そのお召し物で馬に乗るのは……」

「かまうものか。ボールビーの息子はどこだ？」

「もう家に帰りました。旦那さまがお見えになるまで待っていられないと。ですが、旦那さまにぜひ来ていただきたいそうです」

「公爵夫人とほかのふたりに申し訳ないと伝えておいてくれ」エイドリアンはそう言いながら、腹帯をきつく締めた。「今夜は家で食事はできない」

7

エリオットは寝室から厩《うまや》の扉を見ながら、調子はずれの口笛を吹いた。こんな面白いものが見られるとは思ってもみなかった。あのレディ・ヘスターが厩に入っていったと思ったら、ほどなくして今度はエイドリアンがなかに入っていった。

従者が隣の化粧室で荷ほどきをしているあいだ、エリオットは時計を取り出して時間を確認した。エイドリアンが厩に入っていってから十五分になる。

時計のふたを閉じようとすると、レディ・ヘスターがだれかに追われてでもいるみたいに急いで厩から出てくるのが見えた。

これはいったいどういうことなのだろう？

エイドリアンが厩でレディ・ヘスターと密会しているのと考えるのがいちばんだが、いったいなんのために？

仕事の話のはずがない。エイドリアンは一族の土地と財布の紐《ひも》をしっかり握っている。継母の話し相手《コンパニオン》に情報の提供を求める必要はない。

母の話をしているとも考えられるが、それはなさそうだ。いったい、なにを話すことがあるというのだ？　エイドリアンは母が嫌いだ。聖母のように優しかったじつの母に取って代わった女をだれが好きになれるだろう。

エイドリアンが若い女性と人目を忍んで会うとすれば、考えられる理由はひとつしかない。エイドリアンがレディ・ヘスターを誘惑しようとしているか、あるいはすでに誘惑したのだろう。彼女の魅力に欠ける容姿を考えると、驚くべきことだが。

ただ単に手近に適当な女性がいないだけなのかもしれない。母は召使いを選ぶ際には、決まって不器量な娘を選んだ。

あるいは、レディ・ヘスターにこれといった魅力がないところに惹《ひ》かれたのかもしれない。ありえない話ではない。

エリオットはピムブレット家のほかの娘たちを思い出した。ヘレナは社交界にデビューした最初のシーズンでいちばんの美人ともてはやされた。だが、彼女は冷たい女で、いちばん下の妹は頭が鈍かった。ヘスターのことはなにも覚えていなかった。ぼくがスペイン人の踊り子と深い仲になっているときにでもデビューしたのだろう。彼女のようなさえない娘を覚えていなくても、なんら不思議はない。コンスエラは刺激的な女だったが、まったくの時間のむだだった。

今はどこにいるのか知らないが、またきっとどこかの愚かな若い男をたらし込んでいるにちがいない。

あれ以上金を巻き上げられる前に別れておいて、賢明だった。

エイドリアンは女性の趣味が変わっていた。エリザベス・ハウエルがそのいい例だ。エリオットが上等な服を買い与え、美容師をつけさせるまで、彼女はあまりぱっとしない娘だった。

とにかく、こんなことを思い出しても時間のむだになるだけだ。ここでなにが起きているかを考えたほうがはるかに有益だ。

エリオットはヘスターが美しい手をしていたのを思い出した。彼は細く長い指をした女が好きだった。その手で愛撫《あいぶ》されたら最高だろう。

エイドリアンは、一見物静かで控えめな若い女性のなかに未開発の情熱を見出《みいだ》したのかもしれない。レディ・ヘスターがすでに純潔を失っているのなら、彼女のベッドにもぐり込むのはたやすいことだ。

息子を溺愛《できあい》している母を訪ねてきたのだが、これは思っていたよりも面白いことになりそうだ。

「ジセッペ、レディ・ヘスターと少し話してくる」エリオットは言って、寝室を出た。軽快に口笛を吹きながら。

「まあ、エリオット卿《きょう》!」ヘスターは驚いて階段の途中で足を止めた。公爵の弟がハンサムな顔にゆがんだ笑みを浮かべて近づいてきた。「正餐《せいさん》の前に着替えなくてもよろしいのですか?」彼女はあせって部屋に戻ろうとしていると思われないように気をつけて言った。あまり慌てた様子を見せると、かえって怪しまれる。

「その前に少し庭を散歩しようかと思って」彼は言った。「よろしければ、ご一緒していただけませんか?」

義理の弟を信じてはいけないという公爵の言葉が頭に浮かんだが、エリオット卿に親しげにほほえみかけられると、散歩に行くくらい大した危険はないように思えた。それに……。ヘスターは自分で自分に言い訳した。エリオット卿は兄の公爵の謎《なぞ》めいた人格に光を当てる手助けをしてくれるかもしれない。

「喜んで」彼女は答えた。

エリオット卿はヘスターに腕を差し出し、彼女は彼の腕に軽く手を添えた。彼はヘスターの手の上に手を重ね、彼女はそのさりげないしぐさに不快感を覚えた。知り合って間もないのにあまりになれなれしすぎる。

「母はあなたを頼りにしているようですね」エリオット卿は言って、大きな玄関のドアのほうに彼女を導いた。

「こちらこそ、お役に立ててうれしいです」

「しばらくここにいてくれるといいのですが」彼は言った。「あなたのような辛抱強いコンパニオンがいると、母も機嫌がいいので」

「お母さまはあなたのことをとても自慢に思っていらっしゃいます」ヘスターは言い、エリオット卿が背の高い生け垣のほうに向かっているのに気づいた。

「こちらにきれいなお花があります」彼女は幾何学的に設計された花壇をあごで示した。

エリオット卿はすぐにヘスターが示した方角に歩きはじめた。「ここに来られることによくご家族が同意されましたね」

「両親は今ヨーロッパを旅行中で、姉と妹は結婚したばかりです。わたしが働くことにだれも異論は唱えませんでした」

「ご家族の損失はわれわれの利益になりました」エリオット卿は言った。「エイドリアンがここにいるときは特に。兄がいると母がかりかりするんですよ」

「あなたが帰っていらして、公爵夫人はとても喜んでおられます。帰国が遅れて、それは心配なさっていたんですよ」

エリオット卿は鋭いまなざしでヘスターを見た。ヘスターによく思われていないのを感じたにちがいない。同情を誘うように低い声で話しはじめた。

「ぼくの苦難についてもっと詳しく手紙に書くべきでした。でも、愛する息子が地位も財産もある若きフランス人女性に熱を上げ、すげなく振られたことを母が知りたがるとは思わなかったもので。失恋の痛手はあまりに大きく、母の前で明るくふるまう自信がなかったのです」

「お母さま思いでいらっしゃるのね」ヘスターはそう言ったものの、本当だろうかと疑った。なぜかわからないが、横にいる男性と傷心が結びつかなかった。恋に破れ傷ついたと言いながらも、その口調はどこか不真面目《ふまじめ》なところがあり、とても真実だとは思えなかった。

「あなたも母の性格をご存じでしょう。母はぼくを拒絶する女性がいるとは信じられないのです。ですから、病気だということにしたんです」

「お母さまのお気持ちを傷つけないために嘘《うそ》をつかれたということですか？」

「どうかぼくを批判的な目で見ないでください、レディ・ヘスター。正直に言うと、母の愚痴を聞きたくなかったのです。でも、これは罪にはならないでしょう？」彼は立ち止まって振り向き、無邪気な笑みを浮かべてヘスターにほほえみかけた。子供が大人をだますときによくやるように。「そうじゃありませんか？」

彼は子供ではない。母親に嘘をつくのはいけないことだ。公爵夫人が家を遠く離れた異国の地で病気になった息子をどれだけ心配していたことか。「病気だといって公爵夫人に心配をかけるのは、配慮が足りないと思います」

「きびしいんだな」エリオット卿はそう言って、くすくす笑った。「あなたはぼくの訴えにまったく心を動かされない非情なレディだ」

ヘスターはたとえ冗談でも、そう言われるのはいい気がしなかった。「今年の薔薇《ばら》はとてもよく育っていますよ」彼女はそう言って、再び小道を歩き出した。

エリオット卿は再び立ち止まり、今度はヘスターの手を取って自分の唇に持っていった。「あなたは優しい女性だ。ぼくの罪を許してください」彼は青く輝く瞳に懇願するような表情を浮かべて、ささやいた。

エリオット卿の言葉に少しでも真剣さが感じられたのなら、これほど効果的なことはなかっただろう。だが、彼の言葉に真剣さはまったく感じられなかった。それでも、ヘスターは頬を染めて言った。「もうなかに戻りませんと」

「どうぞお好きなように、レディ・ヘスター」ふたりはしばらく黙って歩いたが、エリオット卿は突然立ち止まってヘスターと向かい合った。「兄の公爵のことを以前からご存じでしたか?」

〝彼はわたしの心が読めるのかしら?〟ヘスターは動揺を隠せなかった。「ここに来るまで、公爵には一度もお会いしたことはありませんでした」彼女は答えた。

「噂《うわさ》は聞いたことがおありでしょう?」

「ええ、何度か」

「それでしたら、人が兄のことをなんと言っているか、兄の不品行についてもご存じですね?」

「噂は聞いたことがあります、エリオット卿」

「悲しいことに、兄はここでもロンドンにいるのと同じようにふるまいます。兄の放蕩《ほうとう》ぶりについていろいろ話が聞けるでしょう」

ヘスターはダマリス・サックヴィル=クーパーがスタンフォード通りの売春宿から出てくる公爵を見

たと話していたことを思い出したが、黙っていた。

「兄の最近の不品行についてなにかご存じですか？」彼は執拗《しつよう》にたずねた。

「決闘をなさって、怪我《けが》をされたということだけです。若い女性が関係していると聞きました」

「それだけでも兄に用心するにはじゅうぶんです」

ヘスターはいまだに彼女の手の上に重ねられているエリオット卿の温かく男性的な手を見た。兄弟がそれぞれに気をつけるように警告するなんて、いったいどういうことなのだろう？

兄弟の不仲がふたりにこんなことを言わせるのだろうか？

でも、兄と弟のどちらを信じればいいの？

世間の噂や醜聞を信じるなら、彼女が警戒すべき相手は黒の公爵だろう。図書室でいきなりキスをしてきたのが、彼が好色だというなによりの証拠なのではないだろうか？　それとは対照的に、エリオット卿は今までのところ紳士らしくふるまっている。多少なれなれしすぎるところはあるけれど。

ヘスターの心はどちらも信じてはいけないと訴えていた。今のところはまだ。「なかに入りませんか？」彼女は言った。「寒くなってきましたので」

「あんた、あんた！」年配のミセス・ボールビーは眠っている夫をそっと揺すった。「見てごらんよ！若い公爵さまがわざわざお見舞いに来てくださったよ」

エイドリアンは二間しかない家に入っていくと、彼に狩りを教え、領地を案内し、愚痴に黙って耳を傾けてくれた男にほほえみかけた。「どんな具合だ、ボールビー？」静かにたずねる。

「どうぞ、お座りになってください」ミセス・ボールビーはベッドのそばに置かれた椅子を勧めた。ベッドは居間代わりに使われている部屋の暖炉のそばに移されていた。「いや、いいんだ――」

「どうかお座りになってください!」

エイドリアンはうなずき、差し出された腰かけに座って、ボールビーの節くれだった手を取った。

老人は目を開けた。「旦那《だんな》さま?」声はかろうじて聞き取れるほどだったが、目はいたずらっぽく輝き、エイドリアンはボールビーは死ぬまで茶目っ気を失わないのではないかと思った。

「わたしだ」エイドリアンは答えた。それがふたりのいつもと変わらぬ挨拶《あいさつ》だった。

「わたしはもう長くありません」ボールビーは言った。

部屋の隅にいた妻が泣き出すと、ボールビーは目を丸くした。「かわいそうに、女房はわたしの死が受け入れられないんですよ。だが、だれにでも寿命はある」

エイドリアンはうなずいた。「おまえはいつもそう言っていたな。狐《きつね》たちが今ごろパーティーを開いているんじゃないのか」

ボールビーは息ができなくなるまでくすくす笑った。「ここにいるせがれのトムにわたしの知っていることをすべて教えたんですが、こいつは覚えが悪くて」彼は隅に黙って立っているひょろりとした息子に片目をつぶってみせたが、エイドリアンは息子が必死に涙をこらえているのに気づいた。「旦那さまと違って」

「トムは優しすぎるんだ」

「子鹿《こじか》を殺してしまったと気づいて子供みたいにわんわん泣いたのはどこのどなたでしたっけね?」

エイドリアンは肩をすくめたが、老人の手を握る手に力を込めた。

「あのころはよかったですね、旦那さま。旦那さまが悪ふざけをして罠《わな》に足をはさまれ、わたしがそのままじっとしているように言ったのを覚えておられますか？　わたしは抜け出したかったら、自分で足を引きちぎるしかないと言ったんです」

「おまえの警告を無視するべきではなかった」

「あのときのわたしはどうかしていました。旦那さまは冗談と受け止めてくださったが」

「ずっと待っていたら、おまえが許して戻ってきてくれると思っていたんだ」

「それでも、暗闇《くらやみ》のなかにじっと座って、楽しそうに鼻歌を歌いながら待っていられる男の子はそうはいませんよ」

「ほかの子供は縄を切ってしまっただろうな」

「そして罠をだめにしてしまうんです」

　老人の息づかいが荒くなり、エイドリアンは長く話しすぎたのではないかと心配になった。彼が立ち上がろうとすると、ミセス・ボールビーが座るように身振りで示した。「旦那さまはあたしたちを勇気づけてくださいました」彼女は泣きながら言った。「もう少しそばにいてやってください」

　ボールビーはしわくちゃの顔に真剣な表情を浮かべて、エイドリアンをじっと見つめた。「旦那さまにお願いがあります」彼はゆっくりと言った。

「喜んで聞こう」エイドリアンは答えた。今度はどんな臨終の約束をさせられるのだろう？　ボールビーの願いがなんであれ、父に約束させられたことよりも厄介で金がかかることはないだろう。

　ボールビーは体を起こして、エイドリアンに身を近づけた。「女房はどこに行くことになるか心配しています」彼はささやいた。「トムはいいせがれです。春に所帯を持つことになっていて、女房を引き取ると言ってくれているんですが、ひとつ屋根の下に女がふたりいるとなかなかうまくいかないもんです」

「おまえのかみさんもそれは望んでいないだろう」エイドリアンはボールビーがなにを言おうとしてい

るのかよくわかっていた。「あとのことはわたしに任せろ」

「ああ、ありがたい！」ボールビーは再び枕《まくら》に頭を沈めた。「旦那さまは頼りになると思っていたんですよ」彼はつぶやいた。

ジョン・メイプルトン医師は落馬して頭を切った男の治療をしたあと、歩いて家に帰る途中だった。道の片側には倉庫の石の壁がつづき、もう片側には粗末な丸石を敷きつめた狭い通りに入っていった。道の片側には倉庫の石の壁がつづき、もう片側には粗末な家が並んでいた。小さな窓にみすぼらしいカーテンがかかっている。メイプルトンは足を速めた。ここは真夜中過ぎにひとりで歩くような場所ではない。

反対側から、もうひとりだれかがふらりと道に入ってきて、彼のほうに向かって歩いてきた。歩いているという言葉が適当ならばだが。足元がだいぶ怪しくなっている。酔っぱらっているのは間違いない。だが、あいにくメイプルトンはその人物に心当たりがあった。このような場所でこのような状態でいるところを見られてはいけない人物だ。「公爵？」彼はそっと声をかけた。

男は立ち止まった。「だれだ？」つっけんどんにきき返す。

声は驚くほどよく似ているが、公爵をよく知るメイプルトンは、それがエイドリアン・フィッツウォルターではなく、腹違いの弟だとすぐにわかった。メイプルトンは酔っぱらって通りのまんなかに立っている彼に急いで近づいた。「早くお帰りなさい、エリオット卿」彼はきびしい声で言った。

「ミスター・メイプルトン？」エリオットは答えた。「ぼくの健康に気をつかってくれるとは、これはまたご親切なことで」

「こんなところにいるのは恥ずかしいことですよ」

「だれが恥ずかしいって？　だれも見てやしないじ

ゃないか」エリオットは狭い通りをぐるりと手で示した。「もし見られたとしても、また公爵が悪さをしていると思われるだけさ」

「それで、バロービー・ホールに戻っていらしたんですね」

「退屈な石の壁だ」エリオットはつぶやいた。石壁のほうを向いて、ズボンの前を開ける。「ああ、いい気持ちだ」

メイプルトンは嫌悪感に顔をしかめた。「不作法にもほどがある！」

「そこに立っていないほうがいいぞ」エリオットはあざけるように言い、メイプルトンが驚いて飛びのいたのを見ると声をあげて笑った。「ぼくに会ってもあまりうれしくなさそうだな」若者は言った。

「あいにく、ぼくはまだ死んでいない」

「あなたがこうして元気でおられるのが驚きです」外科医は静かに答えた。「相変わらず飲みすぎているようですね。わたしの助言を聞き入れて、阿片《あへん》はおやめになったのですか？」

「阿片のほうがぼくに愛想を尽かした」エリオットはズボンのボタンを留めながら、少しも悪びれる様子なく言った。「阿片は高すぎる」

メイプルトンは若い貴族への嫌悪感を隠そうともしなかった。彼は第五代バロービー公爵の臨終のときに真実を知り、ほかのだれよりもエイドリアンと腹違いの弟をめぐる状況をよく理解していた。彼は喜んで世間にすべてを公表しただろうが、エイドリアンに固く口止めをされていた。

「なにを待っているんだ？」エリオットはたずね、メイプルトンのほうに近づいてきた。「ぼくにもう用はないだろう」

「あなたの娼婦《しょうふ》の好みを考えると驚きですね」

「侮辱しているつもりか、メイプルトン？」エリオットはメイプルトンの前で立ち止まった。ハンサムな顔にあざけるような笑みを浮かべ、血走った青い目に金髪がひと房かかっていた。「ほかにもっとましなことを考えたほうがいいぞ。殉教者のエイドリアンのために言っておくが、ぼくだって楽しみ方は知っているんだ。そんなばかなまねはしない」

「エイドリアンのために、それを聞いて安心しました」メイプルトンは答えた。

「悪癖に関して警告すべきはぼくにだけではない」エリオットはつづけた。「サリー・ニューカムと彼女のところの女の子たちと親しいのはぼくではない。エイドリアンのことがそんなに心配なら、彼を診察させてくれるように頼むといい。あんたはそういうことをするのが好きだろう」

医師がエリオットの失礼極まりない発言に愕然《がくぜん》として言葉を失っているあいだに、彼はよろめきながら歩いていった。

8

公爵夫人よりも早起きなヘスターは、いつもひとりで朝食をとっていた。今朝も例外ではなく、小さな食堂に下りていくと、部屋にはほかにだれもいなかった。

ヘスターはしばし足を止め、レースのカーテン越しに差し込む早朝の日差しが、繊細な花柄の壁紙に影を躍らせる様子をうっとり眺めた。桜材の家具はぴかぴかに磨き込まれ、花と果実の版画が数点壁に飾られていた。天井やドアといった木造部分は白く塗られ、レースのカーテンの上にはさらに、襞《ひだ》をたっぷり寄せた白のやわらかいモスリンのカーテンがかかっていた。

ヘスターはこの部屋が大好きだった。見晴らしはそれほどよくないが、大きな食堂よりもはるかに居心地がよかった。ヘスターがそう言うと、ジェンキンズは亡くなった公爵夫人もこの部屋が好きだったと教えてくれた。そして、新しい公爵夫人はこの部屋だけは模様替えしなかったと、あたかもそれが喜ぶべきことであるかのように言った。

ヘスターは朝の日差しと朝食を楽しみながら、バロービー・ホールのほかの住人のことを考えた。

公爵夫人を理解するのはそれほどむずかしいことではなかった。彼女は虚栄心の強いわがままな女性で、じつの息子を溺愛《できあい》し、義理の息子を毛嫌いしている。ヘスターは公爵夫人を怒らせないように、おとなしく言われたとおりにしていればそれでよかった。特別むずかしいことではない。

問題なのは、公爵と異母兄弟のエリオット卿《きょう》だ。

エリオット・フィッツウォルター卿は晩餐《ばんさん》の席ではじつに魅力的にふるまい、ヘスターにもなにかと気を配ってくれた。公爵夫人の相手をしていないときには必ずヘスターに話しかけ、彼女は庭での不愉快な出来事をほとんど忘れてしまいそうになった。

食事のあと、エリオット卿は少し赤い顔をして客間にいる夫人とヘスターに加わり、ブランデーがいつも飲んでいたものよりも強かったと言いながら、引きつづき旅の話をしてふたりを楽しませてくれた。

黒の公爵に関しては、謎《なぞ》が深まるいっぽうだった。厩《うまや》での一件はいまだにヘスターの心を乱していた。公爵に言われたことはもちろんそうだが、彼とふたりきりになったときに胸の高鳴りを抑えられなかった自分に大いにとまどっていた。

世間では、公爵は堕落しきった放蕩《ほうとう》者だと言われているのに。

でも、それが事実なら、公爵はなぜ自分をあれほど嫌っている継母を屋敷に住まわせ、贅沢《ぜいたく》な暮らしをするのを許しているのだろう？　エリオット卿の生活費も公爵が出しているにちがいない。身勝手な放蕩者のすることではない。

公爵にはいきなりキスされたり、厩でひとりでいるときに近づいてこられたりしたけれど、少しも怖いとは思わなかった。驚きととまどいと興奮を覚えただけで、危険は感じなかった。それどころか、厩では公爵の芝居がかった態度を楽しんでいた。

そして、急に真顔になって弟を信用するなと彼女に警告した。彼の警告を真剣に受け止めるのなら、彼のような男性が自分を心配してくれているのをうれしく思うべきなのだろう。

でも、ヘスターが今どう感じていようと、黒の公爵の数多くの醜聞を無視することはできない。

公爵が正餐の席に現れなくても、公爵夫人とエリオット卿は特別驚いた様子は見せなかった。ジェンキンズが公爵は〝ボールビーじいさん〟に会いに行ったと告げるまでは。公爵夫人は不機嫌な顔をし、ヘスターはボールビーじいさんがだれなのかきいてはいけないのだということに気づいた。それでも、ボールビーという名前に聞き覚えがあるような気がして、昨夜眠りに就く前に考えてみたが、結局なにも思い出せなかった。

「ここでなにをしているのだ？」

公爵のぶっきらぼうな声がヘスターの物思いを打ち破り、彼女は青白い顔をして、足を引きずりながら部屋に入ってきた彼をじっと見つめた。厩で会ったときと同じ服装で、ブーツには泥がつき、髪はくしゃくしゃに乱れていた。

「コーヒーは熱くなっているか？」公爵はたずね、ヘスターが返事をする前にカップに手を伸ばして、中味をいっきに飲み干した。それから椅子を引いて座り、痛みに顔をしかめた。

「ご気分が悪いのですか？」ヘスターはそっとたず

ねた。

「気分は悪くない」

「それでは、脚が痛むのですか？」

公爵はうんざりしたような表情でヘスターを見た。「心配してくれるのはありがたいが、レディ・ヘスター、少し黙っていてくれないか？」

ヘスターは朝食に視線を戻した。公爵が失礼な態度をとるつもりなら、黙っているに越したことはない。公爵がひと晩じゅう飲んでいたのは明らかだ。ひょっとすると、馬から落ちたのかもしれない。彼の失礼な態度を考えれば、少しも同情する気にはなれなかった。

「ジェンキンズ！」公爵は大声で言った。「卵とベーコンを持ってきてくれ」執事が現れると、彼は命じた。「それから、コーヒーも。わたしと、レディ・ヘスターの分だ」

「オートミールでございますね。ただいま」


「わたしは卵とベーコンと言ったのだ」公爵はいらだたしげに繰り返した。

「卵とベーコンではオートミールほどおなかがいっぱいになりません」ジェンキンズはいらだった主人と目を合わせずに、つぶやいた。

「わたしは卵とベーコンが欲しいのだ！」公爵が繰り返すと、今度はジェンキンズもうなずいた。

ドアが閉まってから、公爵は大きなため息をつき、椅子の背にもたれて目を閉じた。「ジェンキンズと話をしなければならないだろう」彼はつぶやいた。「オートミールを食べるくらいなら、土を食べたほうがまだましだ」彼は目を開けて、ヘスターをじっと見た。「きみもオートミールのほうが体にいいと思うか？」

「あなたがわたしの意見に耳を傾けるとは思えません」ヘスターは言った。「あなたはご自分が召し上がりたいと思うものを召し上がるのでしょう」

公爵は大きな声で笑った。「わたしの性格をすっかり見抜いているんだな。きみのことだから、ジェンキンズが自分に都合のいいことだけ聞こえるのにもう気づいているだろう」彼は体を起こして、彼女を見た。「わたしがひと晩じゅう飲んで騒いでいたと思っているんだろう？」

「あなたがどこにいらして、なにをなさっていたのか、わたしは存じ上げません。わたしには関係のないことです」

「当たり障りのないじつにみごとな返答だ。だが、そうやって唇を固く結んで、目に非難の色を浮かべていると、効果も半減だ」執事が覆いをした料理と新しい銀製のコーヒーポットをトレイにのせて戻ってきた。「ジェンキンズ、やっと来たか！」公爵はいらいらしたように言った。「待っているあいだ、間が持たないので話をしていなければならなかった。レディ・ヘスターのカップにお代わりを注《つ》いでやってくれ」

「ボールビーは今朝はどんな様子ですか？」執事はヘスターのカップに熱いコーヒーを注ぎながら、静かにたずねた。

「ボールビーなら死んだ」公爵は淡々と言った。ジェンキンズともヘスターとも視線を合わせようとせず、テーブルをじっと見つめている。

「それは残念でした」

「そうだ、残念だ、ジェンキンズ」

「葬儀には参列なさいますか？」

公爵はうつむいたままうなずいた。「明日の朝だ」

執事はうなずき、黙って部屋から出ていった。

「ミスター・ボールビーはお友だちですか？」しばらくしてから、ヘスターはたずねた。

「そうだ」

「お気の毒でした」

公爵は冷ややかな目でヘスターを見た。「きみはボールビーを知らないだろう。彼が生きていようが、死んでいようが、きみには関係のないことだ」

ヘスターは友だちが亡くなって気の毒だという以外に適当な言葉を思いつかなかったからそう言ったまでだと言おうとした。だが、公爵に冷ややかな目で見られるだけだとわかっていたので、そのまま黙っていた。

エイドリアンは静かにコーヒーを飲んでいるレディ・ヘスターの存在を無視して、朝食を食べはじめた。

彼はボールビーの意識が朦朧《もうろう》として話ができなくなるまで、狩りやスポーツ、いたずらや冗談について話したことを思い出した。エイドリアンはボールビーの妻に自分が座っている腰かけに座るように何度も言った。彼女は涙がかれるくらい泣き、ボールビーが息を引き取ったときにはエイドリアンが二度と聞きたくないと思うほど悲しい声で泣き叫んだ。

ひと晩じゅう黙っていたボールビーの息子が、痩《や》せた体を揺すって嗚咽《おえつ》をもらした。

エイドリアンは家族だけにしてやったほうがいいと思い、黙って家を出て、馬で屋敷に向かった。バロービー・ホールに着いたころには、脚がひどく痛み出した。今は早く朝食をすませて、ベッドで眠りたかった。彼の気持ちがわかるかのように、同情に満ちた優しい目をしている若い女性と座ってなどいたくなかった。

「だいじょうぶですか？」

エイドリアンはヘスターをにらんだ。どうかわたしをひとりにしておいてくれ。「だいじょうぶだ」

「泣いていらっしゃいます」ヘスターはささやくような声で言い、哀れむように彼を見た。

エイドリアンは急いで頰の涙を拭《ぬぐ》った。「目にないつの間にか入ったのだ」

ヘスターは立ち上がってテーブルをまわってくる

と、エイドリアンの前に立って、袖《そで》からハンカチーフを取り出した。「見せてください」

「大したことはない」エイドリアンはヘスターを見ないで答えた。「すすか泥が入っただけだろう」

「そのままにしておくのは目によくありません」

エイドリアンは疲れ果てて口論する気になれないだけだと自分に言い聞かせて、体の向きを変え、彼女のほうに顔を上げた。レディ・ヘスターは額にしわを寄せ、唇を固く結んで、彼のあごをつかんで目をのぞき込んだ。

彼女の手は看護婦の手のように優しくしっかりしていた。「爵位を持つ家の出なのに」エイドリアンは言い、彼女の瞳が非常に魅惑的な青い色をしていることや、唇がなかば開いているのに気づいたが、気づいていないふりをした。

「どうしてそんなことをおっしゃるのですか？」ヘスターは公爵の目をのぞき込んだままぼんやりとたずねた。「窓のほうを見てください」

「その口調なら、優秀な家庭教師になれただろう」

ヘスターは公爵のあごを離した。「なにも入っていませんでした」彼女はそう言って、後ろに下がった。

エイドリアンは彼女の手が離れた瞬間、喪失感に襲われ、そんな自分にとまどいを覚えた。どんなに鈍感な人間でも、彼女を怒らせてしまったことに気づいただろう。彼女を傷つけるつもりはなかったのだが、家庭教師とくらべるのも褒められたことではない。エイドリアンは彼女の気分を害してしまったことを後悔した。

こんな気持ちになるとは、わたしはいったいどうしてしまったのだ？　わたしは黒の公爵だ。レディ・ヘスターのような女性はわたしに近づくべきではない。

「ひどくお疲れのようですね。お休みになったほうがよろしいですわ」

「そうしよう。一緒に来てくれるか？」

ヘスターは唖然《あぜん》としてエイドリアンを見つめた。

「とんでもありません！」きっぱり言うと、彼が自分の前で服を脱ごうとしているかのように慌てて部屋から飛び出していった。

エイドリアンは彼女にぶしつけなことを言ったのを後悔していなかった。彼女には最低な人間だと思わせておくほうがいいのだ。

ヘスターは図書室の前で立ち止まって、息を整えた。無意識のうちに両手をもみ合わせていた。指には公爵のあごをつかんだときに感じたちくちくする無精ひげの感触が残り、目には彼の黒い瞳に浮かんだ真剣な表情が焼きついていた。彼はわたしになにかを求めているように見えた。いったいなにを？

彼がこのわたしになにを求めているというのだろう？

ベッドをともにすること？　美しさに欠けるヘスターは男性からそんな誘いを受けたことは一度もなかった。まして、バロービー公爵のような男性からは。でも、そう言ったときの彼の目に好色なところは少しもなく、いつもの皮肉な表情も浮かんでいなかった。

公爵の目は狂おしいまでになにかを求めていた。

黒の公爵が世間で言われているような放蕩者ではなく、わたしの関心を求めている孤独なひとりの男性にすぎないのだと見抜くことができたのなら、わたしは本当に家庭教師になるべきだったのかもしれない。

わたしはどうかしているわ。感傷的になりすぎている。公爵のような男性が女性に優しさと愛情を求めているはずがないじゃないの。彼が女性に求めているのは、自分の欲求を満たしてくれることだけ。

ヘスターは公爵の欲望のはけ口になるつもりはなかった。今もこれからも。

「言っただろう。おれは帰らない！　公爵さまにお会いするまでは！」建物の横にある出入り口のあたりで怒鳴っている男の声が聞こえた。

そこには小さな部屋があり、公爵が滞在しているあいだ、借地人と面会するのに使っているとジェンキンズが言っていた。不満のある借地人が公爵に面会を求めに来たのだろう。

小声でそれを拒むもうひとりの男性の声が聞こえ、ヘスターはスミーチ牧師ではないかと思った。牧師は公爵の土地の問題に口を出す権限はないはずだ。それが教区民の幸福に影響を与えないかぎりは。

そのとき、エリオット卿が階段を下りてきて、ヘスターに気づくと、そっけない兄とは対照的ににこやかにほほえんだ。性格に多少問題はあるかもしれないが、ヘスターは彼の親しみやすい態度に心がなごむのを感じた。「なにごとだろう？」彼は楽しそうに言った。

「借地人が公爵に会いたがっているようです」

同じ方向から再び公爵の面会を強く求める声が聞こえてきた。「そのようですね」エリオット卿は言った。「兄はまだ戻ってきていないんじゃないのかな」エリオット卿は眉をひそめた。「ひと晩じゅう出歩いているんだ」

「お帰りになっていますよ。たった今、小さな食堂でお会いしました」

「本当に？」エリオット卿はヘスターの全身をじろじろ眺め、彼女は不愉快な気持ちになった。公爵にいきなりキスをされたときよりも厚かましく感じられた。少なくとも公爵には、いきなり起こされたという口実があった。

「朝食を召し上がっておられます。お友だちの家を訪ねていらして、その方がお亡くなりになったそうです」

エリオット卿は驚いたような顔をした。「だれが亡くなったって？」

「ボールビーという方です」

「ああ、ボールビーじいさんか」エリオット卿は老人の死の知らせに特に動揺したようには見えなかった。「エイドリアンはボールビーの家に行って、そのあとは……どこかほかの場所に行ったんでしょう」

ヘスターはエリオット卿の推測が正しいかもしれないと思って、失望を感じた。ボールビーという男性がいつ死んだのかわからないし、公爵がどれくらい遺体に付き添っていたのかもわからない。公爵がボールビーという人の死を心から悲しんでいるのは確かだけれど、悲しみを紛らそうと地元の酒場に行ったことは大いにありうる。

公爵夫人が踊り場に姿を現し、玄関ホールをさっと見まわした。「エイドリアンはどこなの？」怒って声をとがらせる。「あのならず者！　家に戻ってきて一週間もたたないのに、もうここをホテル代わりにしているんですから」

「朝食をとっているそうですよ。わたしはそう聞いています」エリオット卿は答えて、意味ありげな目でヘスターを見た。ヘスターはまるで自分が責められているような気がした。公爵がひと晩じゅう家を空けていて、今朝食をとっているのはわたしの責任ではないのに。

「亡くなった男性のそばにずっとついていらしたのだと思います」ヘスターはそれが真実であることを願って言った。

公爵夫人は女王然として階段を下りてきた。「エイドリアンが死にかけている人を訪ねたですって。ヴィクトリア女王が厩で眠っていると言われたほうがまだしも信じられるわ」彼女が階段のいちばん下で立ち止まると、言い争う声が少し大きくなった。

「いったいなんの騒ぎなの？」

「だれかがエイドリアンに会いたがっているようです」

「それなら、どうして執務室に行かないの？　この騒ぎが聞こえないはずがないでしょう。よくのんびり朝食をとっていられるものだわ。まったく自分勝手なんだから。ヘスター、すぐに呼んできてちょうだい」

ヘスターは少しむっとした。わたしは召使いではない。だれかを呼びに行くのはわたしの仕事ではない。

さいわい、ジェンキンズがよろよろしながら階段の角を曲がってきた。「なにかご用でしょうか？」

「公爵が小さな食堂にいるわ」

ジェンキンズはびっくりしたような顔をした。

「食堂にあひるが？　ボールビーのせがれに追い出してもらいましょう。ちょうど今、執務室で公爵を待っておりますので」

ヘスターはジェンキンズは都合のいいことだけ聞こえると公爵が言っていたのを思い出し、執事はわざと状況を混乱させているのではないかと思った。エリオット卿をちらりと見ると、半分背を向けて笑いをこらえていた。

「そうじゃないわ！」公爵夫人はいらだたしげに言った。「公爵よ！　公爵が小さな食堂にいると言ったのよ。すぐに彼を呼んできて。朝からこんなにうるさいのには耐えられないわ」

「わたしもです」公爵は皮肉っぽく言った。

全員が小さな食堂に通じる廊下のほうを向いた。公爵がぶらりと彼らのほうに近づいてきた。ヘスターが驚いたことに、公爵はさきほどとは違い、少しも疲れたようには見えなかった。

朝食をとったせいかもしれない。理由がなんであれ、目は輝き、態度もしゃんとしていた。「みなさん、おはようございます」いかにも楽しそうに言う。

公爵夫人は眉をひそめて執事を、ついで義理の息子を見たが、公爵は彼女を無視した。

「旦那《だんな》さま」ジェンキンズは言った。「ボールビーの息子とスミーチ牧師がボールビーの家のことでお話があるそうです」

「すぐに行く。土地のことですので、みなさんはどうぞご自由になさってください」彼はそう言って、屋敷の反対側にある執務室に向かった。

「さあ、朝食にしましょう、エリオット」公爵夫人は言って、息子の腕をつかんだ。「レディ・ヘスター、わたしの朝食がすんだら、客間に来てちょうだい。舞踏会の招待状を書き終えてしまわないといけないから」

「わかりました」ヘスターは答えた。

公爵夫人と息子は立ち去っていった。エリオット卿は悲しそうに後ろを振り返り、公爵夫人はぷりぷり怒っていた。

ヘスターは部屋に戻って読書をしようと思った。公爵夫人が朝食を終えるまでにはしばらくかかるだろう。夫人は義理の息子を批判するのにたびたび食事を中断せざるをえないだろうから。

ところが、ヘスターはすぐに階段を上らずに、エリオット卿と母親が角を曲がって小さな食堂に向かうのを待った。ふたりが食堂に入ったころを見計らって、急いで廊下を進み、食堂の閉じられたドアの前を忍び足で歩いた。なかから、公爵夫人が怒ってぶつぶつ言う声が聞こえてきた。そして、屋敷の端に向かった。裏階段に行くにはかなりまわり道になるが、公爵の執務室のそばを通ることができる。

しない。今この話をしなくてもよいのではないのか?」ヘスターは公爵が落ち着いた声で言うのを聞いた。

「どうしようもなかったんです、旦那《だんな》さま」若い男は答え、怒りをあらわにした。「まだ父さんの体を清めてもいないうちに、この男がやってきて、出ていけと言われたんです」

「本当かね、牧師?」公爵はたずねた。彼の声はぞっとするほど穏やかで、ヘスターはこの声が自分に向けられたのでなくてよかったと心から思った。あの思い上がった牧師がどんな顔をしているか見たくなって、ヘスターはそっとドアに近づいていってなかをのぞいた。

9

執務室として使われている部屋は小さく、白で塗られた簡素な部屋だった。カーテンのかかっていない窓からは太陽の光が差し込み、壁に作りつけられた棚には台帳らしきものが置かれていた。公爵は狭い空間にぴたりと収まるように配置された机に座り、向かいの木の椅子に、スミーチ牧師が見るからに決まり悪そうに座っていた。ひょろりとした若者が、荒れた手に帽子を持って、やはり気まずそうに部屋の隅に立っている。砂色の髪はぼさぼさで、顔にはそばかすが目立ち、眠っていないのか、あるいはずっと泣いていたのか、目は赤く腫《は》れていた。訴えかけるようなまなざしを公爵に向け、それとは対照的に、親の敵を見るような目で牧師を見た。

「公爵さま」牧師は言った。「ボールビー一家はこの五年間公爵さまのご厚意であの家に住んでおりましたが、地代の支払いはいつも遅れ、ろくに働きもしません。公爵夫人とわたしはこの件について何度も話し合っておりますので、夫人もわたしの意見に賛成してくださると思います。あの家をもっとふさわしい家族に、公爵夫人……いいえ、公爵ご自身の寛大さに感謝するような家族にお与えになるべきです。すでにぴったりの家族を見つけております。両親はきちんとしておりまして、小さな子供たちもおります。ボールビーには気の毒かと——」

若者はあざけるように鼻を鳴らし、太った牧師の頭を殴ってやりたくてたまらないかのようにこぶしを固く握り締めた。

「気の毒かとは思いましたが」牧師は若者をにらんでつづけた。「そこのボールビーに乱暴に追い出されましたもので、しかたなく公爵さまに訴え出たしだいです」

「ボールビーの埋葬がすむまで待てなかったのか？」公爵がたずね、ヘスターは質問されているのが自分でなくてよかったと再び思った。

牧師は公爵の非難に気づき、額に汗をかいて、僧服の襟のなかに指を入れてゆるめようとした。

「公爵さま、わたしは——」

「母さんが雌鶏《めんどり》を売らなかったのが気に入らないんだろう？」ボールビーが出し抜けに言った。

「なんの話をしているのだ？」公爵はたずね、椅子の背にもたれて怪我《けが》をしているほうの脚を伸ばしながら、ふたりの男を交互に見た。

「母さんがいい雌鶏を飼っていたんです。こいつがいい鶏でしてね。そこにいる牧師が売ってくれと言ったが、母さんは売ろうとしなかった。そのときから、おれたちのことを根に持っているんです！」

公爵は恐ろしい目でスミーチ牧師をにらんだが、そのあと、すぐにほほえんだ。「なにかの間違いだろう、トム。牧師がそのような狭量な人間であるはずがない。たかが鶏一羽のことで」

「スミスの一家はあの家が欲しいんです」

「ちょっと待ってくれ」公爵はきびしい口調で言った。「スミスというのはいったいだれだ？　借地人にスミスなどという家族はいなかったはずだが」

牧師は額に汗をかいて、咳払《せきばら》いをした。「ここに来たばかりでして。公爵夫人のお許しもいただいておりますし、本当に信頼できる、真面目《まじめ》で働き者の一家なんです」

「公爵夫人の手助けをし、さらにはわたしの地所の管理にまで協力してくれるとは、なんともまあ親切なことだ」

「公爵さま、わたし……いえ、わたくしどもは、公爵さまの土地にふさわしい者たちを雇うことに心を砕いております」

「ふん！」トム・ボールビーは吐き捨てるように言った。「スミス一家というのはその男の親戚《しんせき》なんです！」

公爵はいぶかしげに眉を上げた。「本当なのか、牧師？」

牧師は咳払いをして、聖職者とは思えないような険悪な目つきでトムをにらんだ。「遠い親戚です」

「そうか。あなたの親戚なら、なんらかの取り柄はあるのだろう」

公爵の声には皮肉が込められていた。ふたりもそれに気づいたらしく、トム・ボールビーはうれしそうな顔をし、牧師は公爵をにらまないように必死に自分を抑えていた。ヘスターにはそれがおかしくて、手で口を覆って笑いをこらえた。

「空いている家はほかになかったのか？」

「一家が住めるほど大きなものはありません」

「旦那さま」トム・ボールビーは言った。公爵の問題への対応に怒りがやわらいだようだ。「いずれあの家を出なければならないのはわかっています。母さんは悲しむでしょうが。なにしろ、花嫁として嫁いできた家ですからね。ただ、準備ができるまで待ってほしいんです」

公爵はふたりをじっと見つめた。「よくわかった。スミス一家というのがそれほど立派な家族なら、地所に住まわせない手はない。彼らが、スミーチ牧師、あなたの親類であろうとなかろうと。だから、こうしよう」

公爵は机の引き出しを開けて、紙とペンとインクの壺《つぼ》を取り出した。「トム、おまえたち家族に家とそれに付随する土地をやろう」

「えっ？」ふたりの男たちは声をそろえて言った。ひとりは信じられない喜びに、もうひとりは失望に。

「スミス一家には新しい家を用意する。牧師館の横がいいだろう。あなたが一家の擁護者なので、ボールビー一家が払っていたのよりも少しだけ高い地代で貸すことにする」

牧師は困ったような顔をし、大きなハンカチーフを取り出して顔を拭《ふ》いたが、なにも言わなかった。なにを言うことがあるというのだろう？　ヘスターはいたずらっぽくほほえんだ。公爵はまんまとスミーチ牧師の裏をかいたのだ。

公爵が書類の上にかがみ込んだとき、その顔に笑みが浮かんでいるのを見て、ヘスターは彼自身もそう思っているのに気づいた。そのあと、公爵が突然目を上げて、ドアのほうをちらりと見た。ヘスターはどきっとし、話を聞こうと身を乗り出しすぎていたことに気づいた。きっとスカートを見つけられてしまったにちがいない。彼女はスカートをつかんで、引っ張った。

だが、遅すぎた。「ああ、レディ・ヘスター！」公爵が声をかけ、ヘスターは長居しすぎた自分を呪《のろ》った。

それでも、ヘスターは笑みを浮かべて執務室の戸口に立った。「おはようございます、公爵さま、牧師さま」ヘスターは言った。「裏階段に行く途中だったんです」

公爵がほほえんでいるのを見て、ヘスターは彼女がなぜこちらの方向に来たのか、彼に理由を知られているような気がしてならなかった。牧師がスミス一家を強く推薦するのは、私利私欲のためだと見抜いたように。

危険な人だわ。ヘスターは公爵が書類に書く作業に戻ったので、気づかれないように少しずつあとずさりはじめた。「レディ・ヘスター、トム・ボールビーを紹介しよう」公爵は目を上げずに言った。「彼は父親のような立派な猟場管理人になるだろう」

ヘスターが膝を曲げてちょこんとお辞儀をすると、ボールビーは目を輝かせた。彼はバロービー公爵の地所の猟場管理人になることを初めて聞いたのではないかとヘスターは思った。「一生懸命働きます、旦那さま。決してご期待を裏切りません。ありがとうございます！」

公爵は気にしなくていいとでもいうようにペンを振り、再びペン先をインクの瓶に浸した。彼は再びスミーチ牧師を見た。「牧師補は一緒ではないのか？」

どうしてそんなことをきくのだろうとヘスターは思った。それは牧師も同じだった。「いいえ。彼は今朝病人を見舞っています」

「あなたが借地人の家の話をしているあいだに？　まあ、それはいいとして。あなたは忙しい男だ。彼はあなたの数多くの仕事をこなして、さぞかしいい牧師補になるだろう」

「そうですね」

「彼はスコットランド人か？」

「はい。エジンバラの出身です」

「母が舞踏会を計画している。若い男性にできるだけ多く出席してもらいたい。聖職者がダンスをすることに異論はないだろう?」

「もちろんです。喜んで出席させていただきます」

ヘスターがドアにたどり着いたそのとき、公爵が再び冷ややかな視線を向けた。「なぜかみんな急いでいるようだ」ヘスターは早く部屋を逃げ出そうとしているのを見つかって顔を赤くした。「ボールビー、これが不動産譲渡証書だ」公爵は若者に書類を渡し、若者はそれをうやうやしく受け取った。「早く家に帰って、母親に知らせてやれ」

「ありがとうございます、旦那さま。本当にありがとうございます! それでは、これで失礼させていただきます」若者はお辞儀をして、後ろ向きのままヘスターの横を通って部屋の外に出ていった。そのあと、すぐに彼が走り去る足音が聞こえてきた。

公爵はため息をついたが、その目はいたずらっぽく輝いていた。「施しに勝るものはない。そうだね、牧師?」

「そうです」牧師はしぶしぶ答えた。

「公爵夫人がもうじき客間に来るだろう。母と話したいだろう? 母もあなたと話をするのを楽しみにしている」

「ありがとうございます。喜んで行かせていただきます」

公爵は立ち上がった。「それでは、牧師」

「それでは、失礼いたします」牧師は言い、お辞儀をしてから部屋を出ていった。

「尊敬される紳士を怒らせてしまったようだな」自分がここにいる理由はなにもないとヘスターが考えていたちょうどそのとき、公爵がそう言って再び椅子に腰を下ろした。それなのに、ヘスターは部屋を立ち去ることができなかった。「そうですね、でも、あなたは喜んでそうなさったように思えますけれど」

公爵は驚いたような顔をしてヘスターを見た。

「レディ・ヘスター、きみはわたしの心が読めるんだな？　ジプシーの血を引いているのか？」

「いいえ。でも、お顔を見ればわかります。うかつでしたね」

「ああ、またひとつわたしの性格の重大な欠陥が明らかになってしまった」公爵は眉間《みけん》にしわを寄せたが、ヘスターには彼が本当に落胆しているようには見えなかった。「きみは自分の本当の気持ちを隠すのがうまい」

「必要なときには、公爵さま」

公爵は再び眉間にしわを寄せた。ヘスターは彼が怒っているのではないかと思った。「いつまで〝公爵さま〟と呼ばなければならないんだ？」彼は問いつめた。

「そうお呼びするのがふさわしいかと思いまして」ヘスターは答え、公爵が彼女に堅苦しい呼び方をされるのをいやがっているのを知って内心喜んだ。

「公爵さま」彼女はいたずらっぽくつけ加えた。「わたしがそのように呼ばれるのに値しない人間だということにはきみも同意するだろう」

「敬称はその人の持つ爵位に由来するものです。その人自身がそれに値するかどうかは関係ありません」

「それでも、きみには……」

ヘスターは固唾《かたず》をのんで公爵がつづけるのを待った。彼がどんなことを言い出すか気が気でなかった。

「〝エイドリアンさま〟と呼んでくれ。もちろん、名前で呼ぶようにと言われたら、どうしよう？　ふたりきりのときだけだ。世間を騒がせたくないのでね」

「そのような機会はめったにないでしょうから、エイドリアンさまとお呼びすることに異論はありません」ヘスターは答えた。「本当に、もう行きませんと」

そう言って、ヘスターは部屋を出た。用心しないと、公爵との会話を楽しんでしまいそうだ。

エイドリアンは執務室のドアを閉め、足を引きずりながら椅子に戻って、ほくそ笑んだ。彼はレディ・ヘスターとの会話を楽しんだ。わたしがなんと呼んでほしがっているか、答えを待つあいだの彼女の顔といったら！　彼女のような女性に出会ったのは初めてだ。期待に目を輝かせ、なかば唇を開いた彼女を見ているうちに、もう一度彼女にキスをしたくなった。脚を動かすのがこれほど苦痛でなければ、そうしていたかもしれない。

それに、マッケンナ牧師補のことを話題にしても、彼女は表情ひとつ変えなかった。彼女はイングランド一謎《なぞ》めいた女性なのか、あるいは、若き牧師補は彼女にとって牧師補以外のなにものでもないかのどちらかだろう。

いずれにせよ、わたしにはなんの意味もないことだ。わたしがボールビー一家に家を与えたことを彼女が知っているのを喜ぶ必要もない。彼女の賞賛も同意も必要ない。

実際、わたしのすることを彼女がどう思うかいちいち気にしていたら、気が休まる間もないだろう。それでなくても、わたしはすでに多くの心配事を抱えているのだ。

あの驚くべきレディ・ヘスターがわたしをひそかに見張っていたことを思い出したほうがいいだろう。好奇心の強い女だと蔑《さげす》もうとしたが、そっとドアに忍びより、鍵穴《かぎあな》に耳を押し当てて盗み聞きしているレディ・ヘスターの姿を目に浮かべ、思わず笑い出したくなった。

彼女は本当に興味深い女性だ。ここを離れがたくなる。

「残念ながら、本当のようですよ」スミーチ牧師が帰っただいぶあと、エリオットは座ってお茶を飲みながら母親に言った。「エイドリアンはぼくにはなにも話してくれませんでした。怒った熊《くま》みたいになって、出ていけと言われただけです」エリオットが正直なら、エイドリアンは粗野な港湾労働者のように彼に悪態をついて、ひとりにしておいてくれと言われたと告げたはずだ。「牧師の言ったとおり、証書は合法でしょう」

「スミーチ牧師の勘違いか、エイドリアンがひどい悪ふざけをしているだけだと期待するのはばかげているのはわかっているのよ」公爵夫人はウエッジウッドのカップと皿をがちゃんと置いた。「あんなにいい家と土地をボールビーのような一家にくれてやるなんて、愚かにもほどがあるわ。あの老いぼれをどれほど気に入っていたのか知らないけれど。わたしはボールビーが嫌いだったの。彼はここで雇われているあいだずっと密猟していたにちがいないんですからね」

「エイドリアンがスミーチ牧師をいらだたせるためだけにやったとしても驚きませんね」エリオットは言った。彼は怒った母親を考え深げに見つめた。「ロンドンの事務弁護士に連絡を取ったほうがいいかもしれませんよ」

「そんなことをしてもむだよ」公爵夫人はそう言って、こめかみを手で押さえた。「もうこの話はよしましょう」彼女は重苦しいため息をついて、ペストリーに手を伸ばした。「わたしたちは耐えるしかないのよ」

「それでも、地所がしだいに目減りしていくかと思うといい気はしませんね。彼が土地を売っていないと確認しないかぎり、安心できませんよ」

「あの人がそんなことをするはずがないわ！」公爵夫人は強い口調で言った。

「エイドリアンはどんなことでもする人間です」エリオットは言った。

「もう、レディ・ヘスターはなにをしているのかしら」公爵夫人はいらだたしげに言った。「どこにショールがあるかちゃんと言ったのに。彼女がすぐに来なかったら、明日はきっと背中が痛くなるわ」

そのとき、ヘスターがショールを手に持って客間の戸口に現れ、急いでなかに入ってきた。彼女はエリオット卿《きょう》に膝を曲げてお辞儀をすると、公爵夫人に取ってくるように言われたものを渡した。そしてお茶のテーブルの横にあるエリオット卿の向かいのほっそりした紫檀《したん》の椅子に座った。「お茶をお注《つ》ぎしましょうか?」ヘスターはそっとたずねた。

公爵夫人は眉をひそめて、首を横に振った。「もう注いだわ」彼女はかりかりして言った。「公爵がまたとんでもないことをしでかしたのは聞いた?」

「とんでもないこととおっしゃると?」ヘスターは素知らぬ顔でたずねた。立ち聞きしていたことはだれにも知られたくなかった。でも、公爵夫人が義理の息子の寛大な行為をどう思っているのか知りたかった。夫人の言葉でだいたい想像はついたが。

「かつて猟場管理人だった男の家族に土地と家をくれてやったのよ!」夫人は言った。

「もちろん、親切心からだと思います」エリオット卿は言った。「でも、少し考えが足りなかったと言わざるをえませんね。新しい家を建てなければいけなくなったんですから」

「公爵には家を新築する余裕はおありになるでしょう」ヘスターはエリオット卿のカップにお茶を注ぎながら言った。

「そのことは問題じゃないのよ」公爵夫人は言った。「ボールビーという男は怠け者で下品な男だったの。あの男への恩返しのつもりかもしれないけれど、家族に家と土地を与えるなんてもってのほかだわ」

ヘスターは、公爵が老人の恩に報いるために残された家族に家を与えたのだとは思わなかったが、公爵夫人がそう言うのならそうなのだろう。

「奥さま、サー・ダグラス・サクソン＝クーパーとミス・サクソン＝クーパーがお見えになりました」ジェンキンズが戸口から告げた。

「だれですか？」エリオット卿はたずねた。

「ああ、うんざりだわ！」公爵夫人は言った。「サー・ダグラス・サックヴィル＝クーパーとお嬢さんよ。うっかりしていたわ。留守だと言っておくんだった」

「もう居留守は使えませんよ」エリオット卿は言った。「ぼくはふたりに会いたいです。ふたりをお通ししろ、ジェンキンズ」

10

ジェンキンズに案内されたサー・ダグラスは、狩りで放たれた猟犬のような勢いで部屋に飛び込んできた。まず公爵夫人にお辞儀をしたが、夫人はそれに対して軽く会釈しただけだった。それから、エリオット卿《きょう》ににこやかにほほえみかけ、ヘスターにはうわの空でおざなりなお辞儀をした。そのころまでには、ダマリスが床の上を滑るような優雅な足取りで部屋に入ってきていた。彼女はたっぷりした青いスカートのレースとリボンがふんだんにあしらわれた美しいドレスを着ていた。かわいらしい麦わらの帽子には、ドレスに刺繍《ししゅう》された小さな花束に合う花のついた小枝が飾られていた。

ダマリスは女神かと見紛《みまが》うほど美しく、神々しいばかりに輝いていた。ヘスターでさえも嫉妬《しっと》してしまうほどの美しさだった。黒い髪が窓から差し込む日差しを浴びて輝き、ほんのり薔薇《ばら》色に頬を染めてエリオット卿にほほえみかけた。

エリオット卿は素早く立ち上がると、急いでダマリスに近づき、立ち止まってまず父親に挨拶《あいさつ》した。ヘスターはこれが初めてではなかったが、それどころか、何度経験したかわからないが、自分の存在がかすんでいくのを感じた。

「まさか、あの小さなダマリスじゃないだろうね！」エリオット卿は畏敬《いけい》の念に打たれたように、いささか大げさな口調で言った。

ダマリスはさらに頬を染め、エリオット卿に窓のそばの、公爵夫人から遠く離れた椅子に導かれた。夫人は感心しないといった目でふたりを見ていた。

サー・ダグラスもふたりの様子を見ていたが、その目にはやはり、賛成しかねるといった表情が浮かんでいた。「今朝は公爵はどちらにおいでですか？」サー・ダグラスはそうたずねて、再び鈍感さを露呈した。彼は公爵夫人が義理の息子をよく思っていないことにまるで気づいていないのだ。まだ大物を釣ることをあきらめていないのだろう。

「知らないわ」公爵夫人はそっけなく答えた。「お座りになったら、サー・ダグラス？」

サー・ダグラスは言われたとおりソファの公爵夫人の隣に腰を下ろした。夫人はサー・ダグラスがこれほど近くに座るとは思わなかったのだろう。今にも気絶しそうになった。

そこへ当の公爵が現れ、部屋の空気が一段と緊張した。「ジェンキンズからお客さまだと聞いてきたのだが、女神が下界に降りてきたとは思わなかった」

大げさとも言えるお世辞だったが、ダマリスはエリオット卿から、以前はあれほど恐れていた公爵に顔を向け、にこやかにほほえみかけた。エリオット卿がそばいると安心できるのだろう。ヘスターは意地悪くそう思った。

公爵は継母とサー・ダグラスに短くうなずき、ダマリスに近づいていった。フィッツウォルター家のふたりの男性はそろってヘスターに関心がなく、彼女は自分だけほかの国にいるも同然な気分になった。ヘスターが家を出たのはそのためだった。自分が無用な存在に感じられ、家族のだれからも関心を持たれないのに耐えられなかったのだ。

正直に言えば、男性から関心を持たれないことに。フィッツウォルター家のふたりの男性に無視され、ヘスターは家にいたとき以上の疎外感を覚えた。

さらに悪いことに、ヘスターはここで召使い同然の扱いを受けていた。公爵夫人はヘスターに舞踏会の準備をすべて押しつけていた。それもまた、彼女が家を出た理由のひとつだった。母も人を贅沢《ぜいたく》にもてなすのが好きで、ここ数年ヘスターが準備をさせられることがますます多くなっていた。そのおかげで、今では眠っていても舞踏会の準備ができそうだった。それでもやはり、いやな仕事にはちがいなかった。

どうやらわたしは、舞踏会と、わたしの存在がそこにないかのようにふるまう男性たちから逃れられない運命にあるようだ。

「そう思いませんか、レディ・ヘスター？」サー・ダグラスが大きな声で言った。

ヘスターは礼儀正しい笑みを浮かべて男性のほうを向いた。「もう一度おっしゃっていただけますか、サー・ダグラス？」

「舞踏会はさぞかし楽しいものになるだろうと言ったんです。できれば、ダマリスにあなたのお手伝いをさせたいのですが。あなたは細かいことによく気がつくと公爵夫人が褒めていらしたので」サー・ダグラスは少し前に身を乗り出して、ハンサムな貴族の男性にはさまれたダマリスをちらりと見た。「将来家庭を持ったときのために、そのようなことを学んでおく必要がありますからね」

「レディ・ヘスターは準備の天才よ」公爵夫人は静かに言った。

お世辞とはいえ、ヘスターは自分の能力をめったに認められたことがなかったので、なんと答えたらいいのかわからなかった。彼女は部屋にいるほかの三人をちらりと見た。そして、公爵がじっとこちらを見ているのに気づいてはっとした。いっぽう、彼の異腹の弟の関心はもっぱらダマリスに寄せられていた。そのダマリスは慎《つつ》ましく床を見つめている。

ヘスターは真っ赤になって、わけのわからないことをつぶやいた。

「彼女がいなければ、母はどうやって舞踏会の準備をしたらいいかわかりませんよ」公爵はものうげに言った。「公爵夫人ほどの年齢になると、だれかの助けが必要になります」

ヘスターは公爵に向かって眉をひそめた。公爵が彼女を餌《えさ》に公爵夫人を怒らせたことに腹が立ったのだ。しかも、人前で。案の定、エリオット卿は笑いをこらえている。

公爵夫人は義理の息子を恐ろしい目でにらみ、そのあと、サー・ダグラスにほほえみかけた。「それでも、レディ・ヘスターがいてくれると本当に助かるわ。彼女を手放したくないけれど、彼女がどなたか幸運な男性のすばらしい奥さまになる機会を奪うことはできないでしょう？」

公爵夫人はいったいなんの話をしているのだろう？　ヘスターはますます赤くなった。こんなに気まずい思いをしたのは生まれて初めてだ。彼女は部屋を下がる口実を考えはじめた。

「あなたと、あなたの美しいお嬢さんも舞踏会に出席してくださいますね？」公爵が勲爵士のサー・ダグラスに言った。彼の低い声が突然訪れた重苦しい沈黙を打ち破った。

「もちろんです」サー・ダグラスは熱のこもった口調で言った。「ただ残念なことに、明日ロンドンに発《た》たなければならないのです。商用でして。ですが、舞踏会までには必ず戻ります」

「チェスタートン公爵から、ぜひ出席したいとお返事があったのよ。ワッピング・ヘッジホーン伯爵も、アルバンディ子爵とすてきな奥さまもお見えになるわ」

ヘスターは公爵夫人が舞踏会への出席の返事をよこした招待客の名前をつぎつぎに挙げるのを聞いて、ダマリスの目が恐怖に見開かれるのに気づいた。ダマリスは父親とは違い、自分たちがそのような集まりには場違いであることに気づいているのだ。公爵夫人の狙《ねら》いはまさにそこにあった。ところが、サー・ダグラスはといえば、得意満面だった。

「招待客の名簿は恐ろしく長いものになっているようですね」公爵は言った。「上院議員を全員お呼びになったのですか？」

「違います」公爵夫人は言った。「親しくしているご家族だけよ」

「チェスタートン公爵には父の葬儀のとき以来会っていません。彼はすでに亡くなっているものと思っていました」

エリオット卿は笑った。「彼は生きていますよ。若さを保つ面白い方法を見つけたんです」

「それはなんですか？」サー・ダグラスが興味津々にたずねた。

「彼はいつも木になったいちばん若い実を摘むんですよ」

ヘスターは思わず顔を赤らめた。彼女もチェスタートン公爵の噂《うわさ》は聞いたことがあり、エリオット卿が公爵の愛人の趣味のことを言っているのがわかった。

公爵は顔をしかめ、公爵夫人でさえもかすかにいらだった表情を見せた。夫人の幅広い交友関係を考えると、息子の言っていることが彼女にわからないはずはなかった。ダマリスは困惑し、サー・ダグラスは心配そうな顔をしていた。「熟れる前の実を食べたら、消化不良を起こすでしょうな」彼は真剣に言った。

「そうですね」公爵は同意した。「今年はわれわれの果樹園も豊作だと思いますよ、サー・ダグラス」

彼は巧みに話題を変えた。

「それはよかったですね」サー・ダグラスは心からそう思っているようだった。「じつは、南の果樹園にりんごの新しい品種を植えたんです。これがまたすばらしくて……」

話題は農業に移っていった。少なくとも、サー・ダグラスと公爵のあいだでは。エリオット卿とダマリスがなにをこそこそ話しているのか、ヘスターにはわからなかった。ふたりがひそひそ話をしているのに気づいたのはヘスターだけではなかった。公爵夫人は何度か息子に話しかけ、エリオット卿はそのたびに礼儀正しく応じたが、またすぐにダマリスと話しはじめた。

ヘスターはひと言も話さなかったが、だれもそのことに気づいていないようだった。

ようやくサー・ダグラスが腰を上げて、意味ありげな目で娘を見た。「残念ですが、わたくしどもはこれで失礼させていただきます」

ダマリスが立ち上がったとき、公爵夫人はじつにうれしそうな顔をしてうなずき、別れの挨拶をした。

エリオット卿がダマリスの手を取ると、彼女は喜びに顔を輝かせた。「しばしのお別れですね」彼は静かに言った。

公爵はエリオット卿がダマリスの手を放すのを待ってから、恐ろしくゆっくりと弟と同じ動作を繰り返した。低く頭を下げて、ダマリスの手の甲に唇を近づけ、親密な愛撫《あいぶ》と取られかねないキスをして彼女を見上げた。その目でじっと見つめられたら、どんな女性も彼に魅了されてしまうのをヘスターは知っていた。「アデュー、ミス・サックヴィル＝クーパー」

ヘスターはごくりと唾《つば》をのみ、ダマリスは案の定、茫然《ぼうぜん》とその場に立ちすくんでいた。

「ごきげんよう、ミス・サックヴィル＝クーパー」公爵夫人が鋭い口調で言うと、ダマリスは突然思い出したように歩き出した。

ふたりの若い男性は同じように賞賛と思惑に満ちたまなざしでダマリスの優雅な退場を見守った。

ヘスターには決して向けられたことのない、そして、この先も決して向けられることのないまなざしだった。

エイドリアンにとっては、つぎの数日間は毎日が過ぎるのがじれったいほど遅く感じられてならなかった。脚の痛みがいっこうに治まらず、屋敷にいるのを余儀なくされたのだ。

今回は最初にバロービー・ホールに戻ってきたときよりも始末が悪かった。原因はエリオットだ。すでにメイプルトンから、義弟が酔って町中を歩き、医師に下品な言葉を吐いたと報告を受けていた。

だが、そのことがエイドリアンを悩ませているのではなかった。それよりも彼を苦しめていたのは、エリオットのせいで、ヘスターを無視し、ダマリスに関心があるようなふりをしなければならないことだった。本当はその逆だ。しかし、ヘスターの身を守るためにはそうするしかなかった。彼が少しでもヘスターに関心を寄せていることをエリオットが知ったら、弟はあらゆる手を使って彼女を誘惑しようとするだろう。兄を困らせるだけのために。不幸なことに、それはいつも成功していた。最近ではエリザベス・ハウエルが犠牲になった。ヘスターは守ってくれる家族もなく、同じ屋根の下で生活しているのでなおさら危険だ。

いっぽう、ダマリスには彼女を守ってくれる父親がいて、別の家に住んでいる。

そういうわけで、エイドリアンはヘスターに関心がないふりをするしかなかった。それがどんなに自分の意思に反することであろうとも。

脚が少しよくなると、エイドリアンはエリオットがバロービーにいることによって生じるほかの問題に対処しに出かけた。何人かの居酒屋の主人に会い、これまでのエリオットのつけは払うが、今後はいっさい支払わないとはっきり伝えた。それを聞いて、主人たちは喜ばなかったが、弟に出す酒の量を制限するように言うと、それには応じた。

エイドリアンは今、別の目的のための店にいた。いずれエリオットがサリー・ニューカムのところに来るのはわかっていた。

エイドリアンは赤いベルベットに金めっきを施したソファに座りながら、同じようにけばけばしい金《きん》襴《らん》の壁紙とクリスタルのランプ、そして、血のように赤い厚手のベルベットのカーテンを眺めた。この部屋はある家族の家だったときには客間として使われていたが、今は待合室代わりになっていた。

サリーはいつまで待たせる気だろう？　エイドリアンはいらいらしながら思った。ほかの客と顔を合わせるといけないので、ここにはあまり長居はしたくなかった。不必要な醜聞は避けたかった。

小柄で、黒髪に黒い瞳の女性が、なまめかしくほほえみながら部屋に入ってきた。コルセットと肌着以外はなにも身につけていない。「ボンジュール、ムシュー・ラ・デューク」エイドリアンが礼儀正しく立ち上がると、彼女はかすれた声で言った。「どうぞお座りになって」

彼女はエイドリアンの向かいのソファに座り、古典絵画に描かれた妖精《ようせい》や女神のようなポーズを取って、彼に豊満な胸のふくらみを見せつけた。

その女性がソファに座っていくらもたたないうちに、別の若い女性が部屋に入ってきた。緑色の瞳に、浅黒い肌で脚は長くすらりとしている。ペニュワールと呼ばれる絹のゆったりしたネグリジェを着ていた。エイドリアンが再び椅子に座ると、またすぐに三人めの女性が現れた。かなりふくよかな若い女性で、濃い茶色の髪に茶色の目をして、きめの細かいじつに美しい肌をしていた。

さらに、もうひとり現れた。エイドリアンはその女性をしげしげと見つめた。そして、優しくほほえみかけた。ブロンドに青い瞳のほっそりしたその女性に覚えがあった。

「ようこそいらっしゃいました」メイジーは窓のそばに座って、エイドリアンにほほえみ返した。

エイドリアンは青い瞳をしたもうひとりの女性を思い出した。彼女がここにいる女性たちのような人生を送ることはないだろう。彼はヘスターのためにそれを喜び、サリーや、ロンドンのほかの同業者と親しくなったいきさつを呪《のろ》った。

メイジーのあとからは、スタイル抜群の赤毛のそばかすと、もうひとりの茶色の髪の美人がやってきた。

エイドリアンはサリーの〝従業員〟に子供や、栄養失調や、虐待された女性がいないのに気づいてひとまず安心した。楽な人生ではないが、少なくともサリーの下で働いていれば、この職業に就いている女性にしては最大限の安全を確保できる。サリーがいなければ、彼女たちは物乞《ものご》いになるか、街娼《がいしょう》になるかしか道はなく、あるいは何人かはもうすでに死んでいたかもしれない。

さんざん待たせたあげくにサリーが現れた。ピンク色のネグリジェを着ていたが、体を覆う役目はほとんど果たしていなかった。彼女は豊満な中年女性だったが、化粧でうまく年齢を隠していた。花のような香水のにおいをぷんぷんさせている。「みんな、出ていって」サリーが命じると、女性たちは不満そうな、あるいはがっかりしたような表情で部屋を出ていった。

エイドリアンが今よりも若いとき、サリーは彼の恋人であり、友人であり、教師でもあった。彼女がソファの彼の横に座ると、彼は優しい目で彼女を見た。「また会えてうれしいわ、エイドリアン」

「わたしもだ、サリー」

「メイジーは元気そうだったでしょう?」サリーは思わせぶりにたずねた。

「ああ」エイドリアンはあいまいな返事をした。「アンジェラの姿が見えなかったが」

「彼女はリヴァプールに自分の店を持ったのよ。繁盛していると聞いたわ」彼女はエイドリアンにさらに接近した。

「メイジーもあなたに会えて喜んでいたわ」

「今日はそのことで来たんじゃないんだ、サリー」エイドリアンは答えた。

サリーはけげんそうな目でエイドリアンを見た。「それなら、どうして来たの? 昔なじみを訪ねてきたの?」

「エリオットが戻ってきたことを知らせに来たんだ」

サリーは唇の端を下げて嫌悪感をあらわにした。「そうらしいわね。でも、ここに入れるつもりはないわ」彼女はきっぱりと言った。「この前あんなことがあったあとではね。ダフネは死ぬほどおびえて、つぎの週には逃げ出してしまったのよ。おそらく、ロンドンにでも行ったんでしょう。かわいそうに。ロンドンに行ったら、女の子にどんな運命が待ち受けているかあなたもよくわかっているでしょう。あなたの弟であろうとなかろうと、ここでは歓迎されないと伝えてちょうだい」

「わかった」エイドリアンは言った。「ダフネのことは本当に気の毒だった。だが、わたしがここに来ないようにエリオットに言ったところで、彼はいずれ来るだろう」

サリーはほとんど服の役目を果たしていない薄い布地を体に巻きつけて、首を横に振った。「わたしが阻止するわ」

エイドリアンはサリーの手を取って、暗く陰った瞳をのぞき込んだ。「サリー、エリオットがここに入るのを拒否されたら、なにをしでかすかわからない」

それでも、サリーはかぶりを振った。「わたしの知ったことではないわ。そうでしょう？　彼は自分勝手な獣《けだもの》よ。わたしには女の子たちを守る義務があるの」

「わかっているよ、サリー。きみには本当に申し訳ないと思っている」エイドリアンはサリーの手をさらに強く握り締めて、屋敷にいる若い女性のことを考えた。そして、エリオットが間違いなく誘惑を感じるであろう同じように清純な若い女性のことを。「こんなことを頼むのは気が引けるんだが、だれか……」

サリーは唖然《あぜん》としてエイドリアンを見つめた。「ばかなことを言わないで！　言ったでしょう、あなたの弟であろうとなかろうと、彼はここでは歓迎されないの」

「きみが言っただけの金額を払う」

「相当な額になるわよ！」

「それでも払うから。なんとか頼まれてくれないか、サリー？」

エイドリアンは最初、サリーは断るつもりだろうと思ったが、彼女はため息をついて、彼の目をまっすぐに見つめた。「そうね……いないわけじゃないわ。新しい女の子よ。デジレというの」

「最初に入ってきた、黒い髪のフランス人だな？」

「あなたは彼女が気に入るだろうと思ったわ。青い目はしていなくても」

「悪くはないが、わたしはそのような金のかかる遊びは卒業した」

サリーは驚いて目を見開き、それからからかうように言った。「お金と暇を持てあましたレディが大勢いるのに、わざわざお金を払って楽しむ必要はないというのね」

エイドリアンは話を元に戻した。「そのデジレだが、この仕事に就いて間もないわけでは……」

「仕事ですって！　新入りではないわ。この職業に就くために生まれてきたような娘《こ》なの。彼女たちフランス人は違うのよ。洗練されていると言えばいいかしら」

「きみの言う洗練されているというのが、どういう意味かによるが」

サリーは彼女が店を持てるまでに至らしめた、低くかすれた声で言った。「しっかりしているのよ」

サリーは再び真顔に戻った。「彼女は身を守る術《すべ》を知っているわ。枕《まくら》の下にナイフを忍ばせているの。使い方は母親とおばさんたちに教わったそうよ。あの男と一緒にいて無事でいられる女の子がいるとすれば、デジレしか考えられないわ。彼は小柄な女の子が好きみたいね。自分が優位に立ったように感じるからでしょう」

「見張りをつけるとか、合図を送らせるとか、なにかできないのか？」

「もちろん、できるだけのことはするわ。心配しないで」

エイドリアンは財布を取り出して待った。

「一回につき、二十ポンドいただくわ。もちろん、彼にも払うものは払ってもらうけれど」

エイドリアンはうなずいた。エリオットが自分の身を守ることのできない若い女性を誘惑するのを防ぐことができるのなら、どんなに金がかかっても惜しくはない。「かなりの額だな。きみなら引き受けてくれると思って、あらかじめ用意してきた」彼はそう言って、彼女に金を渡した。

エイドリアンはサリーが彼の財布に残っている現金をじっと見ているのに気づいて、彼女がもっと高い金額を言っておけばよかったと後悔しているのではないかと思った。だが、サリーが言い値以上の金額を要求することがないのを彼は知っていた。サリーは一度取り引きをしたら、必ずそれを守る。

サリーはネグリジェの胸元に金を押し込んで、誘惑するようにほほえんだ。「そんなに急いでいるわけじゃないんでしょう、エイドリアン？」かすれた声でささやき、手を伸ばして彼の腿を撫《な》でる。「わたしはちょうど暇なの」

エイドリアンは大きな誘惑に駆られた。サリーがここにいて、わたしを誘っている。彼女はいやな顔みを聞いてくれた。彼女はわたしにふさわしい唯一の女性だ。金で快楽を提供してくれる。

エイドリアンは頬にサリーの息がかかるのを感じた。腕に彼女の胸のふくらみを感じる。安っぽい香水の香りがして、エイドリアンは急に自分がいやになった。わたしの名誉はもうじゅうぶんに汚れている。これ以上自分を貶《おとし》めることはない。

エイドリアンは立ち上がり、サリーに短く、名残惜しそうにほほえんだ。「悪いが、やらなければならないことがたくさんあるんだ。公爵夫人が舞踏会を開くことは聞いただろう？」

「ええ、聞いたわ」サリーは答え、その目が再び、天井からぶら下がっているクリスタルのランプのように鋭く冷たい光を放った。

「もう行かないと」エイドリアンはお辞儀をした。

「ありがとう、サリー。それから、デジレにも礼を言っておいてくれ。このことは一生忘れないだろう」

サリーはうなずいて、バロービー公爵が立ち去るのを見つめた。それから、窓のところに行って、彼が上等な黒い種馬にまたがるのを見た。「それは忘れないでしょうよ、公爵さま。二十ポンドも払ったんだもの」彼女はつぶやいて、ため息をついた。

いっぽうエリオットは、サックヴィル＝クーパーの真新しい大邸宅の座り心地のいいソファに座って、ダマリスがピアノを弾くのを眺めていた。秋の日差しが彼女の複雑な形に結われた髪に当たり、美しい顔を輝かせていた。淡い緑色のモスリンのこれもまた美しいドレスに身を包み、高価なネックレスをして、レースの手袋をはめていた。肌がもっと露出していたのなら、ドレスをもっと褒めたいところなのだが……。そして、彼女にもっと才能があれば、ピアノの演奏を褒めただろう。

だが、エリオットは彼女の音楽の才能になどまったく関心がなかった。演奏にはほとんど耳を傾けず、もっぱら揺れる胸元ばかり見つめていた。

ダマリスは演奏を終え、エリオットのほうを振り向いた。彼女はとても熱心で清純で、美しかった。「ほかになにかお好きな曲はありますか、エリオット卿？」彼女は明るい調子でたずねた。

エリオットはゆっくりほほえみ、彼女と一緒にやってみたいほかの好きなことについて考えた。「おたがいに堅苦しい呼び方をするのはやめましょう」

彼は静かに答え、女性をうっとりさせずにはおかない優雅な身のこなしですっと立ち上がって、ピアノに近づいた。「どうかエリオットと呼んでいただけませんか？」

ダマリスは大きな目を見開いた。「そんなことはできません！　礼儀に反します！」

「それはわかっています」エリオットはダマリスにほほえみかけた。「それなら、ぼくがあなたの美しい名前で呼ぶのはどうでしょう？　長く言いにくい姓ではなく」

ダマリスは頬を染め、ピアノの鍵盤《けんばん》の上に置いたほっそりとした指を見下ろした。「人前ではお呼びにならないとおっしゃるなら」彼女はささやき、恥ずかしそうにエリオットをちらりと見た。エリオットには彼女のそういうところがたまらなく魅力的に思えた。

「エリオットと呼んでください」

ダマリスはうなずいた。「エリオット」

「そうだな、なにかもっと陽気な曲がいいですね、ダマリス」

ダマリスはキスしたくなるようなふっくらした下唇を嚙《か》んで、ピアノの上に置かれた楽譜を探した。

エリオットは下腹部が張りつめる心地よい感触を感じて脚を組み替え、客間のドアの外に従僕が立ってさえいなければと思った。

彼は玄関ホールに従僕がいたとしても、ダマリスを誘惑する自信があった。たとえ父親の知ることとなっても、心配する必要はない。サー・ダグラスは娘の恥が世間に知られるのを恐れるだろう。

それに、いざとなれば、サリー・ニューカムの店がある。エリオットは胸のポケットに入れた財布に手を触れた。持ち合わせが少なければ、サリーはエイドリアンの腹違いの弟ということでつけにしてくれるだろう。

「楽譜をめくりましょうか、ダマリス？」エリオットはダマリスがようやく曲を選び、演奏しようとしているのに気づくと、親切に申し出た。

ダマリスはエリオットにほほえみかけた。「ええ、そうしていただけるなら……エリオット」

エリオットは楽譜を身振りで示した。「どこから始めるのかな……？」

「ここから」ダマリスは手を伸ばして楽譜に手を触れた。

「ここですか？」エリオットは繰り返し、ふたりの手と手が触れ合うように、ダマリスの手のすぐ横に手を置いた。

ダマリスは急いで手を引っ込め、真っ赤になってくすくす笑った。

エリオットはくすくす笑う女は嫌いだったが、頬を染めたダマリスは美しく、彼女の温かい肌の感触は彼の性的な衝動を大いにそそった。「申し訳ありません」彼はつぶやいた。

ダマリスはエリオットを見上げた。ふたりは長いあいだ見つめ合った。エリオットが勝利を確信するのにじゅうぶんな長さだった。

彼女はぼくのものになる。時間の問題だ。

エリオットは目の隅で執事が部屋に入ってきたのをとらえた。「マッケンナ牧師補がお見えになりました」執事はそう告げると脇《わき》に寄り、若い聖職者を通した。彼はエリオットとダマリスをひと目見るなり、真っ赤になった。

「お邪魔して申し訳ありませんでした」彼はしどろもどろになり、激しく燃えさかる家から逃げ出す出口を探しているかのようにあたりをきょろきょろ見まわした。

〝この男もダマリスを求めている〟エリオットはそう気づき、彼女への欲望がさらに増すのを感じた。

彼は競争相手が多ければ多いほど燃え上がる男だった。エイドリアンと、この愚かな若者を出し抜いてダマリスのベッドに忍び込めば、二重の勝利を味わえる。

「なにかご用でしょうか?」ダマリスはかすかに困惑したようにマッケンナ牧師補にたずねた。エリオットは彼女がピアノの椅子から立ち上がっていないのに気づいた。

「わたしはただ……その、お父さまがおられないので、なにかわたしに……なにかわたしでお役に立てることはないかと思いまして」

「ありがとうございます、マッケンシナ牧師補。でも、今のところはだいじょうぶです」ダマリスは答えた。

「それでしたら、これで失礼させていただきます。おふたりともいい一日を」彼はぎこちなくお辞儀をして、そそくさと出ていった。

ダマリスはしばらくじっと座ったまま、額にしわを寄せてドアのほうを見つめていた。しかし、それもエリオットが彼女のそばに近づくまでだった。

「つづけましょうか?」彼は静かにたずねた。

ダマリスはエリオットにほほえみかけて、言った。

「あなたがそうおっしゃるなら、エリオット」

11

同じ日の午後、公爵夫人が軽い腹痛を訴えてベッドに入ったので、ヘスターはバロービーの町へ行く許可を求めた。屋敷から町まで八キロほどあり、ひとり気ままに歩いてみたかった。

その日は寒く、公爵夫人は今にも雨が降り出しそうだと言って反対した。

それでも、ヘスターは雨くらいで外出をあきらめるつもりはなかった。この二、三日屋敷に閉じ込められて、息が詰まりそうだった。彼女は静かな決意を秘め、この靴ならば濡《ぬ》れないし温かいと、用意していた丈夫な靴を夫人に見せた。夫人はその靴を見るなり、〝なんて醜いの〟と親切にも感想を述べてくれた。地味な毛織りのドレスと外套《がいとう》は冷たい風を防いでくれるし、同じく地味で、実用本位のボンネットをかぶれば完璧《かんぺき》だとヘスターは訴えて、辛抱強く夫人を説得した。

公爵夫人は、自分が舞踏会のために新調するドレスの布地やリボンを何点か見繕ってくるという条件で、ようやくヘスターの外出を認めた。もちろん、最終的にはお針子が屋敷に見本を持ってきて、夫人が選ぶことになるが、ヘスターは夫人に代わって、よくないものを選別する役目を仰せつかった。公爵夫人は布地や色について好みがうるさく、ヘスターは仕立て屋を出たとき、なにか間違ったことをしていないことを心から願った。

言いつかった用を終えて、ヘスターはこのまま屋敷に戻るか、しばらくひとりの時間を楽しむか思案に暮れた。足を止め、帽子屋のショーウインドーをのぞきながら、今日バロービー・ホールを抜け出したがっていたのは自分だけではないことを思い出した。朝食のすぐあと、公爵が〝どちらか〟へ馬で出かけたとジェンキンズが心配そうに額にしわを寄せて話していた。エリオット卿《きょう》も、オークウッドのサックヴィル＝クーパー家に向かったそうだ。

　ふたりがどこに行こうと、わたしには関係のないことだわ。

　ヘスターは再びショーウインドーに目を戻し、愚かな自分を笑った。舞踏会に着るドレスを新調したところでどうなるの？　お金のむだになるだけじゃないの。まだパーティーで一度しか着ていない青いベルベットのドレスがあるし、それに、どんなに着飾ったところで、ダマリスに注がれる関心を自分に向けさせることはできない。新しいドレスを着ても、新しいヘスターは生まれないのだ。

　ヘスターはどんよりとした雲に覆われた空を見上げ、雨が降る前にバロービー・ホールに戻ることにした。足早に歩いているうちに、マッケンナ牧師補が市場に面した通りをゆっくり歩いているのが目に入った。うなだれて背中を丸め、いつものきびきびとした歩き方とはまるで違っていた。

　きっとなにか悲しいことがあったんだわ。牧師補は教区民の幸福をだいいちに考え、彼らの生活に深く入り込んでいる。公爵夫人のご機嫌取りと、十分の一税を取り立てることにしか関心のないスミーチ牧師とは大違いだ。

「マッケンナ牧師補！」ヘスターが声をかけると、牧師補は立ち止まって振り向いた。

「ああ、レディ・ヘスター！」ヘスターが近づいていくと、牧師補は驚いたように言った。「ごきげんいかがですか？」

「おかげさまで、牧師補。一緒にお茶とケーキでもいかがですか？」

「ありがとうございます。でも、ほかに用事があるんですよ。ミセス・ナンディの具合がよくないんです」彼は心配そうに額にしわを寄せた。「ひとりで町まで来られたんですか？」

「ええ。散歩を楽しんでいます。昼間なら安全ですわ」

「もちろんです」牧師補は答えたが、どこかうわの空だった。

「どうかなさいましたか？」ヘスターは牧師補が再び気落ちした様子を見せたのに気づいて、たずねた。「お疲れになっているようですよ。働きすぎなのではありませんか？」それとも、ダマリスのことを考えていらしたの？

　マッケンナ牧師補は思いつめたような表情でヘスターを見つめた。あまりに長いあいだ見つめているので、彼は病気なのかもしれないと思った。「ありがとうございます」ようやく牧師補は言った。「わたしのことならどうぞご心配なく」

　牧師補はほほえもうとしたが、ヘスターはこんなに不幸せそうな顔をした男性は見たことがないと思った。「なにかあったのですか？」たずねて牧師補の腕にそっと手を触れ、筋肉質な公爵の腕とまるで違うことに気づいた。なにをばかなことを考えているの？　彼女はふいに頭に浮かんだその考えをすぐに退けた。「なにか気にかかることでも？」

「いいえ」牧師補はすぐに否定した。

「ミス・サックヴィル＝クーパーはお父さまがお留守でどうしていらっしゃるかしら？」ヘスターはたずねたが、詮索《せんさく》しているような気がして後ろめたく、わたしは彼を助けようとしているだけだと自分に言い聞かせた。

　今度は牧師補は明るくふるまおうとさえしなかった。「心配いらないと思います」

　やはり思ったとおりだわ。マッケンナ牧師補が落ち込んでいる原因はダマリスだったのだ。でも、へスターはどう切り出したらいいのかわからなかった。個人的な事柄だし、相手がハミッシュ・マッケンナのような内気な男性だと、なおさら慎重にならなければならない。それでなくても、彼女は微妙な一線を越えてしまったのだ。

「彼女には話し相手がいて、寂しくはないようです」マッケンナ牧師補はかろうじて聞き取れるような声でつぶやいて、ヘスターをちらりと見た。「バロービー・ホールに行く道まで送っていきましょう」

牧師補はダマリスのことをしゃべりすぎたと後悔しているにちがいない。ヘスターは先に進みながら思った。「ミス・サックヴィル＝クーパーには訪ねてみえるお客さまが大勢いらっしゃるの？」

「ええ」マッケンナ牧師補は言い、そのあと、顔を上げてヘスターを見た。唇に笑みを浮かべたが、目に宿る悲しみの色は少しもやわらがなかった。「ボールビーに家をお与えになるとは、公爵も寛大な方ですね」彼は突然話題を変えて、ヘスターを驚かせた。「エリオット卿も同じようにされると思われますか？」

「もちろんです」という言葉がヘスターの喉元まで出かかったが、彼女がその言葉を口にすることはできなかった。母親は息子をあがめているが、エリオット・フィッツウォルターがそこまで寛大になれるとは思えなかった。彼はたとえ脅迫されても、土地をだれかにただで譲り渡したりはしないだろう。

「そう思いたいですわ」彼女はようやく答えた。

「立派な青年のようですね」マッケンナ牧師補が言った。ヘスターは自分の勘に間違いはなかったと確信した。牧師補を悩ませているのは、エリオット卿の存在だ。

「ミス・サックヴィル＝クーパーは絵に描《か》いたように美しく、大勢の崇拝者がいます」ヘスターは静かに言った。「でも、彼女は壁に飾られた絵ではありません。彼女には心があり、しっかりとした自分の意見も持っています。お世辞や褒め言葉に一時的に心を惑わされることはあったとしても、そのようなことで人を判断するような愚かな女性ではありません。崇拝者のほうも、移り気で、すぐに彼女の前から姿を消してしまうかもしれませんわ」

ヘスターはそれは自分自身に言うべき言葉だと、皮肉な気持ちで思った。わたしはつかの間の夢を見ていただけにすぎないのだ。

公爵はすぐにでもより若く、美しい女性に心を移すだろう。彼がどんなに美しく裕福でも、勲爵士の娘は妻にふさわしくないと考えているのなら、伯爵の娘でも、不器量な娘に用はないだろう。彼は美しく、財産もあり、いい家柄の女性を望んでいるのかもしれない。バロービー公爵のような身分の高い貴族に娘を嫁がせられるなら、醜聞には目をつぶってもいいという両親は大勢いる。

「本当にそう思われますか?」マッケンナ牧師補はたずねた。

「ええ」ヘスターは力強く答えた。

「ふたりともいなくなってくれたらいいのに!」牧師補はめずらしく感情をあらわにした。彼はヘスターが驚いたような顔をしたのを見て、気まずそうにほほえんだ。彼女は牧師補のそんな顔を見てほっとした。夢も希望もないような打ちひしがれた表情をしているよりははるかにましだ。「エリオット卿はハンサムすぎます。彼とくらべたら、ほかの男性はごみも同然です。それに、公爵はボールビーの一家には寛大なことをしましたが、彼のような人物を隣人には持ちたくないものです」

「ここは公爵の土地ですよ」ヘスターは言った。

「それはそうですが」マッケンナ牧師補は言った。

「彼のような評判の人物が地主だというのは困った

ものです」

ヘスターはふと思った。公爵の過去について知りたいなら、今がいい機会かもしれない。彼女の疑問に答えてくれる人がいるとすれば、マッケンナ牧師補ほど適した人はいないだろう。「ということは、バロービー公爵に関して世間で言われていることは本当なんですね？」彼女は思いきってたずねた。

「なかには誇張されている話もあると思います。そうであることを願っています」

「たとえば？」ヘスターはたずねた。

「レディにお話しできるようなことではありません」マッケンナ牧師補はためらい、ヘスターは彼のこういう礼儀正しいところに多くの若い女性は好感を持つだろうと思った。

「わたしもつい最近噂《うわさ》を耳にしました」ヘスターは言った。「姉や妹の友人たちから。わたしは公爵の屋敷にいるのですから、主人がどんな人物か知っておくべきだとお思いになりませんか？」

マッケンナ牧師補はゆっくりとうなずいた。「わかりました。あなたが気分を悪くされないといいのですが」

「だいじょうぶです」ヘスターは牧師補が不必要な騎士道精神を発揮して、好ましくない内容は省略するにちがいないと思った。でも、あいにく、姉や妹の友人はそんな気づかいとは無縁で、彼女に洗いざらい話してくれた。「オックスフォードでなにがあったのか教えてください」

「ああ、そのことですか。公爵の悪名高い人生の始まりだと、スミーチ牧師は言っています。公爵は居酒屋で女性のことで口論になり、それから取っ組み合いの喧嘩《けんか》になって店が火事になり、完全に焼け落ちました。何人かが怪我《けが》をし、そのなかには公爵の友人のレイヴンズブルック伯爵もいました。伯爵はひどい火傷《やけど》を負ったのですが、公爵はいまだに見舞いにすら行っていないそうです。この話にはまだつづきがあって、公爵の父上は、事件が起きたときすでに具合が悪かったのですが、知らせを聞いて寝込んでしまい、間もなく亡くなったそうです」

「まあ、なんてお気の毒な」ヘスターはささやいた。

「公爵はオックスフォードでほかにもいろいろ問題を起こしていまして……。賭事《かけごと》と……」

「なんでしょう?」ヘスターは促し、牧師補が赤くなったのに気づいた。「女性のことですか?」

マッケンナ牧師補はうなずいた。「ほとんどが娼《しょう》婦《ふ》です。わたしはそう聞いています。ここにも――」若い男性は突然話すのをやめ、立ち止まった。

「こんな話はやめましょう」

ヘスターも内心は同じ気持ちだった。公爵の女性関係の話を聞くのが急にいやになった。

「不思議なのは」マッケンナ牧師補は再び歩き出しながら、考え込むように言った。「そんな男性が死にかけている男にひと晩じゅう付き添ったりするものでしょうか?」

「今なんとおっしゃいました?」

「公爵はボールビーが息を引き取るまで、ずっとそばについていたんです」

「本当ですか?」

「ボールビーの息子から聞きました」

ヘスターは、放蕩者《ほうとう》だという公爵の評判を覆す証拠を発見したかのように喜んだ。

だがそれも、公爵のほかの女性のことを思い出すまでだった。

「ここでお別れですね」マッケンナ牧師補が言い、ヘスターは川の近くの、町はずれに来ていることに気づいた。そこから道はふたてに分かれ、いっぽうは町の貧しい人々が住む地区に、もういっぽうはバロービー・ホールへとつづいていた。「ごきげんよう、レディ・ヘスター」

「ごきげんよう、牧師補」ヘスターは優しく言った。「ミス・サックヴィル＝クーパーについてわたしが言ったことを忘れないでください。彼女はあなたに好意を持っています」

マッケンナ牧師補はやるせなさそうにほほえんだ。「わたしが求めているのは好意ではありません」彼はつぶやき、帽子を上げて挨拶《あいさつ》をし、立ち去っていった。

彼がいなくなると、ヘスターは足を速めた。いちだんと雲行きが怪しくなってきた。それでも、急げば雨が降り出す前にバロービー・ホールにたどり着けるだろう。途中で雨に降られたら、雨宿りする場所はスミーチ牧師の住む牧師館しかないという現実が、ヘスターに決断を促した。

ヘスターは川のそばを通り、町の一画を直接通り抜ける近道を行くことにした。バロービー・ホールにつづく大通りを行けば、この町のいかがわしい地区を迂回《うかい》することができるが、それでは余計に時間がかかってしまう。

このあたりの建物は石や木、あるいはその両方でできていて、この地区の羊農家や羊毛業者が倉庫として使っていた。川に浮かんだはしけでは、人夫が荷物の積み降ろしをしていた。川沿いの居酒屋では船頭が酔いつぶれるまでエールを飲み、物乞《ものご》いやすりが商売に精を出しているのだろう。

そうしているあいだに、召使いたちが彼女には聞こえないだろうと思って噂していた通りのそばまで来た。スタンフォード通り。スミーチ牧師の努力にもかかわらず、サリー・ニューカムはここで暮らしていた。サリー・ニューカムが彼女の雇った若い女性たちとどんなことをして生計を立てているかは牧師から聞いて知っている。

ヘスターは早くこの場所から抜け出したくて、急ぎ足で歩いた。マッケンナ牧師補が、公爵はここに通っているとそれとなく言っていたのを思い出したのだ。

娼婦になるのはどんな気分なのだろう？　ヘスターは先を急ぎながら思った。一時間か、あるいはひと晩、バロービー公爵のような男性のものになるのは……。公爵の手に触れられ、愛撫《あいぶ》されるのはどんな感じだろう？　彼の唇に激しく、それでいて優しくキスされるのは？

でも、物のように扱われ、ひと目見ただけで虫酸が走るような男性に意のままにされるのはどんな気持ちだろう？　殴られたり、最悪の場合、殺されることだってあるかもしれない。

ヘスターは身震いを抑え、公爵とサリー・ニューカムの噂が本当ではないことを願った。それにしても、なぜ公爵のような男性が女性の偽りの愛情をお金で買わなければならないのか？

それよりも、ひと晩はおろか、つかの間でも公爵の腕に抱かれることを考えたわたしはどうかしているわ。

あと少しでスタンフォード通りに入る。ヘスターは早くバロービー・ホールに帰ろうと、足を速めた。すると、丸石を敷きつめた通りに馬の蹄《ひづめ》の音が響き、だれかが大声で怒鳴る声がして、彼女は驚いて立ち止まった。

12

エイドリアンは悪態をついて、急いで手綱を引いた。あまりに急だったので、愛馬のドレイクがもう少しで地面にしゃがみ込みそうになった。「そこをどくんだ！」はねてくださいと言わんばかりに、道のまんなかを歩いている愚かな女を怒鳴りつける。

ヘスター・ピムブレットが真っ青になり、青い瞳を恐怖に見開いているのを見て、エイドリアンはもう少しサリーのところにいればよかったと思った。ヘスターはエイドリアンをひと目見るなり、彼女のほうこそがいかがわしい店から出てきたかのように目を伏せ、顔を赤らめた。エイドリアンはその様子から、自分がどこから出てきたかをヘスターは知っているのだろうかといぶかった。

いや、そんなはずはない。彼女にわかるはずがないではないか。

「通りのまんなかで、いったいなにをしているんだ？」エイドリアンは問いつめるように言って、馬を降りた。「しかも、こんな場所で」

「わたしもあなたに同じことをおききしたかもしれませんわ、エイドリアンさま。すでにその答えがわかっていなければ」ヘスターは答え、エイドリアンのほうをちらりと横目で見て、鼻にしわを寄せた。

エイドリアンはそのとき初めて、自分がサリーの香水のにおいを漂わせていることに気づいた。これでは女性と一緒にいたと言っているようなものだ。それに、彼自身の評判を考えれば、それがどんな種類の女性か容易に想像できるだろう。客として訪ねたわけではないが、そう思われてもしかたがない。

「襲われたり、金を盗《と》られたりしていたかもしれないんだぞ」彼ははぐらかした。

「悪い香水売りに？」ヘスターは穏やかにたずねた。

「バロービー・ホールに戻る途中だったんです。雨が降り出しそうなので、近道をしたんですけれど」

「ここは女性の来るような場所ではない」

「公爵もですわ」ヘスターは言い返し、エイドリアンは彼女の失礼な発言に一瞬言葉を失った。

「よろしければ、先を急ぎますので」

「きみはいつもわたしから逃げようとするんだな」エイドリアンは言った。

「いけませんか？」ヘスターはためらってから答えた。「あなたに気をつけるようにとおっしゃったのは、あなたご自身ですよ」

〝これは一本取られた〟エイドリアンは自分が情けなくなった。「だが」挽回《ばんかい》するように強い調子で言った。「今回はわたしが屋敷まで送っていく」彼はドレイクの手綱をつかんで、腕を差し出した。

「わたしは——」

「きみの意見は求めていない。屋敷まで送っていく。女性がひとりで道を歩くのは危険だ。たとえ、バロービー・ホールへ向かう道でも」

ヘスターはしぶしぶ公爵の腕に手を置いた。

「きみはわたしに少し離れてついてきてほしいのか？　王につき従う宦官《かんがん》のように」エイドリアンの声にはわずかにいらだちがにじんでいた。

ヘスターはエイドリアンを横目でちらりと見た。

「あなたを宦官と見間違える人はいないでしょう、エイドリアンさま」

彼女は本気で言っているのだろうか？　本気だとしたら、彼女がわたしの今日の行動を軽蔑《けいべつ》しているのは明らかだ。冗談で言っているのなら、わたしを許してくれたにちがいない。彼女が〝公爵さま〟ではなく、〝エイドリアンさま〟と呼んでくれたことにも期待が持てる。エイドリアンはめずらしくなんと答えたらいいのかわからなくなった。

沈黙を破ったのはレディ・ヘスターだった。彼女は目を合わせずに言った。「近ごろ、公道はどうして安全ではないのでしょう、エイドリアンさま？ あなたがここにいらっしゃるからですか？」

〝なんということだ！ 厩《うまや》でしゃべりすぎた。彼女はわたしを最低の人間だと思っているにちがいない。それに、これだけ香水のにおいをぷんぷんさせていたら、軽蔑されないほうが不思議なくらいだ〟

エイドリアンはつくづく自分がいやになった。「それは……」彼はようやく言った。「なぜ歩いて町まで来たのだ？ 公爵夫人が馬車を使わせてくれなかったのか？」

ヘスターは本当に驚いたような顔をした。「いいえ。わたしは歩いていきたかったのです」

「つぎは馬車を使うといい」

「わたしは歩くほうが好きなんです」

ふたりはしばらく黙って歩いた。エイドリアンはヘスターがなにを考えているのか知りたくてたまらなかったが、怖くてきけなかった。彼女はわたしをこの世でいちばん悪い男だと思っているのではないだろうか？ いやな考えが頭をよぎる。「ご家族は」思いついたことをそのまま口にした。「みんな元気にしておられるのか？」

「おかげさまで」

エイドリアンはつまらないことしかきけない自分にうんざりし、黙っていることに決めた。

「ボールビーの一家に家をお与えになったのはとても寛大でしたね」ヘスターはしばらくしてから言った。

エイドリアンはヘスターを見たが、いまいましいボンネットに顔が隠れて見えなかった。「大したことではない。あの一家は長くこの土地に雇われているのだ」

「ほかの人はそこまで寛大にはなれないでしょう。ほかにも……」ヘスターはためらい、エイドリアンの好奇心がもう少しで耐えられなくなりそうになったそのとき、ようやく先をつづけた。「ボールビーが息を引き取るまでひと晩じゅう付き添っていらしたと聞きました」

エイドリアンはうなずき、いったいだれが彼女に話したのだろうと思った。それがだれであれ、彼女に話してくれたことを感謝しなければならない。彼女はわたしを軽蔑しきっているかもしれないけれど、これでわたしが完全な悪人ではないとわかってくれただろう。

ヘスターが急に立ち止まり、エイドリアンも困惑して立ち止まった。彼女は真剣な面持ちで彼のほうを向いた。そして、彼の腕から手を離した。「エイドリアンさま、どうしてあのような場所に行かれるのですか？」

エイドリアンは驚きを隠そうとさえしなかった。

「どの場所のことを言っているのだ？」

「サリー・ニューカムの店のことです」

「だれからわたしがそこにいたと聞いたのだ？」

「行かなかったとおっしゃるのですか？」

「きみにそのようなことをきく権利はない」

「それはわかっています」ヘスターは赤くなったが、例の頑固そうな表情を浮かべて、エイドリアンがまるでめずらしい生き物であるかのようにじっと見つめた。

彼女にとっては、きっとそうなのだろう。「きみのような育ちの女性がこのような話題を持ち出すとは驚きだ」エイドリアンは無頓着《むとんちゃく》に聞こえるように言った。

「お答えになる必要はありませんわ、エイドリアンさま。わたしは理解したかっただけです」

「きみは自分がなにをきいているのかわかっていな

い」

ヘスターは眉間《みけん》にしわを寄せた。「エイドリアンさま、わたしは子供ではありません。もちろん、あなたや、ほとんどの男性のように世間を知っているとは言えませんけれど。父が若い女性はそのようなことを知るべきではないという考えでしたので。でも、わたしはなぜ男性がそのような場所に通うのか知りたいのです。なぜなら……」

「なぜなら？」

「男性とのおつき合いを楽しみたいと思っている孤独な女性が、この世には大勢いるからです」

「きみのように？」エイドリアンはわざと驚いたような顔をしてヘスターを見た。「レディ・ヘスター、きみはサリーが提供しているような親密な交際を自ら行う意思があるというのか？」

ヘスターの目に怒りの涙が光るのを見て、エイドリアンは本当に驚いた。「わたしをからかわないでください」ヘスターは唾《つば》をのみ、エイドリアンは彼女をからかった自分を激しく責めた。「あなたならお話ししてくださるのではないかと思っただけです。わたしには関係のない話だとわかっていますけれど、お体に……よくありませんわ」

エイドリアンはヘスターを傷つけてしまったことに罪悪感を覚え、彼女が自分の健康を気づかってくれたのをうれしく思った。だがそれでも、彼女にサリー・ニューカムや彼女の店で雇われている女の子の話をするつもりはなかった。「きみの言うとおり、きみには関係のないことだし、サリーの商売に口を出す権利もない」

「彼女の商売は罪です」

「スミーチのようなことを言うんだな」エイドリアンは言った。「彼やきみが、サリーの人生のなにを知っているというのだ？　彼女が五歳のときに母親に捨てられ、孤児院に送られたことは知らないだろう？　きみが家庭教師の優しい手を離れるころまでに、彼女は何度となく襲われているんだ」

「わたしが幸運だということはわかっています。多くの女性が恵まれない環境に置かれて苦しんでいることも」ヘスターは答えた。「でも、そのような女性のなかで、公爵と知り合いの女性はそれほど多くないはずです。彼女を助けてあげようとはなさらなかったのですか？」

「手を差し伸べたが、拒否された。きみには奇妙に思えるかもしれないが、サリーにも誇りはあるんだ。彼女の家にいる女性たちにも選択の余地はほとんどなかった」

「あなたにはあります」ヘスターは反論しながらも、公爵を理解しようと努めた。「あなたはどんな女性でも選べるのに、なぜ……」

「なぜサリーの店に行くのか、というのか？」

ヘスターはうなずいた。

「今日サリーに会いに行ったのは」エイドリアンは静かに言って、ヘスターの目をじっと見つめた。「あくまでもひとりの友人としてだ」

「それを聞いて安心しました」ヘスターは本当にほっとしたように言った。「あのような場所は安全とは言えませんから」

エイドリアンがにやりとし、ヘスターはいつもの公爵に戻っているのに気づいた。「まったく、倉庫街を付き添いも連れずにたったひとりで歩いているような若い女性からそんなことを言われるとは」

ヘスターはとがめるようなまなざしでエイドリアンを見た。「お言葉ですが、昼間のあいだは倉庫は危険ではありません」

「このような場所に付き添いも連れずにひとりでいるところを見られて、悪い評判が立つのが心配ではないのか？」公爵はわざと驚いたように言った。

「悪評にまみれているあなたの口からそんなことを

聞くとは思ってもみませんでしたわ」ヘスターも皮肉たっぷりに応じる。

「きみはなんて失礼なんだ！」エイドリアンは笑い出しそうになりながら言った。「母は百年探したとしても、きみ以上の話し相手《コンパニオン》を見つけることはできなかっただろうな」

「わたしは年上の方にはめったに失礼なことは言いませんので」ヘスターは澄まして答えた。

「そこがきみのすばらしい点だ、ずる賢いお嬢さん。おとなしく座っていながら、その賢い頭のなかではじつに辛辣《しんらつ》なことを考えているんだ」

ヘスターは赤くなったが、それは公爵に秘密を知られた恥ずかしさよりもむしろ、彼に温かいまなざしを向けられた喜びからだった。「ああ、悲しいかな！」彼女は公爵が厩で言ったのをまねて、芝居がかった口調で言った。「あなたに秘密を知られては生きていけませせぬ。いっそのこと、霧の立ちこめた荒野に消えてしまいたい！」

ヘスターは公爵の笑顔を期待して彼を見た。ところが、公爵は恐ろしく真剣な表情で彼女を見つめていた。「きみはなぜ結婚しないんだ？」

「それは……それは、だれにも結婚を申し込まれなかったからです」彼女は口ごもりながら言った。「だれかを好きになったこともありません」

「一度も？」

ヘスターはうなずいた。「あなたは？」彼女は静かにたずねた。「一度も人を愛したことはないのですか？」

エイドリアンもゆっくりとうなずいた。「一度もない」

エイドリアンが突然咳《せき》払いし、ヘスターは再び息ができるようになったのに気づいた。「わたしが結婚していないのは、いまだにふさわしい女性にめぐり逢《あ》えていないからだ」彼はさりげなくつづけた。

「わたしの女性関係についての評判を考えたら、わたしがそのことをさほど気にしていないのがわかるだろう」

「短い関係でご満足なんですか？」

「ああ」

「信じられません」

「なんだって？」エイドリアンは思わずきき返した。

「あなたが満足しているとは思えません」

エイドリアンは目に警戒といらだちの色を浮かべて、ヘスターから離れた。「きみはわたしのことを知らないだろう、レディ・ヘスター。知りたいとも思っていない。きみにわたしが理解できるはずがない」

「理解するように努力します」ヘスターは真剣な口調で言った。公爵の黒い瞳に浮かんだ警戒といらだちの表情の奥に、孤独を見て取ったのだ。「わたしも孤独な人間です」

「きみには家族がいるではないか」

「あなたにも」

エイドリアンは鼻で笑った。

「わたしには美しい姉と妹がいます。不器量なのはわたしひとりです。父は息子を持てなかったことを悔やんでいて、母は人をもてなすことしか考えていません。わたしは教育を受けることを望んだのですが、女に学問はいらないと聞き入れてもらえませんでした」ヘスターはほほえもうとした。「ときどき、わたしは家の前に捨てられていたんじゃないかと思うときがありました」

「きみは不器量などではない」公爵は静かに言った。

ヘスターは信じられないという目で公爵を見つめた。彼はお世辞を言っただけだわ。そう自分に言い聞かせた。「ご冗談でしょう？」

エイドリアンはヘスターの両手を取って、瞳をのぞき込んだ。「今、わたしの目になにが映っているか教えてあげようか？」

ヘスターはうなずくのがやっとだった。

「わたしがあの屋敷にいるのを耐えられるようにしてくれた、親切で辛抱強い女性だ。美しい誠実な青い瞳が見える。意志が強く聡明《そうめい》で、慎み深く、思いやりがあり、あの母を巧みに扱うだけのそつのなさも持ち合わせている」エイドリアンは指先でヘスターの手をなぞり、彼女は全身を流れる血がわき立つのを感じた。「わたしには――」公爵はふいに口をつぐみ、彼女の手を放して後ろに下がった。

「なんですか？」ヘスターは息を切らしてたずねた。

「わたしの四輪馬車が来る」

ヘスターは素早く公爵から離れた。ふたりがどれだけ近づいて立っていたかに気づいて、はっとした。こんなところを人に見られたら、なにを言われるかわかったものではない。

「エリオットだ」公爵は言って、突然荒々しい表情でヘスターを見た。「ヘスター、エリオットに気をつけるんだ。彼の言うことはひと言たりとも信じてはいけない。彼とは決してふたりきりにならないように」

「でも、どうして――」

「わたしがそうするなと言ったからだ」公爵は声をひそめ、ヘスターの目をじっと見つめた。ヘスターはそれだけで大きな誘惑を感じた。「わたしを信じてくれ」

ヘスターが答える前に、馬車がふたりの前に止まった。

「やあ、エイドリアン、こんにちは、レディ・ヘスター」エリオット卿《きょう》が馬車から声をかけ、御者が運転台から降りて扉を開けた。「見つかってよかった」彼は言った。「バロービー・ホールに戻る途中、空模様がだいぶ怪しくなってきたのに気づいたんです。母からあなたが町に出かけたことを聞いて、迎えに行ったほうがいいだろうと思ったので」

ヘスターは空がだいぶ暗くなっているのにそのとき初めて気づいた。公爵と話をするのに夢中になっていて、少しも気づかなかった。

「それはまた親切なことだ」公爵は淡々と言った。

同じように淡々と、エリオット卿は腹違いの兄を見つめた。「娼婦《しょうふ》のようなにおいがする」

エリオット卿の鋭さは賞賛に値しないわけではないが、ヘスターは紳士がレディの前でそのような言葉を使ったのに驚きを隠せなかった。それは彼女への、そして公爵への敬意の欠如を物語っている。

「申し訳ありません」ヘスターはいかにも後悔しているように言った。「お店で香水をこぼしてしまったのです。わたしの不注意でした」

ヘスターは公爵のほうを見る勇気がなかったが、彼が彼女の作り話に話を合わせてくれるのを期待した。

「散策から戻ってきたばかりだというのに、また引き返してレディ・ヘスターを迎えに来るとは、じつに気が利く」公爵は言った。ヘスターは公爵が彼女に話を合わせてくれたのをうれしく思ったが、努めてそれを顔に出さないようにした。

「ミス・サックヴィル＝クーパーとじつにすばらしい午後を過ごしたんですよ」エリオット卿はそう言って、ほほえんだ。

ヘスターが公爵をちらりと見ると、公爵は不機嫌そうに顔をしかめていた。公爵がついさっき、わたしに言ったことはいったいなんだったのだろう？ エリオット卿がダマリスと一緒に過ごしたと知って、公爵が怒ったことをどうとらえればいいの？

これはきっと、黒の公爵が女性を誘惑することにかけては天才的だということを忘れてはいけないという警告にちがいない。公爵がわたしに好意を持っているように思えたのは幻想にすぎない。彼が言ったことはやはりお世辞にすぎなかったのだ。お世辞を言って女性をうれしがらせるのは、彼の第二の天性のようなものだ。サリー・ニューカムを訪ねたのはあくまでも友人としてだと言ったのも、疑ってかかったほうがいいかもしれない。

でも、それならなぜ、エリオット卿に気をつけるようにと言った公爵の忠告をわたしは真剣に受け止めたのだろう?

「ハットレイ、雨が降る前に屋根を下ろせ」公爵は御者に命じた。「さあ、乗って、レディ・ヘスター」

ぐずぐずしている理由はなく、ヘスターはハットレイの手を借りて素早く馬車に乗り込んだ。エリオット卿が向かいの座席に座り、馬車を出すように短く命令を発した。馬車が動き出し、バロービー・ホールへと向かっていった。

ヘスターは屋根が開いていればよかったのにと思った。エリオット卿と狭い空間に閉じ込められるのはあまりいい気分ではなかった。

そのあと、ヘスターは公爵が馬車の彼女の座っている側を馬で併走しているのに気づいて、ほっと胸を撫《な》で下ろした。ほとんどの人はその反対だろうけれど、実際にそうだったのだからしかたがない。エリオット卿がなにかよからぬことをしようとしても、声を出せば聞こえるところに公爵がいた。

公爵は元気のいい馬を長い脚で楽々と抑え、ヘスターはすぐ目の前にある公爵の筋肉質な脚を見つめないようにするのに苦労した。

「母の用を言いつかってくださってありがとうございます」エリオット卿は言って、ヘスターの注意を自分に向けさせた。

「おかげさまで、外出することができました」ヘスターは正直に答えた。

「散歩は楽しめましたか?」

「ええ」

「あなたは長く美しい指をしていますね、レディ・ヘスター」エリオット卿は言って、手袋をした手でヘスターの片手に触れた。「どんな楽器を演奏なさるのですか？」

どんな形でも、エリオット卿がヘスターに触れるのはあってはならないことだった。ヘスターはここでも、ほかのどこでも、二度と彼に触れられたくないと思っている自分に気づいた。

「いいえ、なにも」ヘスターは言って、そっとだが、ためらうことなく手を引き抜いた。「わたしに音楽の才能はないようです」

「それは残念だ」エリオット卿はヘスターの行為に気分を害した様子も見せずに言った。「それなら、絵を描《か》くのが得意なのですか？　それとも、編み物ですか？　それとも、切り抜き細工《デコパージュ》？」

「残念ですが、わたしはあまり手先が器用ではありませんので」

「レディ・ヘスター」エリオット卿はヘスターのほうに身を乗り出してほほえんだが、彼女は安心するどころか、むしろ危険を感じた。「ぼくたちはこんなに堅苦しくする必要がありますか？」

ヘスターはかすかに眉をひそめ、堅苦しさを嫌うのはフィッツウォルター家の血筋なのだろうかと思った。礼儀はよく知らない人とのあいだに距離を置く有効な手段なのに。

「エリオットと呼んでいただけたらうれしいのですが」

ヘスターは公爵に同じようなことを言われたときに、今と違って少しもいやな気がしなかったのはなぜなのかに気づいた。公爵は爵位をつけて呼ぶ必要はないと言っただけで、それは礼儀に反することではないが、エリオット卿が言うように名前だけで呼ぶのは礼儀上許されないことだった。「それはできませんわ、エリオット卿」

「人前では抵抗があるかもしれませんが」エリオット卿は説得するように言った。「でも、ふたりきりのときには……」

「できません」ヘスターはきっぱりと断った。

「そうですね。あなたのおっしゃるとおりです」エリオット卿は座席にもたれて、窓の外を見た。

会話がとぎれ、沈黙の漂う馬車のなかには、道を行く馬車の車輪の音と、四輪馬車を引く二頭の馬の重い蹄《ひづめ》の音、それよりも軽い公爵の種馬の蹄の音が聞こえるだけだった。

「ぼくはとんでもないへまをしてしまったようだ、レディ・ヘスター」しばらくしてから、エリオット卿は後悔するような目で彼女を見つめた。「ぼくが言ったことはあまりに不作法でした」

ヘスターは答えなかった。

「どうかぼくを無視しないでください。あなたにどうしてもお話ししておかなければならないことがあるんです」エリオット卿は静かに言って、兄の公爵のような真剣なまなざしで彼女を見たが、なにかが欠けているような気がしてならなかった。「公爵には気をつけてください」

「どうしてですか？」ヘスターは警戒するような口調でたずねた。

エリオット卿はぐっと前に身を乗り出した。「兄の評判をご存じでしょう。それだけでじゅうぶんなはずです」彼は馬にまたがっている公爵をちらりと横目で見た。

そのときヘスターは、ふたりの決定的な違いに気づいた。異母弟に気をつけるようにと言ったとき、彼女を見る公爵の目は真剣で、彼女のことを親身になって考えているように思えた。ところが、異母弟のエリオット卿はその表情を見るかぎり、彼女のことを思ってというよりもむしろ、兄への悪意からそう言っているような気がしてならなかった。「ご忠告ありがとうございます」彼女は答えた。「じゅうぶん気をつけるようにいたしますわ」

エリオット卿は鋭い目でヘスターを見たが、すぐに傷ついたような表情をしてみせた。「ああ、お願いです、レディ・ヘスター」彼はささやくように言った。「ぼくを恐れる必要はありません」

ヘスターははっとした。エリオット卿はわたしが彼を警戒していることに気づいている。彼の前では自然にふるまわなければ。「あなたは紳士でいらっしゃいます」彼女はそうであることを信じるというよりもむしろ、願って言った。

エリオット卿は温かくほほえんだ。「それを聞いて安心しました」

「公爵の評判もよく存じています」ヘスターはつづけ、落ち着いた口調で話すように心がけた。極端な反応は疑いを生む恐れがある。でも、どんな疑いを？

ヘスターはもはや公爵を警戒してはいなかった。彼女は公爵に惹《ひ》かれ、同情さえしていた。愛に飢えた男性に愛情に似たなにかを感じはじめているのかもしれない。

それがなんであれ、公爵に好意以上の感情を抱くのは間違っている。ヘスターは思った。公爵がわたしの思いに応《こた》えてくれる可能性は万が一にもない。そんな希望を抱くのはばかげている。わたしは不器量で退屈なヘスター・ピムブレット。それとは対照的に、公爵はハンサムで放蕩《ほうとう》者として知られるバロービーの黒の公爵だ。

四輪馬車がバロービー・ホールの玄関に通じる階段の前に止まった。「着きましたわ」ヘスターは必要もないのに言い、ほっとしているのを気づかれないようにした。馬車の扉が開き、ヘスターはハットレイが手を貸してくれるものと思って馬車を降りた。

ところが、手を貸してくれたのは公爵だった。ヘスターが肩越しにちらりと振り向くと、エリオット卿が恐ろしい形相で兄をにらんでいた。その表情が怒ったときの公爵に驚くほどよく似ていて、ヘスターはフィッツウォルター家には気性の激しい血が流れているのだろうかと思った。でも、公爵の手に手を預けてその顔をちらりと見たとき、そんなことはどうでもよくなった。

公爵は無表情で、あくまでも礼儀正しくふるまっていたが、ヘスターはふたりの手が触れ合った瞬間、体を流れる血が興奮にわき立ち、公爵の黒い瞳を見ただけで、心臓の鼓動が狂ったように打ち出すのを感じた。彼は問いかけるような目で彼女を見た。

ヘスターは公爵の疑問に答えなければならないと思った。

「ありがとうございます、公爵さま」ヘスターはふつうの声で言ってから、声をひそめて言った。「あなたのお心づかいに感謝します、エイドリアンさま」

そのあと、ヘスターは今では彼女の擁護者となった男性を振り返ることなくバロービー・ホールに入っていった。彼女がそう思っていることを公爵が知っていようといまいと、そう思うことが間違いであろうとなかろうと、そんなことはどうでもよかった。

13

エイドリアンはエリオットより先に屋敷に入り、帽子と手袋を従僕に渡して、激しい怒りに燃えた目で弟を見た。「書斎に来るんだ」鋭く命じる。

「偉そうに命令するなんて、いったいなにさまのつもりなんだ?」

「バロービー公爵だ」エイドリアンがうなるように言った。エリオットは彼の横柄な態度に腹が立ったが、今度ばかりは従ったほうがよさそうだと、くるりと踵《きびす》を返して書斎に向かった彼のあとについていった。

「今度はなんなんだ?」エリオットは書斎に入るなりたずねた。「ぼくが勝手に馬車を使ったのが気に入らないのか?」

エイドリアンは異腹の弟が書斎に入ると、ぴしゃりとドアを閉めて弟をにらんだ。「レデイの前で二度とあんな言葉は口にするな!」

「あんな言葉って?」エリオットはなに食わぬ調子でたずねた。エイドリアンが決闘で負けたことがないのを急に思い出し、内心ひやひやしながらも努めて平静を装い、大きな肘かけつきの安楽椅子にゆったり腰かけた。そして檻《おり》のなかの熊《くま》のように部屋を行ったり来たりしているエイドリアンを見つめた。

「レディ・ヘスターの前で娼婦《しょうふ》の話をするとはなにごとだ! まったく恥知らずにもほどがある」

「ああ、そのことか」エリオットはエイドリアンの態度になにか違うものを感じ、恥知らずと罵《のの》られたのも忘れてにんまりした。自分が優位に立ったのを感じた。「でも、彼女たちのところに通うのはいっこうにかまわないんだろう?」涼しい顔でたずねる。「レディ・ヘスターはじつにうまく言い繕っていたようだけれど、女のにおいをぷんぷんさせてもかまわないが、レディの前で娼婦の話をしてはいけないというんだな？」

エイドリアンは自分がとんでもない間違いを犯したのに気づいた。エリオットをこんなに早く呼びつけるべきではなかった。このずる賢い悪党は、わたしがレディ・ヘスターを本気で心配していることを見抜いたのだ。わたしはそうとは知らずに、彼女を危険な立場に追い込んでしまった。エイドリアンは過去のつらい経験からそれがよくわかっていた。いや、エリオットはわたしの狙《ねら》いが、美しいダマリスにあると思い込んでいるはずだ。そう胸に言い聞かせてみたが、それでもやはり、エリオットに注意したのはまずかった。ヘスターはこの悪名高いわたしを、しかも売春宿から出てきたばかりのわたしを信頼してくれた。そのときの喜びはなにものにも代えがたかった。それを考えると、自分の軽率な行動が悔やまれてならなかった。

「ダマリス・サックヴィル＝クーパーにはそのような言葉を使っていないといいが」エイドリアンは冷ややかに言った。

「彼女にはそんな言葉は使わない。彼女はぼくに会ってとても喜んでいた」エリオットは言った。

「おまえが考えているのが会うことだけならばな」

「嫉妬《しっと》かい？」エリオットはふざけて言った。

「彼女にエリザベス・ハウエルの二の舞を演じさせたくない」

今度はエリオットが顔をしかめる番だった。

「それ以外にわたしがここに来た理由が考えられるか？　おまえはいずれここに戻ってくるだろうとわかっていた。おまえに警告しておく。あんなことは二度とするな！」

「同じことをしたら、どうするつもりなんだ？」エリオットは兄に食ってかかった。「ぼくを牢《ろう》に入れるか？　なんの罪で？　エリザベスが愚かだっただけだ。彼女が勝手にのぼせ上がったんだ。彼女はぼくへの愛を情熱的に示すのをいやがらなかった。それを拒まなかったのがいけないというのか？」

「おまえの子を身ごもり、金もなく不安におびえた彼女をおまえはロンドンに置き去りにしたんだぞ」

「置き去りにしたわけじゃない」エリオットは反論した。「ロンドンには彼女の弟がいた。自分で見つけたんだろう？」エイドリアンの負傷した脚をあごで示す。

「あの子供みたいな弟のことを言っているのか？」エイドリアンは答えた。「あの弟は姉よりも世間知らずだった。最後に会ったときは、わたしに怪我《けが》をさせたせいで牢に入れられるんじゃないかと、子供のように泣いていた」

「愚かな娘がぼくに身を投げ出してくるのをどうやって阻止するつもりなんだ？　いつからそんな聖人になったんだ？」

「彼女たちを利用するのをやめろと言っているんだ」

「兄の例にならっているだけだと言ったら？」

「わたしはなにも知らない若い娘を誘惑して捨てたことは一度もない！」

「そうだな」エリオットはばかにしたように言った。「兄上はさすがにご立派だ」

「おまえは悪魔だ！」エイドリアンは声を荒らげた。「ダマリスには絶対に近づけさせない」

「今度はダマリスか、兄上？」エリオットはエイドリアンが〝兄上〟と呼ばれるのをいやがっているのを知っていてわざとそう言った。「ぼくと兄上のどちらと親しくしたいのか、美しいミス・サックヴィル＝クーパーに決めさせようじゃないか。それで文句はないだろう？」

「

エイドリアンは冷ややかにほほえんだ。「いいだろう、エリオット。受けて立とう」

エリオットはほほえみ返した。その目は兄と同じように冷ややかだった。

「なにを受けて立つですって？」公爵夫人がごく短いノックのあと、部屋に入ってきてたずねた。

「挑戦ですよ」エリオットは冷静に答えた。

「挑戦？」母親はたずね、じつの息子から継息子に視線を移した。

「エリオットとわたしで勝負するんです」エイドリアンは説明した。

公爵夫人はエイドリアンをにらんだ。「まさかエリオットに賭事《かけごと》をさせるつもりじゃないでしょうね？」彼女はじつの息子のほうを向いた。「あなたは賭事はやらないでしょう？」

「やりませんよ。お金の話をしていたんじゃありません」エリオットは言った。

公爵夫人はほっとした表情をした。「あなたがエイドリアンに堕落させられていないとわかってうれしいわ。ところで、レディ・ヘスターはどこなの、エリオット？　あなたが馬車で迎えに行って、さぞかし喜んだでしょう？」

「ええ。大いに感謝されました」エリオットは明るい口調で言った。エイドリアンはふたりが馬車のなかでなにを話したのか知りたくてたまらなかったが、そんなことはおくびにも出さずに無表情を装った。

「客間にいませんか？」

「いないわ」

「それなら、部屋に着替えに行ったのでしょう」

公爵夫人は部屋を出ていこうとした。

「わたしたちはふたりのうちのどちらがダマリス・サックヴィル＝クーパーの心を勝ち取ることができるか話していたんです」エイドリアンは落ち着くと、悪意に満ちた男を演じて言った。

「冗談でしょう」継母はむっとしたように言い、ゆっくりと振り向いて、冷ややかな目でエイドリアンを見た。「彼女はただの勲爵士の娘よ。あなたたちのどちらにもふさわしくないわ」

「だれも結婚するとは言っていませんよ」エイドリアンは言った。

「いかにも女たらしのあなたの言いそうなことね」

公爵夫人は蔑《さげす》むように言った。

「母上はさすがに手きびしい」エイドリアンは答え、ふたりを見ないですむように窓辺に歩いていった。

「でも、彼女が非常に美しく、しかも若いことはお認めになるでしょう」

「ダマリスは同じ勲爵士か男爵の妻にはいいでしょうけれど、公爵や公爵の息子の妻にはふさわしくないわ」公爵夫人は答えた。「あなたの妻にもね」

「父親は非常に裕福ですよ」

「お金は爵位にくらべたら、はるかに価値が劣るわ。父親が財産を失えば、彼女はただの貧しい娘よ」

「たとえそうだとしても、彼女が貧しい娘でいるあいだはそう長くはないでしょう。彼女ほどの美人ならすぐに庇護者《ひご》が見つかります」エイドリアンはそう言いながらも、それが真実であることに気づいた。父親が財産を失えば、ダマリスは路頭に迷うのだ。

だが、ヘスター・ピムブレットはたとえそのような状況に置かれたとしても、たくましく生きていくにちがいない。彼女は自活の手段を見つけ、誇りと威厳を失うことなく生きていくだろう。彼女は家庭教師や教師の職に就ける。安い賃金で雇われる話し相手《コンパニオン》になってもいい。毎日彼女に話し相手をしてもらえる女性は幸運だ。あるいは、マッケンナ牧師補のような善良で彼女にふさわしい男性と結婚してもいいだろう。彼ならヘスターを一生大切にしてくれるはずだ。そして、彼女は教区民のために尽くす牧師補が心安らげる家庭を築くだろう。彼女はいい母親になり、すばらしい妻になる。エイドリアンはキスをしたときの彼女の唇の感触や、優しく触れられたときのことを思い出した。彼女はすばらしい恋人にもなれる。しょせん、ばかなまねをして人生を台なしにしてしまった男には手の届かない女性だ。

「母上」エリオットは言った。「からかわれているんですよ。だれを訪ねに行ったのか、エイドリアンにきいてみたらどうですか？」

「そもそも、わたしたちがダマリス・サックヴィル＝クーパーの話をする必要があるの？」公爵夫人は不機嫌そうに言った。「彼女は考えるにも値しないわ。ダマリス・サックヴィル＝クーパーなら、レディ・ヘスターのほうがまだましよ。彼女に似たら、子供たちの容姿には期待できないでしょうけれど」

エイドリアンがうんざりして窓から振り向くと、エリオットがいかにもというようにかすかにうなずいていた。そして、ヘスターが戸口に立っているのが見えた。頬が赤く、彼女が公爵夫人の最後の言葉を聞いてしまったのがわかった。

エイドリアンはこのときほど継母が憎いと思ったことはなかった。

そして、このときほどヘスターをすばらしい女性だと思ったことはなかった。彼女は驚くほど落ち着いた態度で部屋に入ってきた。彼女の心の状態を表しているのは、赤く染まった頬だけだった。エイドリアンは長いあいだ感情を抑える努力をつづけてきたので、あれだけひどい侮辱を受けながら、なにも聞いていないようなふりをするのがどれだけ大変なことか身をもってわかっていた。「仕立て屋は明日の午後に来るそうです」ふたりの男性がお辞儀をすると、彼女は静かに言った。

「よかったわ」公爵夫人はかすかに後ろめたそうな表情をして答えた。エイドリアンは自己中心的な継母は、自分がだれかを傷つけたことに気づくことが

「おまえはここにいていいんだぞ、エリオット」エイドリアンは落ち着いて言い、エリオットが悪意のこもったまなざしで自分を見たのを見て、ますますうれしくなった。

「もちろん、そう言ってもらえるのはうれしいが」エリオットは見え透いた嘘《うそ》をついて、母親にほほえみかけた。「ぼくのような身分の者はロンドンに顔を出さないわけにはいかないんですよ」

「きちんとした妻を探しているならなおさらだ」エイドリアンは言い添えた。「すでに美しいミス・サックヴィル＝クーパーに決めているのでなければ」

エリオットの母はきびしい目で息子を見た。

「もちろん、違いますよ」エリオットは白状せざるをえなかった。「近所に住む者の義務だと思ったから訪ねたまでです」

「なるほど。義務ね」

「あなたに義務のなにがわかるというの？」公爵夫人はあるのだろうかと目を疑った。「布地のことを聞かせてちょうだい」彼女はヘスターに向かいの椅子に座るよう身振りで示した。

「よろしければ、夕食のときまで待っていただけませんか？」ヘスターは言った。「奥さまのおっしゃるとおりでした。歩いて、疲れてしまったようです」

エイドリアンは思わずほくそ笑みそうになった。継母がヘスターが疲れたと言っても文句を言えないのをよくわかっていた。ヘスターもそれをわかっていて、あえて公爵夫人の頼みを拒んだのだ。

「いいわ」公爵夫人は言った。

ヘスターはお辞儀をして部屋を出ていった。

「彼女は聞いていませんよ」エリオットは静かに言い、エイドリアンはふたりがヘスターにまんまとだまされたのを喜んだ。「そうでなければ、ほかのコンパニオンを探さなければならなかったでしょう」

人はエイドリアンに怒りの矛先を向けた。「あなたは自分の快楽を追求するためだけに生きているようなものじゃないの」

「またわたしへの非難ですか」エイドリアンはそう言って、丁寧にお辞儀をした。「それでは、目障りでしょうから、わたしは慎《つつ》ましく、自分勝手ではないおふたりの前から消えるとしましょう」

エイドリアンはそう言うなり、ふたりを残してさっさと部屋を出ていった。

ヘスターは寝室のドアを閉めてほっとため息をついた。部屋はあまり見ないようにした。ごてごてに飾り立てられた部屋は彼女の趣味ではなかった。天《てん》蓋《がい》つきのベッドはひとりで寝るにはあまりに大きく、しかも高さが半端ではない。落ちたら、骨を折ってしまうのではないかと思うほどだった。ほかの家具も、ずしりと重いダマスク織りのカーテンから、象眼模様のテーブル、ほっそりとしたリージェンシー様式の椅子、大きなマホガニーの衣装だんすに至るまで、すべてが装飾過剰だった。

ヘスターは部屋の奥に進み、窓のそばのテーブルまで歩いていった。テーブルの上には舞踏会にかかる費用の一覧表や、正餐《せいさん》のメニューの一例を記したメモ、飾りつけの花のリスト、招待客からの出席の返事などが置かれていた。

ヘスターは費用を適切な額に抑えるように努力したが、公爵夫人はそんなことにはまるで無頓着《むとんちゃく》だった。ヘスターが費用の心配を口にしても、まったく取り合わず、エイドリアンにはそれだけのものを払う余裕があると繰り返すばかりだった。ヘスターは最終的な金額を見た公爵がどんな反応を示すか不安だった。

でも、ヘスターがため息をもらして、鏡台の椅子に元気なく座り込んだのは、そのことが原因ではなかった。

ヘスターは自分に言い聞かせた。公爵夫人の言葉に落ち込むことはない。公爵夫人は虚栄心の強い愚かな女性だ。彼女が自分のコンパニオンが不器量だと思っていたとしても、事実なのだからしかたがない。幼いときから姉や妹とくらべられ、自分が美しくないことはよくわかっていた。

それでも、公爵はわたしに興味を示してくれた。ダマリスにはもっと興味があるようだけれど……それは初めから予想できたことだ。

ヘスターはバロービー公爵になど出会わなければよかったと思った。彼に会わなければ、話をすることもなかったし、もちろん、一緒に過ごすこともなく、あのような興奮を感じることもなかっただろう。自分はコンパニオンとしては求められるが、だれからも愛されることはないだろうとあきらめていたほうがしあわせだったかもしれない。もしだれかに結婚を申し込まれたとしても、それはわたしならいい妻になるだろうと思われたからで、決して情熱から求められるのではない。

公爵夫人はこんなわたしにもひとつだけ長所があることを認めてくれた。舞踏会の準備だ。本気でそう思っていなければ、サー・ダグラスにああ言ったりはしなかっただろう。それでも、なにかもっとほかのことで褒められたいとヘスターは思った。公爵は――。

ヘスターはごくりと唾《つば》をのんで、公爵のことは忘れなさいと自分に言い聞かせた。そして、もう一度唾をのんだ。喉が渇いてひりひりした。ずっと涙をこらえていたせいだろう。

ヘスターは器用な手つきで手早く髪に挿したピンを抜き、頭を揺すって髪を肩に下ろした。コルセットを脱いだときのような解放感はないが、それでも気分がよかった。

ブラシを手に取り、豊かな茶色い髪を梳《と》かしはじめた。そうしながら、鏡に映る自分の顔をしげしげと眺め、髪が漆黒だったらどんなふうに見えるだろうと思った。あるいは、ブロンドだったら。赤毛でもいい。このありふれた茶色以外ならなんでも。不器量な顔を縁取る髪が天然の巻き毛だったら、あるいは、波打っていたらどうだっただろう？　瞳が青い色ではなく、緑だったら。唇がもう少し薄かったら。鼻が……さいわい、鼻にはなんの問題もなかった。ヘレナとヘンリエッタに似ているところがあるとすれば、それはこの完璧《かんぺき》なピムブレット家の鼻だけだ。

スタイルも悪くはなかった。ヘレナほど胸が豊満ではないが、コルセットの助けを借りればじゅうぶんに均整が取れているように見えた。

ヘスターはブラシを置き、舞踏会の夜には自分の持っているものを最大限に生かそうと考えた。彼女は青いベルベットのドレスに、控えめなバーサと呼ばれるレースの飾り襟をつけ、長い白い手袋をはめて、髪には白い薔薇《ばら》を飾るつもりだった。飾り襟はどうしようかしら？　ヘスターは首をかしげて考えた。飾り襟はあらわになった胸元や、かすかな胸のふくらみを覆い隠すためのものだ。

ヘスターの肩や胸元の肌は白くなめらかで染みひとつなく、左の胸の上に小さなほくろがあるだけだった。胸元が深くくれたドレスを着て、惜しげもなく人前に肌をさらしている女性がいることを考えたら、なにも恥じる必要はないのかもしれない。

バーサをつけなければどうかしら？　今回だけ。なにが起きるか試してみてもいいんじゃないかしら。あなたはどうかしているわ。ヘスターは自分をたしなめた。胸元をちらりと見せただけで近づいてくるような男性は、わたしが求めている男性ではない。

それに心の底では、ダマリス・サックヴィル＝クーパーの美しさにかなうはずもないとわかっていた。たとえ裸で舞踏会に行ったとしても、彼女には太刀打ちできないだろう。

ドアをそっとノックする音がして、メイベルが入ってきた。ヘスターがこの屋敷に着いたその日に公爵夫人がつけてくれたメイドだ。ヘスターは椅子に座ったまま振り向いて、さくらんぼ色の頰をした若い女性のほうを向いた。彼女も美しいとは言えなかった。

この屋敷にいる女性はすべてそうだということに、ヘスターはそのとき初めて気づいた。美しいと言えるのは唯一、公爵夫人だけだ。わたしがコンパニオンとして雇われたのは、そのためだったのだろうか？　ヘスターはそう考えて、再び落ち込んだ。美しく若い女性なら、年配の公爵夫人は色あせて見えただろう。

「だいじょうぶですか？」メイベルはたずね、戸口でためらっていた。「またあとで、お召し替えのお手伝いにまいりましょうか？」

「少し喉が痛いの」ヘスターは正直に答えた。「正餐に下りていかないほうがいいかもしれないわ。公爵夫人にそう伝えてもらえないかしら？」

「こちらにお食事を運びましょうか？」

ヘスターはうなずいた。「それから、うがいができるように塩水を持ってきてほしいの」

「だれかを薬局にやりましょうか？」

ヘスターはほほえんで、首を横に振った。「それほど大したことはないわ。今夜はもうやすんだほうがいいかもしれないわね。すぐにベッドに入れば、よくなるでしょう。服を脱ぐのを手伝ってちょうだい。そのあとで、公爵夫人に今日はやすませてもらうと伝えておいて」

メイベルは喉の痛みを訴えるヘスターに完全に納得したようには見えなかったが、それでも、素直に彼女の言葉に従った。

メイベルが部屋を出ていくと、ヘスターは重苦しいため息をついて厚手のフランネルの寝間着に着替え、ほっとしてベッドによじ登った。それほどひどくはないが、本当に喉が痛み、鼻も少し詰まっていた。とにかく今は、少し夕食を食べて、温かいベッドでやすむのがいちばんだ。公爵やほかのふたりと顔を合わせなくてすむと思うと、病気になるのもまんざら悪くなかった。

メイベルは小さなトレイに軽い食事をのせてすぐに戻ってきた。「公爵夫人が明日には元気になって、メニューを決めてほしいとおっしゃっていました」

「わたしの体を気づかってくださってなんて親切なのかしら」ヘスターは自嘲《じちょう》ぎみにほほえんだ。

ヘスターが食事をしているあいだ、メイベルはベッドのそばに立っていたが、しばらくしてからヘスターはメイドが両手をもみ合わせているのに気づいた。「だいぶ気分がよくなったわ、メイベル」彼女は言った。熱いお茶を飲んで喉の痛みがやわらいだ。

「そうじゃないんです。お嬢さまがなにか悪い病気にかかったのではないとわかって安心しましたけれど」

「それなら、なんなの?」ヘスターは枕《まくら》にもたれかかっていた体をわずかに起こしてきいた。

「じつは……」いつもは元気な黒い髪をしたメイドは心配そうにあたりを見まわした。「バロービー・ホールに幽霊が出るという噂《うわさ》をお聞きになったことはありませんか?」

「いいえ、聞いたことはないわ」ヘスターは今どき幽霊が出るなんて滑稽《こっけい》だと思ったが、真面目《まじめ》な表情で答えた。

「わたしもですけれど……。あれは絶対に……いいえ、わたしも実際に見たわけではないんです。でも、ときどきだれかに見られているような気がしてならないんです」

ヘスターは、メイベルは若くて信じやすいところがあるので、召使いたちが部屋で話す幽霊の話に影響されているのではないかと思った。それでも、疑いを顔に出さないように注意した。メイベルがおびえているのは明らかだったからだ。「いつそんなふうに感じるの、メイベル？」

「夜眠る前に、部屋にひとりでいるときです」

ヘスターは考え込むようにうなずいた。「ジェンキンズがなにか物音を聞いて調べに来たか、夜の戸締まりをしているんじゃないの？」

「ミスター・ジェンキンズではありません」メイベルは答えた。「あの方はほとんど耳が聞こえないんですよ。従僕が朝起こしに行かなければならないほどなんですから。夜にうろついているのはミスター・ジェンキンズではありません」

「ほかに考えられるとしたら……。そうね、だれかよく眠れない人でもいるんじゃないの？」

「そうは思えません。わたしの部屋のドアのすぐ外で音がするんです。一度勇気を奮い起こして外をのぞいてみたんですけれど、だれもいませんでした。ほかの人にきいてみても、だれもなにも聞こえなかったというんです。だから、幽霊じゃないかと思ったんです」

「そうなの」ヘスターは再び考え込むようにうなずいた。「寝室の環境を変えてみたらどうかしら？　だれかほかのメイドと一緒に寝てもらうとか。それで、少しは安心できるでしょう」

「はい」メイドは力強く答えた。「ここのところよく眠れないんです」

「明日にでも公爵夫人に話してみるわ」

メイベルはほほえみ、ヘスターの食事がすんだのを見て、トレイに手を伸ばした。「ありがとうございます。だれにも迷惑をかけたくなかったんですけれど、怖くてたまらなかったものですから」

「わかるわ。おやすみなさい、メイベル」

「おやすみなさいませ、お嬢さま」

ヘスターは喉が痛み、体が熱く感じられて何度も寝返りを打った。これでようやく眠れそうだわ、うとうとしながら思い、片方の足を上掛けの外に出した。

ところが、空気がひんやりと冷たく、ヘスターはさっと足を引っ込めた。喉の痛みをこらえて唾《つば》をのみ、水を飲もうとベッドの上に半分起き上がった。

すると、手にグラスを渡された。「ありがとう、メイベル」彼女はベッドの脇《わき》に人の気配を感じてささやき、メイドがずっと付き添ってくれたことに感謝した。

水を飲むと喉の痛みがやわらぎ、大したことはない、風邪をひいただけだと自分に言い聞かせた。

「楽になったわ」彼女は言い、今何時だろうと思った。

ベッドサイドテーブルにグラスを置いたときになって初めて、ヘスターはベッドの脇に立っているのが女性ではなく男性だということに気づいた。

「だれなの？」ヘスターは上掛けをあごまで引っ張

ってたずねた。男性が勝手に寝室に入り込んできたという事実に愕然《がくぜん》とした。

「エリオットだ」エリオット卿《きょう》はささやき、マッチをすって、テーブルの上に置かれた蝋燭《ろうそく》に火をつけた。

ヘスターは茫然《ぼうぜん》とエリオット卿を見つめた。彼はここにいる当然の権利があるかのようにほほえんだ。彼は紳士などではない。異母弟がわたしの寝室に忍び込んだのを知ったら、公爵はどうするだろう？

そのあと、ヘスターはふいに気づいた。夜中に物音がするといったのは、メイベルの思い過ごしではなかったのだ。屋敷のなかをうろついて女性の部屋をのぞいている人物がいるとすれば、エリオット卿以外に考えられない。

ヘスターは熱があるにもかかわらず、背筋に冷たいものが走るのを感じてベッドの上であとずさった。

「ここでなにをしているの？」彼女は問いつめるように言った。

「ぼくは最後に部屋に下がったんです。ちょうどあなたの部屋の前を通りかかったら、妙な音が聞こえて。もしかしたら、あなたが助けを必要としているんじゃないかと思って、様子を見に来たんです」

エリオット卿の話はもっともらしく聞こえた。公爵が屋敷に到着した夜、ヘスターも同じ理由で寝室に入っていった。メイベルの話に影響されて、わたしも必要以上に怖がっているのかもしれない。彼がここにいるのは、不純な動機からではないのかもしれない。もし、エリオット卿がいかがわしい目的でここに忍び込んできたのだとしたら、それは甘やかされて育ったことに原因があるのではないだろうか？　母親は息子がそんなことをするとは思ってもいないだろう。

「喉の痛みはだいぶよくなりました」

「そうは思えないな」エリオット卿は言い、ヘスターをじっと見つめた。立ち去る気配はまったく見られない。

「鼻が少し詰まっているんです」ヘスターは認め、ついさっきはエリオット卿が悪いことをするはずがないと思ったのに、今はすぐに出ていってほしかった。「メイベルが夜中に妙な物音がすると言っているんです」そう言って、彼の反応を注意深くうかがった。

エリオット卿の口から思わぬ答えが返ってきた。

「晴れた夜には屋根に上って星を眺めるんです。あまり勉強しないですめば、天文学者になっていたかもしれません」

ヘスターは彼の言葉を信じていいものかどうか迷った。ふざけて言っているようには思えないが、彼が彼女の寝室にいる理由にはならない。

突然ヘスターは大きなくしゃみをし、エリオット卿がついに後ろに下がったのを見てほっとした。彼はそうしながら、ヘスターの全身をなめまわすように見つめ、彼女は裸にされたような恥ずかしい気持ちになった。「おやすみなさい、ヘスター」彼は静かに言ったが、ヘスターは彼に名前で呼ばれてあまりいい気はしなかった。「よく眠れるといいですね」

「おやすみなさい、エリオット卿」ヘスターは非難がましい口調にならないように注意した。

さいわい、エリオット卿はそれ以上なにも言わずに部屋から出ていった。

ヘスターは冷静になると、エリオット卿の行動が不審に思えてきた。メイベルやほかの女性の召使いに注意するよう言ったほうがいいのではないだろうか？

でも、エリオット・フィッツウォルターがよからぬことを企《たくら》んでいるというはっきりした証拠はなにもないわ。

いちばんの解決策は、公爵に話して問題を彼の手にゆだねることだ。

ヘスターはふと、公爵の手の指がほっそりしているが力強く、官能的なのを思い出した。

明日の朝いちばんに、公爵に話そう。

エイドリアンはエリオットをつかまえて、乱暴に寝室に引きずり込んだ。「いったいなにをしていた？」弟を壁に押しつけ、首をつかんだ手に力を込めた。

「は、放してくれ……」エリオットはあえぎながら言い、むだだと知りつつエイドリアンの手を引きはがそうとした。

エイドリアンは手を放したが、すかさず今度は肩をつかんだ。「レディ・ヘスターの部屋でいったいなにをしていたんだ？」

「部屋の前を通りかかったときに物音がしたんだ。彼女が助けを必要としているのかもしれないと思って、様子を見に行っただけさ」

エリオットの息は酒くさかった。「それはまた親切なことだな」エイドリアンは皮肉たっぷりに言った。「わたしがそんな話を信じるとでも思っているのか？　この腐った虫けらめ。彼女に屋敷じゅうに聞こえるような声で叫ばれなくてなによりだったな」エイドリアンは懸命に怒りをこらえた。エリオットを殴ってやりたかったが、暴力を振るってはいけないことはよくわかっていた。

エリオットはエイドリアンの手を振りほどいて、乱れたベストを引っ張った。「彼女は叫んだりしなかった」

「彼女にだってプライバシーはあるんだ」エイドリアンはうなるように言った。「酔っているのか？」

「少しだけさ。暇つぶしに飲んだだけだよ」エリオットはもうエイドリアンに危害を加えられる恐れはないと判断して言った。「ぼくが少しくらいワインを飲んだからなんだっていうんだ？　父のワインセラーにあったものを飲んだだけだ。だいいち、自分だってしらふとは言えないじゃないか。あれはポートワインだろう？」エリオットはベッドのそばのテーブルの上に置かれたボトルをあごで示した。ボトルは開けられていた。

「確かに、それはわたしのポートワインだ。だが、わたしは若いレディの部屋に忍び込んでいったりしない」エイドリアンは胸の前で腕組みをした。なにか物音がしたような気がして廊下に出てみると、こともあろうに、エリオットがヘスターの部屋から出てくるところだった。それを見たときから、彼の動《どう》悸《き》はいっこうに治まる気配を見せなかった。

「そんなに怒らなくてもいいだろう。ぼくは彼女の寝込みを襲ったわけじゃないんだ」エリオットは文句を言ってテーブルのところに歩いていくと、自分でポートワインを注《つ》いだ。「急に騎士道精神を発揮していったいどうしたんだ？　彼女は特別なのか？　彼女は男を楽しませるような女には見えないが」

「その汚い口を閉じろ、エリオット。そして、わたしの部屋から出ていけ」

「出ていかなかったらどうする？　ぼくが悪い子だと母に告げ口するのか？」エリオットはポートワインをあおった。「母は信じないだろう。ぼくがあんたがヘスターの部屋にいるのを見たと言えばなおさらだ」

エイドリアンは顔をしかめたが、なにも言わなかった。エリオットの言うとおりだったからだ。エリオットもそれをわかって言っているのだ。

「それに、彼女はそれほど不器量じゃない。寝間着を着ているときはね。彼女の左の胸の上にたまらなく色っぽいほくろがあるのを知っていたか？　胸の形も悪くない。実際、完璧《かんぺき》と言ってもいいくらいだ。ふだんの彼女からは想像もつかないだろう」

「出ていくんだ、エリオット。今すぐに」

「ここに無理やり引きずり込んだのは、兄上、あんたじゃないか」エリオットは冷ややかな目でエイドリアンを見た。その表情は、エイドリアンがときどき見せる表情に似ていなくもなかった。

「この屋敷にいる女性には近づくな」エイドリアンは警告した。「気晴らしがしたければ、町へ行って金を払って楽しめ」

「なぜそんなに怒っているんだ？」エリオットはたずねた。「まさか、自分で彼女を誘惑するつもりだったんじゃないだろうな」

「処女を誘惑するのはおまえの専売特許だ」エイドリアンは言った。

「ぼくを怒らせようとしているのか？」

「なぜいけないんだ？　おまえはわたしを怒らせるようなことをさんざんしてきたじゃないか」

「こっちこそ、それがなぜいけないんだとききたいね」エリオットは言った。「あんたがいるせいで、ぼくはみじめな人生を送らなくちゃならないんだ」

エイドリアンは弟をにらんだ。「わたしがおまえの人生をみじめなものにしていると言いたいのか？」

「そうだ。ぼくはいつも金に困り、子供みたいにあんたに泣きつかなければならない」

「こづかいはたっぷりやっているだろう。そのほかにもな」

「ぼくにだって、保たなければならない体面というものがあるんだ」

「おまえのようなならず者を避ける術《すべ》を知らないうぶな若い娘をつぎつぎに誘惑しておいて、体面もなにもないだろう」

「ぼくは金の話をしているんだ」エリオットは少しも恥じることなく言った。「金がもっといるんだ」

「母親に頼むといい」

「それができないことはわかっているだろう」エリオットは不平を言った。「ぼくは間違ったことは言っていない。それくらいの余裕はあるはずだ、兄上。どうしてそんなにしみったれているんだ？」

「わたしが気をつけなければ」エイドリアンは言い含めるように言った。「わたしたちはいずれ破産してしまう」

「そんなばかなことがあるはずがない」

エイドリアンはテーブルにつかつかと歩いていって、再び酒を注いだ。確かに、エリオットの言うとおりだ。エイドリアンは非常に裕福だった。だが、エリオットに今以上の金を渡したところで、決して彼のためにはならないということもわかっていた。

「ぼくが結婚したら、こづかいを増やしてくれるのか？」

エイドリアンはワインをごくりと飲んだ。体がかっと熱くなるのを感じながら、弟をじっと見つめた。

「おまえがプロポーズしようとしている幸運なレディはだれなんだ？」彼は皮肉まじりにたずねた。「ダマリス・サックヴィル＝クーパーか？　おまえの母親は喜ばないだろう」

「もちろん、違うさ。彼女はほんの気晴らしにすぎない」

「それなら、だれだ？　エリザベス・ハウエルか？」

エリオットはためらうことなく首を横に振り、エイドリアンは弟のそんな態度にますます腹を立てた。

「それなら、相手はまだ決まっていないんだな」

エリオットは異腹の兄をちらりと見た。兄の表情はきびしく、取りつく島もないように見えた。彼は兄を怒らせたくてたまらなかった。少しでもいいから、仕返しがしてやりたかった。兄はいつも彼を価値のない、愚かな人間に思わせた。弟がこの世に生まれた瞬間から憎んでいたのだろう。ふたりの父親がふたりの息子を平等に愛したからだ。父親の愛情を横取りされたように感じたのかもしれないが、父親にはすべての子供を分け隔てなく愛する義務があるのだ。

エイドリアンを少しでも慌てさせることができるなら……。エリオットは必ずそうしてみせると胸に誓った。そして、兄のきびしい視線を受け止めながら、だれを未来の妻に選んだら、彼を動揺させることができるだろうと考えた。

エイドリアンがダマリス・サックヴィル＝クーパーに興味を持っているとは思えなかった。美しいとは思っているだろうが、それ以上の関心は持っていない。関心があれば、もっと熱心に追いまわしているはずだ。

ほかにだれの名前を挙げればいいだろう？　だれを選べば、エイドリアンを烈火のごとく怒らせることができるのか？　ぼくにまったくふさわしくない女性がいい。ぼくがとても忠実に義務を果たすとは思えないような女性。正義漢ぶっているエイドリアンは、ぼくが義務を果たすまで心配で生きた心地がしないだろう。エイドリアンがろくでなしの弟にはできすぎていて、もったいないと思うような女性はだれだろう？

完璧な答えが頭に浮かび、エリオットはそれをすぐに声に出した。「レディ・ヘスターだ」

エリオットは彼の突拍子もない発言にエイドリアンがどんな反応を示すか、兄の顔を注意深く見守った。

エイドリアンはにやりとしただけで、ほかにはなんの反応も示さなかった。「おまえが真剣に結婚を考えるはずがない」エイドリアンは言った。

だが、そのあとエリオットは人生最大の驚きを覚えた。エイドリアンは表情こそ変えなかったが、その目に失望に似た色が浮かんでいるのをエリオットは見逃さなかった。

エイドリアンが無表情なのは今に始まったことではなく、エリオットはわずかでも反応が得られればいいと思っていた。だが、彼が期待していたのは怒りで、失望ではなかった。

エリオットは勝ち誇ったような気持ちになった。エイドリアンは明らかに動揺している！ 彼はいっきに兄を攻め立てた。「彼女ならぼくを改心させてくれると思わないか？」

「それはだれにもできない」

「兄上はそう思っているかもしれないが、ぼくは違う」

エイドリアンは必死に平静を装っていたが、心のなかではさまざまな感情が嵐《あらし》のように渦巻いていた。エリオットは本気で言っているのだろうか？ ヘスターに結婚を申し込むことを真剣に考えているのだろうか？ 彼女はエリオットにはもったいなさすぎる。だが、エリオットを破滅の道から救える女性がいるとしたら、ヘスター・ピムブレット以外に考えられなかった。

エリオットが結婚したら、義務からようやく解放されるのではないだろうか？

エリオットが親しくなる女性のことをいちいち心配する必要もなくなる。賭事《かけごと》の借金を払わなくてもすむし、エリオットをそそのかして高い買い物をさせる商店主や、そばに寄るのも汚らわしい人間を相手にせずにすむ。

エイドリアンは、エリオットもいつかは目が覚めて、心を入れ替えてくれるのではないかと長いあいだ希望を抱いていた。いっそのこと死んでくれたらと思ったことも一度や二度ではない。父親と交わした約束から解放されるのなら、どんなことでもよかった。

エリオットがいつか取り返しのつかないことをし

て、自分と同じように不名誉の烙印《らくいん》を押されるのではないかという不安が頭を離れることはなかった。彼だけならまだしも、弟までが評判を失えば、亡き父が守りつづけてきた由緒ある家名は完全に地に墜《お》ち、二度と回復できなくなるだろう。

エリオットから解放されるのは大いに魅力的だが、ヘスターがエイドリアン自身をしあわせにしてくれる可能性も秘めていることは否定できなかった。ヘスターを妻にすることができれば、彼の人生は大きく変わり、うんざりするようなロンドンの喧噪《けんそう》を離れ、ここで静かに暮らすことができるだろう。

だが、エリオットが更生する絶好の機会を奪ってしまったと知りながらヘスターと結婚しても、はたしてしあわせになれるのだろうか?

わたしがヘスターをあきらめさえすれば、亡くなった父に対する義務からようやく解放されるのではないだろうか?

ヘスターの身になって考えてみるがいい。彼女に黒の公爵の悪評を背負わせるのはあまりに酷だ。たとえ、それが事実ではないとしても。彼女は人に後ろ指をさされるようなことはなにもしていないのだ。わたしひとりが醜聞にまみれた過去とともに生きていくべきなのだ。

エイドリアンは、エリオットの評判を守るためならどんなことでもすると父に誓ったのだった。

だから、たとえそれがどんなにつらいことでも、最後の犠牲を払うべきなのだろう。エリオットのために。父のために。そしてだれよりもヘスターのために。わたしは彼女の愛に値しない男だ。

「彼女は美人ではないが、スタイルはいいし、非常に美しい目をしている。そう思わないか、エイドリアン?」

いいや、だめだ。エリオットをその気にさせるようなことは言えない。ヘスターがほかのだれかと結婚する、それもエリオットと結婚すると思うと、エイドリアンはとても穏やかな気持ちではいられなかった。

「ぼくが本気じゃないと思っているんだろう？　でも、彼女はぼくの完璧な妻になると思うんだ。彼女が母をどう扱っているか見ただろう。彼女はぼくもうまく管理してくれるはずだ」

エリオットは兄のうつむいた顔を最後に見て、部屋から出ていった。

ヘスターはエリオット卿のことを公爵に話す機会が得られなかった。目と鼻をぐしゅぐしゅさせて朝食に下りていくと、ジェンキンズに告げられた。公爵はすでにミス・サックヴィル＝クーパーを訪ねに行かれ、夕刻まではお戻りにならない、と。

15

エイドリアンはサックヴィル・クーパー邸の客間に座り、ダマリスが奏でるハープの音に聞き惚《ほ》れているふりをしながら、美しいダマリスを見るとはなしに見ていた。部屋にはダマリスの才能をひけらかすかのように、じつにさまざまなものが並べられていた。水彩画、刺繍《ししゅう》、パステル画、ネット編み、かぎ針編みの家具の覆い、華やかな絵が描かれた火花よけのついたて、ピアノにハープ。だが、エイドリアンはそれらのものにはまったく関心がなかった。

エイドリアンはふと思った。ヘスターは今ごろどうしているだろう？　風邪は少しはよくなっただろうか？　ここに来る前に医者を呼びに行かせようかと思ったが、継母にその必要はないと言われた。

「ピムブレット家の人間は象なみに体が頑丈にできているのよ」継母はそう言って取り合わず、エイドリアンもこのときばかりは彼女の意見を受け入れた。継母はほかのことでは無知かもしれないが、医者とは多くの時間を過ごしているので、病気についてはほかのだれよりも詳しいのではないかと思ったのだ。

ヘスターが病気ということもあって、本当は今日は家にいたかったのだが、エリオットの前で彼女への思いをあらわにしてしまうような気がして、やむなく外出した。わたしがどれだけヘスターを求めているか知ったら、エリオットはあの手この手で彼女を誘惑しようとするだろう。わたしが欲しがっているものを奪い取るだけのために。

わたしがエリザベス・ハウエルとあんなに踊らなければ、彼女の評判は無傷なままで、エリオットに捨てられ、子供を失うこともなかっただろう。エリオットはヘスターも同じ目にあわせかねない。

本当にそうだろうか？　二日前なら、エイドリアンはエリオットは自分のことしか考えていない利己的な人間だと言ってはばからなかっただろう。だが、それはエリオットがヘスターとの結婚を考えていると言う前の話だ。エリオットもまた、わたしと同じようにヘスターの存在に感化されたということはありうるだろうか？　あの身勝手な弟にそんな純粋な心が残っていたのだろうか？　ヘスターはエリオットをよりよい人生に導く唯一の希望なのだろうか？

エイドリアンはなにをばかなと胸のうちで毒づいた。彼はヘスターを妻にすることをいまだにあきらめきれずにいた。頭では彼女に求婚すべきではないとわかっていても、彼女への思いを簡単に断ち切ることはできなかった。黒の公爵の妻になれば、彼女も夫の悪評を背負って生きていかなければならなくなる。彼女にそんなつらい思いはさせられない。彼女を愛しているならば、彼女との結婚はあきらめるべきだ。

たとえ、どんなに彼女を愛していようとも。どんなに彼女に激しい情熱を抱いていようとも。エイドリアンは自分の妻となった彼女を腕に抱くのを想像した。

ヘスターが処女であることに疑いの余地はない。自分が彼女の初めての男になるのだと思うと、エイドリアンは胸に大きな喜びが込み上げてくるのを感じた。彼が今まで関係を持った女性で、そのような女性はひとりもいなかった。

このわたしが、ヘスターに愛される喜びを教える最初の男になるのだ。このわたしだけが、彼女の青い瞳が喜びに見開かれ、情熱に輝き、上りつめた瞬間に閉じるのを見ることになるのだ。彼女にありとあらゆるキスのしかたを教えよう。唇にはほかにも使い道があることを。彼女の足の裏……指先……うなじ……全身あますところなく唇を這《は》わせるんだ。

いや、そんなことは起こりえない。エイドリアンは自分に言い聞かせた。

かといって、エリオットにヘスターを譲ることもできなかった。エリオットは彼女にはふさわしくない。弟は彼女を不幸にするだけだ。エリオットがヘスターを腕に抱く……。

エイドリアンは頭からその光景を締め出した。そんなことは考えたくもなかった。

エイドリアンは音楽がやんだことにふと気づいた。

「じつにすばらしい」エイドリアンがそう言うと、ダマリスは美しい瞳に嫌悪の色を浮かべて彼を見た。ハープをもとに戻し、たっぷりとした絹のスカートの膝の上でほっそりした白い手を組む。

ダマリスはいかにもしおらしく従順に見えるが、エイドリアンは彼女が自分にまったくその気がないのに気づいていた。今までの経験を考えたら彼に女性を見る目があるはずだが、ダマリス・サックヴィル＝クーパーはエイドリアンと結婚するのはおろか、同じ部屋にいるのでさえいやがっているはずだ。それはそれで興味深い発見だったが、エイドリアンにしても、ダマリスにまったく魅力を感じていなかった。ヘスターを守るためにダマリスに関心があるふりをする必要がなければ、この屋敷には近づきもしなかっただろう。

「じつを言うと、ハープは詳しくないんですよ」エイドリアンは弁解するように言った。

「ピアノを弾きましょうか？」ダマリスは気乗りしない様子で言った。もしバグパイプを吹いてほしいと言ったら、彼女はなんと言うだろうとエイドリアンは思った。

ふたりの気まずい会話はサー・ダグラスの登場によってさえぎられた。商用で出かけたロンドンから戻ってきたばかりなのだろう。顔が赤く、旅行用の服装のままだった。「パパ！」ダマリスの声には、喜びとそれと同じくらいの安堵《あんど》の気持ちが込められていた。

ダマリスは父親に走りよって抱きついた。父親は娘にほほえみかけ、それから高貴な客に目を向けた。

「ようこそおいでくださいました」

「楽しい旅だったようですね」エイドリアンは言い、ダマリスの抱擁を解いたサー・ダグラスがうれしそうに目を輝かせるのに気づいた。思惑どおりに事が運んだと思っているのだろう。バロービー公爵がダマリスよりも不器量なヘスター・ピムブレットと結婚したがっていると知ったら、彼はどんな反応を示すだろう？　エイドリアンは興味津々だった。

「大いに収穫がありました。公爵さまのお相手ができなくて残念でしたが」サー・ダグラスは言った。

「どうかお座りになってください！」

「いや、親子水入らずのところを邪魔しては申し訳ない」エイドリアンはとりあえず断った。

「どうかそうおっしゃらずに」サー・ダグラスはダマリスが押し黙っているのに気づいているのか、あるいは、気づいてもまったく気にしていないのかわからなかったが、そう言ってエイドリアンを引き留めた。「ぜひ夕食も召し上がっていってください」

エイドリアンは素直にうなずいた。自分には演じなければならない役割があるのはわかっていたが、突然すべてがいやになり、どうしたらいいのかわからなくなった。過去にも一度同じ気持ちになったことがあり、そのときはこんな思いは二度としたくないと思ったものだ。しっかりするんだ！　エイドリアンは自分を奮い立たせた。

「じつにすばらしい」サー・ダグラスはそう言って、若いカップルににっこりほほえみかけた。「弟さんはどうしておられます？　公爵夫人は？」

「母と弟は元気にしています」エイドリアンは答え、家族の話題になったら、ダマリスががぜん会話に興味を示したのに気づいた。

エイドリアンはそんなダマリスを見て、不安になった。エリオットはその気になれば、非常に魅力的な人間になれる。ダマリスなど簡単に言いくるめてしまうだろう。サー・ダグラスが家を留守にする機会はこれからも何度かあるはずだ。公爵であるエイドリアンがダマリスの結婚相手の候補に名乗りを上げなければ、サー・ダグラスは代わりにエリオットに狙《ねら》いを定め、気を利かせたつもりで娘を彼とふたりきりにするかもしれない。いくら鈍感なサー・ダグラスといえども、娘が公爵を嫌っていることにいつまでも気づかないではいないだろう。

「少し心配なのは」エイドリアンはつづけた。「レディ・ヘスターが体調を崩していることです」

「大したことがないといいのですけれど」ダマリスは本当に心配そうに言った。

「おそらく、風邪でしょう」エイドリアンは明るい調子で言った。「すぐによくなると思います」

「鼻風邪ですよ」サー・ダグラスは言った。「公爵夫人にからしの湿布をするといいとお伝えください。わたしはそれでいつも治しています」

「風邪が長引いて舞踏会に出席できなくなったらお気の毒だわ」ダマリスは静かに言った。

「彼女ひとりでなにからなにまで準備したんですからね」エイドリアンはなにげなく言った。「彼女は非常に有能な秘書でもあります」ヘスターへの思いに気づかれてはまずいと、それを打ち消すかのように大儀そうに手を振ってつづけた。「母は彼女を高く買っていますが、あのとおり、おとなしくて控えめなので、ときどき部屋にいることを忘れてしまいます」エイドリアンはあなたが部屋にいることは忘れるはずがないというかのように、ダマリスにとっておきの魅力的な笑顔を向けた。

ダマリスは眉をひそめ、蔑《さげす》むようにエイドリアンを見た。「彼女はとてもすばらしい女性です。親切でとても優しい方ですわ」怒ったように言う。

サー・ダグラスが突然、拳銃《けんじゅう》が暴発したのかと思うような大きな咳《せき》払いをした。「公爵は彼女を批判なさっているのではない」彼は真っ赤になって、とがめるような目で娘を見た。彼が公爵と娘の結婚をまだあきらめていないのは明らかだった。「彼女は物静かで、穏やかな人ですな。情熱をかき立てるような女性ではありませんが。そうですよね、公爵さま？」

「彼女は温厚な田舎の紳士のよい妻になるでしょう」エイドリアンはそう言ったが、自分が演じなければならない役割にうんざりし、その言葉が真実であることに怒りすら覚えた。

エイドリアンは話題を変えようとして、ヘスターが言っていたことをふと思い出した。しあわせになれないのであれば、せめて借地人を助けたり、献身的に教区民に尽くす若者の労に報いたかった。

「前々から、スミーチ牧師をこのような小さな教区にくすぶらせておくのはもったいないと思っていたんです」エイドリアンは言った。「リンカーンの大主教の親類にあたる友人がおりまして、その友人が大聖堂で新しい大聖堂長を探していると話していたのを思い出したんです。スミーチ牧師にふさわしい地位だと思いませんか？　そうなると、ここでの聖職禄に空きが出ます。当然、マッケンナ牧師補が有力な後任候補になるでしょう。彼が聖職禄を購入できるならばという条件つきですが」エイドリアンはスコットランド人の牧師補は、五ポンドなら用意できるだろうと思った。

「彼は立派な牧師さまになると思いますわ」ダマリスは目を輝かせて言った。「彼の家族は裕福で、聖職禄を買うのはそれほど――」彼女は突然不安になって口ごもった。「聖職禄が適切な値段なら」

「裕福な出自の者にとっては、それほど高額ではないはずです。彼は教会に大いに貢献してくれるでしょう」エイドリアンはマッケンナ牧師補を高く買っていることをサー・ダグラスに印象づけるように言った。「彼はすばらしい聖職者です」

「あなたが気づいておられるとは驚きました」サー・ダグラスはぶっきらぼうに言った。彼はエイドリアンがけげんそうな目で自分を見ているのに気づき、素早くうやうやしくつづけた。「公爵さま、多くの人々がマッケンナ牧師補を褒めたたえています。わたしも人々の声に無関心ではいられません。牧師になれば、当然、妻が必要になります」

ダマリスが思わず声をあげた。「そうなんですか？」

「わたしはそう思います」エイドリアンは穏やかな口調で言った。「教区のほとんどの独身の女性はすでに彼に注目しているでしょう」

エイドリアンはわざと気を持たせるように、そのあとしばらく黙っていた。

ダマリスは眉をひそめ、真っ赤になって目をそらした。彼女の父親は警戒するような目で娘を見たあと、エイドリアンに注意を戻した。「彼は一部の女性には申し分のない結婚相手でしょう」サー・ダグラスはしぶしぶ認めた。

「彼はどんな女性にとってもすばらしい結婚相手です」ダマリスは突然そう言って頭を上げ、勝ち気そうな目でふたりをにらんだ。熱のこもった口調でつづける。「彼はすばらしい男性です！　彼ほど親切で、寛大な優しい方は――」彼女は父親の表情を見た。父親は自分の船が沈んでいると知らされた男のように茫然《ぼうぜん》自失としていた。「彼は聖職に就く人に備わっているべき資質をすべて兼ね備えています。わたしは彼と知り合えたことを誇りに思います。彼の妻になれたら、もっと誇らしく思うでしょう」

エイドリアンはふたりに気づかれないようにほくそ笑んだ。ダマリスは一時的にエリオットの関心に心が揺れたかもしれないが、最終的には賢い選択をするだろう。

ダマリスは実際にそうした。

ヘスターはベッドに横になっていた。喉の痛みと頭痛はまだ治まらなかったが、それでも明日にはよくなるだろうと思った。今日は喜んでベッドで休んでいた。こうしてひとりでいれば、公爵夫人やほかの家族に悩まされることもない。そのせいで、余計なことばかり考えるはめになってしまったけれど。

バロービー・ホールを去るときが来たのかもしれない。ヘスターは思った。家族との関係に神経をすり減らし、いっときも心が安まるときがなかった。両親や姉妹との生活は確かに退屈だが、その退屈さと穏やかさが今では懐かしかった。

フィッツウォルター家のふたりの男性はまったくもって謎《なぞ》だった。公爵は本当にわたしのことを思ってくれているのかもしれないと勘違いしてしまうほど強い関心を示してくれることもあれば、わたしの存在など忘れてしまったかのようにふるまうときもあった。エリオット卿《きょう》は恐ろしく魅力的だが、彼ほどわたしを不愉快な気持ちにさせる男性はいなかった。

ヘスターは公爵が自分によこしまな思いを抱いているとは思えなかった。図書室で、そして昨日エリオット卿が馬車でやってくる前、彼女を見た公爵の目はひどく傷つきやすく、傷つきやすい人がいるとすれば、悪名高い黒の公爵以外にいないのではないかとさえ感じた。

公爵がわたしにだけ、ほかのだれにも見せない一面を見せてくれたことにはなんらかの意味があるにちがいない。図書室では、うたた寝をしていたところを起こされてふいをつかれ、うっかり素顔をのぞかせてしまったのかもしれない。けれども昨日、わたしのどんなところがすばらしいかを話してくれたとき、公爵は心に深い傷を負い、わたしの助けを求めているようだった。

わたしに少しでも好意を抱いていなかったら、公爵のような男性がわたしに関心を示したりするだろうか?

でも午後になっても公爵は戻らず、ヘスターは現実と向き合わざるをえなくなった。

わたしは決して結ばれることのない男性に恋をしてしまったのだ。公爵はわたしと結婚することなど考えてみたこともないだろう。公爵に褒められてすっかりのぼせ上がってしまったけれど、彼はただお世辞を言っただけにすぎないのだ。これ以上傷つきたくなければ、ここを出たほうがいいだろう。

ヘスターは舞踏会まではバロービー・ホールにいようと決めた。あれだけ準備に労力を費やしたのだから、わたしは舞踏会に出席する正当な権利がある。でも舞踏会がすんだら、この屋敷を出ていこう。

玄関ホールが騒がしくなり、ヘスターは眠い目をこすって寝室を見まわした。背の高い窓に反射する月明かりの角度から、真夜中を過ぎたばかりではないかと見当をつけた。炉棚の上に置かれた時計をちらりと見ると、案の定、時計の針は十二時過ぎを指していた。

「その手を放せと言っただろう！」酔った男性が怒鳴る声がした。あいにく、公爵とエリオット卿の声はとてもよく似ていて、ふたりのうちのどちらか区別がつかなかった。

言葉につづいて、どすんと大きな音がして、ヘスターはなにごとだろうとベッドの上に跳び起きて、上掛けをはねのけた。急いで化粧着をはおり、そっとドアを開けて薄暗い廊下をのぞく。

そこで目にしたものはあまり喜ばしい光景ではなかった。ひどく酔っているのはエリオット卿ではなく、公爵だった。公爵は酔ってふらつきながら、弟をにらんでいた。「わたしに触るな。おまえのような……おまえのような……」

「なにが言いたいんだ？」エリオット卿は両手を腰に当て、ささやき声だが強い口調で言った。「ぼくはなんなんだ、エイドリアン？」

「よくわかっているだろう。放《ほう》っておいてくれ！」

「それなら、そうしよう。倒れて、傲慢《ごうまん》なその首を折っても知らないぞ！」

「そうなったら、願ったり叶《かな》ったりじゃないか」公爵はわずかに声をあげて言った。「おまえは公爵になれる！」

「少なくとも、金をくれとあんたに頭を下げて頼まなくてすむ」エリオット卿も声を荒らげた。

「しぃーっ！」公爵はふらつきながらエリオット卿をたしなめた。「みんな起きてしまうじゃないか」

「かまうものか」エリオット卿は言った。「酔っぱらっているのはぼくじゃない」

「奇跡的にな！」公爵はあざけるように言った。

「エリオット！」公爵夫人の声が空気を切り裂いた。「あなたなの、エリオット？」夫人の寝室のドアが開き、夫人がつかつかと廊下に出てきた。髪には巻き毛にするための紙が巻かれ、化粧着の紐《ひも》はきっちり結ばれていた。「エイドリアン！　まあなんてことかしら！　酔っているのね。そんなみっともない状態でサックヴィル＝クーパー家をあとにしたの？　明日の夜までにはご近所じゅうの噂《うわさ》になっているわ」

「サー・ダグラスはわたしよりひどいありさまでしたよ」義理の息子はお辞儀をして、かぶってもいない帽子を上げるまねをし、もう少しで後ろ向きに倒れそうになった。「気の毒に、彼はすっかり落ち込んでいましたよ。娘がバロービー公爵になれないとようやく気づいたんです」

公爵は正体なく酔っていて、ヘスターはそれを見て残念な気持ちになった。これでは世間で言われている噂が本当なのではないかと疑われてしまう。それでも公爵の言った最後の言葉が、いったんは沈んだヘスターの心を興奮に浮き立たせた。

公爵はダマリス・サックヴィル＝クーパーとは結婚しないんだわ！

「わたしにとっては喜ぶべき知らせだわ」公爵夫人は嫌みたっぷりに言った。「でも、あなたは人の迷惑を考えたことがないの、エイドリアン？」彼女は継息子に激しく詰めよった。「みんな起きてしまうじゃないの。それでなくても、レディ・ヘスターは具合が悪くて休んでいるのに」夫人はわずかに開いたヘスターの部屋の扉のほうを身振りで示した。ヘスターは息をのみ、盗み聞きしていることを気づかれませんようにと祈った。少しでも動いたら気づかれてしまいそうで、ドアのそばを離れるに離れられない。「わたしが今日一日彼女なしでなんとかやれたんですから、あなたも静かにするくらいのことはできるでしょう」

「あなたは自分で稼がなくても、わたしの与える生活費で楽に暮らせますからね」公爵は蔑むように言った。

公爵夫人は目に怒りの炎を燃やし、眉間《みけん》にしわを寄せて公爵をにらんだ。そのあと、夫人は手を上げ、義理の息子の頬を思いきり強く打った。「このわたしによくもそんな口がきけるわね！」

公爵はまったくひるまなかった。「レディ・ヘスターを起こすことを心配する必要はありませんよ。あなたのおっしゃるとおりです。一瞬寛大さを失ってしまったのです」公爵は言った。「それとも、レディ・ヘスターをエリオットの妻にするとお決めになったのですか？　エリオットは彼女こそ自分にふさわしい女性だと信じているようですが」

ヘスターは驚きの声をあげそうになり、手で口を覆った。エリオット・フィッツウォルターがわたしを妻に！　ヘスターは耳を疑った。でも、エリオット卿にそう思われていると知っても、少しもうれしくない。彼を見れば見るほど、嫌いになっていく。彼とわたしが結婚？　そんなことはありえないわ。結婚を申し込んでくれるのが彼しかいないなら、喜んで独身で通そう。

「なんてばかなことを言っているの？」公爵夫人は信じられないという目でエリオットを見た。「彼はあなたを困らせようとして言っているだけなんでしょう？」

ヘスターはドアのほうにわずかに身を乗り出した。

「この話は明日の朝にしましょう。みんなゆっくりやすんでから」エリオット卿はすらすらと答えた。

「でも――」

「今度ばかりはエリオットの意見に賛成だ」公爵は再びよろめき、なんとか体勢を立て直した。「おやすみなさい、母上」彼はそう言って、ゆっくりと振り向いた。「おやすみ、エリオット」

「エリオット！」公爵夫人が公爵の驚くべき発言の真偽をすぐに確かめたがっているのは明らかだった。

「冗談なんでしょう？　レディ・ヘスターとあなたが？　荒唐無稽《むけい》だわ」

確かに公爵夫人の言うとおりかもしれないけれど、ヘスターはそう言われてあまりいい気はしなかった。わたしが今廊下に出ていったら、ふたりはどんな顔をするだろう？　実際、ヘスターの片方の手は掛け金にかかっていた。そのとき急にくしゃみが出そうになり、彼女は掛け金から手を離して鼻を押さえ、慌ててベッドに戻ろうとしたが、こらえきれずに途中でくしゃみをした。

「ほらごらんなさい！　エイドリアンが彼女を起こしてしまったんだわ」公爵夫人は言った。夫人が部屋に近づいてくる足音がして、ヘスターは急いでベッドによじ登り、化粧着が隠れるようにあごまで上掛けを引っ張った。

「よかった、眠っているわ」公爵夫人はささやいた。ドアをわずかに開けている夫人の姿が見えた。「なんてばかげた……エリオット？　エリオット？」

「おやすみなさい、母上！」エリオットはつぶやいて、母親がヘスターの部屋をのぞいているあいだに自分の寝室のドアを閉めた。今夜はもう母に耐えるだけの気力は残っていなかった。母に泣きつかれたり、あれこれ詮索《せんさく》されたり、勝手に人生を決められたりするのにはうんざりだった。

最愛の息子が退屈でさえないヘスター・ピムブレットを妻に望んでいると聞かされて、衝撃を受けた母の顔は大いに見物だった。あの顔を見るだけでも、彼女に真剣に求婚するだけの価値はあるかもしれない。彼女と結婚するくらいなら、庭に置いてある銅像と結婚するほうがましかもしれないが。ヘスター・ピムブレットを抱いても、大理石の銅像を抱いているようなものだろう。

あるいは、彼女はお上品ぶって澄ましているだけなのかもしれない。

これは面白いことになりそうだ。エリオットはそういう娘を何人か知っていた。慎み深いふりをしているだけの娘を。

でも、彼女たちは美しく、追いかけるだけの価値があった。ヘスターはお世辞にも美人とは言えない。

だが、いい体をしている。エリオットは思い出しただけで下腹部が張りつめるのを感じた。彼女は教育のしがいがあるかもしれない。

妻を選ぶにあたっては、ベッドでの才能はそれほど重要ではない。ほかの女性に喜びを見つければいいだけの話だ。実際、考えれば考えるほどヘスター・ピムブレットは完璧《かんぺき》な妻のように思えてきた。ぼくが〝友人〟とひと晩じゅう過ごしても、文句ひとつ言わないおとなしく従順な妻になりそうだ。貴族の母親としては申し分がない。完璧な家族の象徴だ。

彼女のような女性は夫が子供を授ける義務さえ果たせば、夫がどこでなにをしようと放っておいてくれるはずだ。

それに、結婚すれば、母もぼくがまだ六歳の子供であるかのように扱うのをやめるだろう。母は、ヘスターはぼくにふさわしくないと思うかもしれないが、彼女は伯爵の娘だ。それに、彼女なら気むずかしい母をうまくあしらってくれる。

そうとも。ヘスター・ピムブレットはレディ・フィッツウォルターになるにふさわしい女性だ。もっと悪い選択をしてしまう恐れもあるし、彼女はぼくのようなハンサムで魅力的な夫を持つことを喜ぶにちがいない。口説き落とすのは簡単だ。それに、時間はたっぷりある。

だが、エリオットが最終的にヘスターに求婚する決心をしたのは、そういった理由からではなかった。最大の理由は、自分が彼女と結婚すれば、傲慢で独善的なエイドリアンを一生苦しめることになるからだった。

16

「お元気になられて本当によかったですね」舞踏会の夜、メイベルはヘスターの髪にもう一本ピンを挿しながら言った。「ご病気で舞踏会に出席できなかったら、お気の毒ですもの。ヘスターさまおひとりでなにからなにまで準備なさったのに」

ヘスターはメイベルの正直な感想に弱々しくほほえみ、彼女の忍耐強い作業によって生み出された髪型をしげしげと眺めた。メイベルはこてを駆使してヘスターの髪を巻き毛にし、白い薔薇《ばら》の花を丁寧に編み込んで、みごとな芸術作品を作り上げた。

ヘスターは最初、髪を流行の形に結いましょう、ロンドンで侍女をしている姉に教わったので任せてください、というメイベルの提案を断った。ところが、メイベルがひどくがっかりした顔をしたので、しかたなく同意したのだった。髪をいじったところで、自分の容姿に大きな変化があるとは思えなかった。ところが今、ヘスターはメイベルの勧めに従ったのは間違いではなかったと認めざるをえなかった。彼女の髪は姉のヘレナのように最新流行の形に結われていた。実際、髪をこうすると、美しい姉に似ていなくもなかった。皮肉なのは、ヘスターは今、決して美しく見られたいと思っていないことだった。彼女の変化に気づく男性がいるとしたら、それはエリオット卿《きょう》以外に考えられないからだ。

あの廊下での信じられない騒ぎのあと、ヘスターはエリオット卿が本気でないことを願った。ところが、彼は本気で彼女に求婚することを考えているらしく、なにかと理由をつけては彼女のそばにいようとした。ヘスターはすぐにでもエリオット卿を思いとどまらせなければならないと思った。それにはふたつ理由がある。公爵と公爵夫人とエリオット卿は、彼女が三人の話を聞いていたことを知らない。それに、彼女は舞踏会がすんだら、すぐにこの屋敷を出るつもりだった。不必要な摩擦は起こしたくなかった。

エリオット卿のうれしくない求愛がなくても、わたしは喜んで屋敷を出ただろう。状況はそれほどまでに耐えがたくなっていた。もはや公爵への深い思いを否定できなかった。ところが、公爵のほうは屋敷を留守にすることが多くなり、いたとしても、彼女の存在にさえ気づいていないようだった。

それでも、ヘスターは毎晩ベッドに横になったまま、公爵が戻ってきた足音が聞こえるまで起きて待っていた。足音が一定のときは、今夜はあまり酔っていないのだと安心して眠ることができた。公爵がなにをして過ごしているかについては、あれこれ考えないほうがいいだろう。公爵は尊敬に値する人だと信じたかった。公爵がわたしを欺いているのだとしたら、欺かれたままでいたほうがいい。

ただ、この状況でひとつだけいいことがあるとすれば、ダマリスが、少なくともフィッツウォルター家の男性にはすっかり忘れられた存在になったことだった。つい先日、マッケンナ牧師補がスミーチ牧師とともにバロービー・ホールを訪ねてきた。牧師補は見違えるほど自信に満ちた表情をしていた。ヘスターはすぐにその理由に気づいた。牧師補はダマリスが結婚の申し込みを受け入れてくれると信じていた。もちろん、父親の賛成も得られるだろう。それは、スミーチ牧師が急遽《きゅうきょ》、リンカーン大聖堂の大聖堂長に任命されたことによるところが大きかった。スミーチ牧師は二週間後にリンカーンに向けて発《た》つ予定で、ハミッシュ・マッケンナがバロービーのセント・アンドリュー教会の後任の牧師になることが決まった。

「公爵夫人が満足してくださるといいですね。今、コルセットの紐《ひも》をお締めします」メイベルはそう言って、ヘスターの後ろに立った。

「きっと喜んでくださるわ」ヘスターは嘘《うそ》をついた。公爵夫人は自分ではなにひとつ決めなかったくせに、パンチの種類から、立食のメニューに至るまで、ヘスターが決定したことにいちいち難癖をつけ、彼女は頭がおかしくなりそうだった。オーケストラの演奏者の数についても、彼女の決定をくつがえしたあと、気が変わってまたもとに戻した。ドレスの布地選びの際も、ああでもない、こうでもないとさんざん文句を言った。彼女はいらだちのあまり叫び出したくなった。

だれか公爵夫人を取りなしてくれる人がいればよかったのだろうが、公爵がその場にいたためしはなく、エリオット卿はヘスターの肩ばかり持って母親をますます怒らせた。

ヘスターは立ち上がり、コルセットの紐を締めつけられるままになっていた。「もういいわ」メイベルにさらに強く紐を締められて、息ができなくなる前に言った。それでなくても、今夜は大変なことになりそうなのだ。息が苦しくて、思うように動けないのではどうにもならない。

「近ごろはどう、メイベル?」ヘスターは紐を結んでいるヘスターにたずねた。「よく眠れるようになった?」

「おかげさまで。お騒がせして申し訳ありませんでした」

「よく眠れるようになったのならいいわ」

「ありがとうございます」メイベルは大きな鳥かごのような形をしたクリノリンをつけるヘスターに手を貸し、素早く紐で結んだ。「どうぞそのままになさっていてください。ドレスをお着せしますから」

メイベルはすでにヘスターの舞踏会用の青いベルベットのドレスと、レースの飾り襟を用意していた。胸元をあらわにするのはやはり品がないと思ったのだ。

「せっかくあなたにきれいにしてもらった髪がだめになるといけないから、両手を上げるわ」ヘスターは、髪型が崩れ、白い薔薇の花びらが頭から落ちる悲惨な光景を想像して言った。

「よろしいですか?」メイベルはできるだけゆっくりとヘスターの頭からドレスをかぶせた。ヘスターは窮屈な袖《そで》に腕を通し、メイベルはドレスを引っ張ってベルベットのスカートが床に落ちるようにした。

「こんなにきれいな布地は見たことがありません」メイドはほれぼれとしたように言って、背中の紐を結んだ。脇《わき》に寄り、ヘスターの体を衣装だんすのそばに置かれた姿見のほうに向ける。メイベルはつづいて飾り襟を手に取ったが、メイドの手のなかにあるそれは、くたびれたかぎ針編みの敷物のように見えた。「本当にこれをおつけになるんですか?」メイベルは疑わしげにたずねた。「ないほうがすてきに見えますよ」

ヘスターは批判的な目で鏡に映る自分の姿を見た。髪型やドレスの色やカットでこんなにも変わるものかしら。われながら目をみはった。ドレスはパーティーで一度着たが、そのときは飾り襟をつけていた。飾り襟をはずすと、シンプルなデザインの身ごろが彼女の白くなめらかな肌と丸い胸のふくらみを際立たせているように見えた。いつもの簡単に結っただけの髪と違い、こうして手の込んだ髪型にすると、美しい姉と妹に少しだけ近づけたような気がした。ダマリス・サックヴィル=クーパーの美しさにはとても太刀打ちできないけれど、少なくとも、間違ってパーティーに招待されたような肩身の狭い思いはせずにすむだろう。エリオット卿が気づいてしつこく迫ってきたとしても、それならそれでしかたがない。彼の兄もいやでも気づくだろう。

「飾り襟はどういたしましょう?」メイベルは再びたずねた。

「そうね」ヘスターは突然決心した。これがバロービー・ホールでの最初で最後の舞踏会になるかもしれないのだ。少しくらい大胆になってもいいだろう。「つけないでおきましょう」

メイベルはにっこりほほえんでうなずいた。「喜んでいるのはわたしだけじゃないんですよ」彼女はそう言って、思わせぶりにほほえんだ。

「いったいなんの話をしているの?」ヘスターは思わず声をとがらせた。メイベルがなにを言っているのかだいたい想像はついた。

「わたしたち……その……エリオット卿はお嬢さまにご執心だと……」

「エリオット卿は舞踏会の準備のお手伝いをしてく

ださっただけよ」ヘスターはついきつい口調になり、すぐに後悔して謝った。「ごめんなさい、メイベル。少しぴりぴりしているの。すべて完璧《かんぺき》にしたいのよ」彼女はほほえんだ。「それに、お客さまの名前を間違って呼ばせないために、ジェンキンズに特製のパンチを出す仕事を頼んだのを彼に気づかれないか心配でたまらないの」

さいわい、メイベルはヘスターにほほえみ返してくれた。「お嬢さまはどうなさるおつもりだろうと思っていたんです。やはり、ちゃんと考えていらしたんですね」

「このことはほかの召使いには内緒にしておいてね。ジェンキンズを傷つけたくないの」

メイベルは神妙な顔つきでうなずいた。「わかりました。お安いご用です」

ヘスターはシンプルな一連の真珠のネックレスを首に巻いて、白い手袋をはめた。扇を手に取り、鏡に映る自分の姿をもう一度確認する。「これでいいわ。起きて待っていてくれる、メイベル？」彼女はたずねた。ドレスを脱ぐときに、メイドの手を借りなければならないからだ。

「もちろんです。このお部屋か、公爵夫人の居間におります。いつでもお客さまのドレスを繕えるようにしておかないといけませんので」

ヘスターはうなずいて、階段の踊り場に向かった。階下では公爵と異母弟のエリオット卿が待っていた。黒髪の公爵は黒い夜会服に身を包み、浮かない表情でじっと立っていた。金髪の弟はダンスが始まるのが待ちきれないかのように、片方の足の先で床をとんとん叩《たた》いている。

ヘスターの目は公爵に吸いよせられた。公爵は怪《け》我《が》をしていないほうの足に体重をかけて立っていた。公爵は今夜は踊れるのだろうかとヘスターは思った。わたしと踊ってくれるかしら？

そのあと、ヘスターは大きく深呼吸して、どうでもいいことだと自分に言い聞かせた。明日になったら、公爵夫人に姉のところに行くと言うつもりだった。ヘレナとその夫がわたしが行くことを望んでいようがいまいがだ。

ふたりの男性は同時に振り向いてヘスターを見た。

「レディ・ヘスター」エリオットは素早く前に進み出て、ヘスターが階段のいちばん下にたどり着くやいなや、彼女の手を取った。「今夜はじつに美しい。見違えるようだ。そう思わないか、エイドリアン？」彼はむっつり押し黙っている兄を横目でちらりと見た。

「そうだな」

「愛想はほかの招待客のためにとってあるんでしょう」エリオットは皮肉を言って、ヘスターの手を自分の腕にかけさせ、彼女を広い客間に導いた。そこで一列に並んで招待客を迎えることになっていた。公爵が先頭で、つぎは公爵夫人、そのつぎはエリオット、最後がヘスターだ。「母はすぐに下りてくるでしょう」

「ジェンキンズがちゃんと準備をしているかどうか見てきませんと」ヘスターは手を放そうとした。

「彼は物忘れが激しいので――」

「なにも心配いりませんよ」エリオットはそう言って、再びヘスターの手を取った。実際、ヘスターは軍事行動並みの緻密《ちみつ》な計画を立てていた。エリオットはこの数日間しかたなく準備につき合っていたので、よくわかっていた。あらゆるふいの事態に備えて計画は立てられ、召使いはひとりひとりが自分の役割を正確に把握していた。

予定外のことがあったとすれば、とエリオットは思った。それはヘスターの驚くべき変貌《へんぼう》ぶりだ。青いドレスは彼女によく合い、青い瞳が引き立っている。髪型は彼がロンドンで見たどんな最新流行の髪型にも劣らず洗練されていて、実際、彼女は美しく見えた。

エリオットはヘスターの手を自分の腕に押しつけながら、彼女を妻にするのもそれほど悪くないかもしれないと思っていた。今夜、こうして目を伏せている彼女を見ていると、愛し合う場面でさえ想像できた。「ぼくと何曲か踊っていただけますね」彼はささやいた。

ヘスターの驚いた表情を見て、エリオットの顔に浮かんだ笑みがさらに広がった。ぼくと結婚したら、彼女はさぞかし感謝するだろう。なにを頼んでも、いやとは言わないかもしれない。「ぼくたちはカドリルを踊る二番めのカップルになります。エイドリアンと母が先頭ですから」

「もちろんですわ」ヘスターはささやき、エリオットは彼女が兄のエイドリアンのほうをちらりとも見ないのに気づいた。エイドリアンも最初に見ただけで、あとは見向きもしなかった。「公爵さまはお怪我をなさっていても、踊られるのでしょうね」

「もちろんだ」公爵はさりげなく言った。「主人の務めは果たす」

エリオットは喜びが薄らぐのを感じた。エイドリアンは、淑女の見本のようなレディ・ヘスターと結婚したいというできそこないの弟に反対するのをほとんどあきらめかけているようだった。

公爵夫人が階段の踊り場に姿を現した。緑のシルクのドレスは襞《ひだ》飾りで派手に飾り立てられていた。大粒のエメラルドのネックレスが首を飾り、耳にも同じような大粒のエメラルドが下がっていた。最高級のレースのショールをふわりと肩にまとい、巻き毛にした髪もドレスと同様、過剰と思えるほど飾り立てられていた。

夫人は階段を下りはじめたが、突然立ち止まってヘスターをにらんだ。「レディ・ヘスター！」侮蔑《ぶべつ》に満ちた声で言う。「あなたが着ているものはいったいなんですか?」

「舞踏会用のドレスというものだと思いますよ」ヘスターが口を開く前に、公爵が淡々と言った。

「まあ、なんて下品な!」公爵夫人はそう言うと、残りの階段をつかつかと下りてきた。「わたしの屋敷にいるあいだは、そのようなものを着るのは許しません」

すぐにバロービー・ホールを去るつもりだったので、ヘスターは胸を張って反論しようとした。公爵夫人のドレスの胸元も大きく開いていた。

公爵が小さく一歩前に進み出た。それだけで公爵夫人を立ち止まらせるのにじゅうぶんだった。「ここはわたしの屋敷です」彼は静かに言った。「レディ・ヘスターはお客さまです。なにを着ようと彼女の自由です。たとえそれが下品であろうと、なかろうと」

公爵の口調から、彼が継母と同じようにヘスターのドレスをよく思っていないのがわかった。ヘスターは目を瞬《しばたた》いて必死に涙をこらえた。公爵に、きれいになった自分に気づいてほしかったのに、結果は裏目に出てしまった。

「ぼくは美しいと思いますよ」エリオット卿がしぶしぶヘスターを弁護した。

ヘスターはエリオット卿にそう言われても少しもうれしくなかった。「みなさんに気まずい思いをさせて申し訳ありませんでした」彼女はありったけの自制心をかき集めて、落ち着いた声で言った。「よろしければ、部屋に戻って飾り襟をつけてきます」

公爵夫人はつっけんどんに言った。「その必要はないわ。さあ、客間でお客さまをお迎えする位置に着きましょう」

「ショールをもっとしっかり巻いたほうがいいですよ」公爵は言って、片方の眉を上げた。「すきま風が入りますし、肌を出されているので風邪をひきますよ」

公爵夫人はふんと鼻を鳴らしたが、客間でそれぞれの位置に着いたとき、夫人が公爵に言われたとおりにするのにヘスターは気づいた。

四人が一列に整列するやいなや、戸口から声がした。「サー・ダグラス・サッククロス゠クーパーとミス・サッククロス゠クーパーがお見えになりました」

ヘスターは急いで戸口に顔を向けた。ジェンキンズがドアのところに立っている。「彼はあそこでなにをしているの？　彼はパンチを出すことになっているのに」

公爵は笑いをこらえようとしているかのように口元を引きつらせた。笑いたければ笑えばいいわ。ヘスターはむっとした。無理難題を押しつけてくる公爵夫人に耐え、なにからなにまでひとりで準備したのは公爵ではなく、このわたしだ。あげくの果てに、ドレスまで批判され、泣きたいような心境だった。

「ジェンキンズは今夜はもっと大切な役目があることを忘れているらしい。わたしが言って注意してこよう」公爵はそう言って、玄関ホールのほうに歩いていった。

「サー・ダグラスが最初に来ることをわかっておくべきだったわ」ダマリスが視界に入ってくると、公爵夫人はぶつぶつ言った。

ダマリスは繊細なレースで縁取りされた淡いピンクのシルクのドレスを着ていた。髪も肌も完璧で、まばゆいばかりに輝いていた。彼女は戸口でほんの一瞬ためらってから、公爵の少し前に部屋に入ってきた。公爵はまたすぐに招待客を迎える列に並んだ。

ヘスターはそばにいるふたりの紳士を横目でちらりと見た。公爵は無表情だったが、エリオット卿はすぐ顔に出るタイプだった。ダマリスを見る彼の目には最大級の賞賛の色が浮かんでいた。たぶん、わたしとカドリルを踊る約束をしたのを後悔しているのだろう。

サー・ダグラスが娘のあとから部屋に入ってきた。「こんばんは、公爵」まず公爵に挨拶《あいさつ》する。「お招きありがとうございます」つづいて、公爵夫人に言った。「相変わらずお若いですな」

ヘスターは公爵夫人がサー・ダグラスを毛嫌いしているにもかかわらず、彼に褒められてまんざらでもない様子なのに気づいた。ほんの一瞬ではあるが、夫人は本当にうれしそうにほほえんだ。「お優しいのね、サー・ダグラス」夫人は言った。そして、サー・ダグラスからヘスターに目を向けた。「今夜はレディ・ヘスターが楽しいときを過ごせるようにあなたにお相手をお願いするわ。彼女は忙しくて、ダンスをする間もないかもしれないけれど」

「喜んでお相手させていただきます」サー・ダグラスは心からそう言った。

エイドリアンはサー・ダグラスの脚をへし折ってやりたくなった。エリオットの脚もだ。自分が今夜ヘスターと踊るただひとりの男になりたかった。

だが、それは不可能だ。大いに意に反することだが、主人として一曲目のカドリルを継母《はは》と踊らなければならない。そして、若いレディにダンスを申し込まれれば、断ることはできなかった。一曲だけでもヘスターと踊れたら幸運だ。今夜の彼女はめずらしい蘭《らん》が花を咲かせたようだった。

どうして今まで彼女が不器量だなどと思ったりしたのだろう？　わたしの目は節穴だったのだろうか？　なぜきらきら輝く青い瞳や、薔薇の花びらのような唇に気づかなかったのだ？　茶色の髪はありきたりなどではなく、思わず両手を埋《うず》めたくなるほど豊かだった。エイドリアンの体は彼女にキスをしたときの感触を覚えていて、こうしている今もキスを求めてうずいていた。

　だが、ヘスターを見つめることは許されなかった。ほんのわずかでも彼女を見てしまったら、彼女を愛している理由をいやでも思い出させられる。彼女をだれにも、とりわけエリオットには渡したくなくなるだろう。エリオットは彼女のドレスの裾《すそ》にも触れる資格はない。そういうわけで、エイドリアンは最近はもっぱらバロービーの町で過ごしていた。自分が町にいれば、エリオットが気晴らしを求めにやってきたときすぐにわかる。そう考えて自分を慰めた。

　だが、実際にはそうはならなかった。エリオットが町に来ることはなく、エイドリアンはヘスターが本当に弟を更生させてくれるかもしれないと思わざるをえなかった。今夜エリオットがヘスターを見る目からもそれがうかがえた。

　少なくとも、美しいダマリスが部屋に入ってくるまでは。ヘスターもエリオットの反応に気づいただろうか、とエイドリアンは思った。

「スミーチ牧師、マッケンナ牧師補」従僕が節をつけて言った。

　エイドリアンは牧師への嫌悪感を顔に出さないようにした。ヘスターとエリオットのことを頭から締め出すことにくらべたら、造作ないことだった。

「スミーチ牧師、大聖堂長の就任おめでとうございます」

　牧師は誇らしげに胸を張り、エイドリアンは僧服がはち切れてしまうのではないかと思った。「ありがとうございます。これほど名誉なことはありません。このわたしがリンカーン大聖堂の大聖堂長ですよ。持てる能力をじゅうぶんに発揮できることだけを祈っております」

　〝リンカーンであまり問題を起こさないでくれよ〟エイドリアンは胸の内でつぶやいた。小さな教区よりも、大きな大聖堂のほうが彼のもたらす害は少なくてすむかもしれない。彼はそう思って、再び自分を慰めた。

マッケンナ牧師補はダマリスを目で捜し、ダマリスも牧師補に気づくと、にっこりほほえみ返した。彼女の愛情がだれに向けられているのかは一目瞭《りょう》然《ぜん》だった。エイドリアンはサー・ダグラスをちらりと見た。父親はそれほどうれしそうな顔はしていなかったが、半分あきらめているようにも見えた。

「奥さま、いつもながらお美しいですね」スミーチ牧師は公爵夫人にお世辞を言い、列に沿って進んだ。

公爵夫人は当然のことのように賛辞を受け入れ、牧師に短くほほえみ返した。人目を引く赤毛をしているにもかかわらず、マッケンナ牧師補にはほとんど目もくれなかった。若い牧師補はエリオットに挨拶をし、それからヘスターに挨拶をして、親しげにほほえみかけた。

「チェスタートン公爵、ミス・スミス」

エイドリアンは再び入り口のほうを見た。チェスタートン公爵は自分の地位を鼻にかけている虫の好かない男で、ダンスの教師と駆け落ちした末の娘を勘当していた。

チェスタートン公爵の連れは、ひと目で染めたとわかる黒髪をした若い女で、青白い頬に紅を差している。ドレスの胸ははち切れそうで、ウエストは信じられないほど細かった。チェスタートン公爵のいちばん新しい愛人が、舞踏会が終わるまで気を失わずにいられたら奇跡だとエイドリアンは思った。

つづけて招待客が何人か訪れ、エイドリアンはダンスが始まるまでのあいだ、客を出迎えて忙しくした。そうやって、ヘスターが自分ではなく、エリオットのパートナーであることへのいらだちを紛らわそうとした。

エイドリアンはヘスターにつぎのワルツを申し込もうとしたが、サー・ダグラスに横取りされてしまった。主人なので座っているわけにもいかず、公爵夫人の友人のひとりにダンスを申し込んだ。

そのあとは、ヘスターに近づくことすらできなかった。彼女はダンスを踊ったり、ほかの若いレディにダンスのパートナーがいるかどうか気を配ったり、年配の招待客が椅子に座るのに手を貸したり、年配の紳士にカードや喫煙のために用意されている部屋を教えたりするのに忙しくしていた。

エイドリアンは元気な若い女性とポルカを踊ってくたくたになったあと、ヘスターを捜して部屋を見まわした。すると、エリオットがミス・スミスとかなり親しげに話しているのが目に入った。チェスタートンは部屋を出たばかりだった。おそらくたばこを吸うためだろう。だが、ミス・スミスは少しも寂しそうではなかった。

エイドリアンはミス・スミスが思わせぶりな笑みを浮かべ、エリオットを残してテラスに出ていくのを目で追った。そのあと、エリオットが部屋を横切り、足を止めて数人の客と立ち話をしたあと、彼女のあとを追うようにテラスに出て生け垣に向かうのに気づいた。

ふたりの行動がなにを意味するのか、エイドリアンにはわかりすぎるくらいにわかっていた。エリオットがバロービー・ホールにいるあいだ退屈しきっていたのは明らかだ。ようやく……退屈を紛らわす機会が訪れたというわけだ。

「公爵さま」

エイドリアンがはっとして振り向くと、ヘスターがすぐそばにいた。彼女に鋭いまなざしで見られ、彼は一瞬うろたえた。「わたしになにか?」

「そろそろ正餐《せいさん》の時間です。エリオット卿をお見かけになりませんでしたか?」

17

エイドリアンは答えに迷った。エリオットがどこにいるか知らないと言うこともできるが、ふたりは先頭に立って招待客を食堂に案内することになっていた。従僕がエリオットを捜しているあいだに遅くなり、ヘスターが綿密に計画を立てた正餐《せいさん》が台なしになってしまう恐れがある。

わたしが弟を捜してこようと言って、エリオットとミス・スミスを連れ戻すこともできる。

あるいは、生け垣のほうに行くのを見たと言ってヘスターに捜しに行かせ、エリオットがほかの男の愛人といるところを見つけさせることもできる。そうなれば、ヘスターとエリオットの結婚の可能性はほとんどなくなるだろう。

だが、それによって、エリオットが更生する機会もなくなる。

「エイドリアンさま？」ヘスターが急《せ》かすように言った。「エリオット卿《きょう》がどこにいらっしゃるかご存じではありませんか？」

エイドリアンは目を上げて、もの問いたげな顔をしたヘスターを見た。彼は選択を迫られていた。エリオットとヘスターの結婚の可能性をつぶすかどうか、わたしの決断にかかっている。

エイドリアンを見るヘスターは表面上はとても落ち着いているように見えたが、目は舞踏会の興奮に輝き、サテンのようになめらかな頬はほんのり上気していた。エイドリアンはそんなヘスターを見て、心を決めた。そのとき、彼は自分のしあわせについても、エリオットの更生についても考えていなかった。

ただヘスターのことだけを考えた。エリオットと結婚しても、彼女は不幸になるだけだ。

「エリオットなら、さっき生け垣のほうに歩いていくのを見た」彼は言った。

「ありがとうございます」ヘスターは言って、急いで立ち去った。

ヘスターは急ぎ足で生け垣に向かい、エリオット卿はどの方向に行ったのかといぶかった。よりによって、こんなときに外の空気を吸いに行かなくてもいいのに。そろそろ夜食の時間だとわかっているはずだ。

ヘスターはため息をついて、暗く、芳《かぐわ》しい花の香りのする庭に入り、二、三歩歩いたところでふいに立ち止まった。

男性と女性がささやき合っている声がした。ヘスターは怒って数歩前に進み、そのあとふと思い出した。公爵とはついさっき別れたばかりだ。公爵が彼女を追い越して生け垣のなかに入るのは不可能だ。ということは、今聞こえる低い声はエリオット卿の声にちがいない。彼は庭の散策に喜んでつき合ってくれる連れを見つけたらしい。

それで、正餐のことをすっかり忘れてしまったのだろう。

エリオット卿にひと言注意しなければと、ヘスターはさらに歩を進め角を曲がった。そして、いきなり立ち止まった。エリオット卿と女性の連れは話をしているだけではなかった。ミス・スミスがなまめかしい声をあげているのが聞こえた。

生け垣のなかで！　大勢のお客さまが大広間にいるというのに！

ヘスターはくるりと踵《きびす》を返して大広間に戻った。すると、公爵がさっきの場所にまだ立っていた。ヘスターは公爵をじっと見つめ、まるで、エリオット卿の腕に抱かれていたのが自分であるかのように真っ赤になったが、そのあいだも、公爵の表情を読み取ろうとした。彼はわたしがなにを目撃するのかを知っていたのだろうか？　それを知っていて、わざとわたしを生け垣に行かせたのだろうか？

あるいは、わたしをだしにして面白がろうとしていただけなのかしら？

「正餐は少し遅れます」ヘスターはつぶやいて、公爵の横を通り過ぎようとした。

ヘスターは彼がため息をつくのを聞き逃した。

屋敷の二階はひっそり静まり返っていた。招待客は帰り、公爵夫人とエリオット卿は部屋に下がった。メイベルはヘスターがドレスを脱ぐのを手伝った。そのあと、公爵が今夜はもう下がってもよいと従僕に話していたと、貴重な情報を教えてくれた。まだ後片づけをしているのだろう、階下では、公爵が低い声で指示を与える声と、召使いの話す小さい声が聞こえた。

ヘスターは鏡台の前に座って、鏡に映る自分の姿を見るとはなしに見ていた。

公爵はなぜわたしを生け垣に行かせたりしたのだろう？　エリオット卿が女性といるのを目撃してから、ヘスターはそのことをずっと考えていた。

エリオット卿がどんな男性かわたしにわからせたかったからだろうか？　わたしはすでに弟に気をつけるように公爵から警告を受けている。わたしが彼の警告を真剣に受け止めていないと思ったのかもしれない。それで、わたしにはっきりとした証拠を突きつけたのだろうか？

公爵はわたしがそんなこともわからないような愚かな女だと思っているのかしら？　エリオット卿のようなハンサムな男性に言いよられたくらいで簡単にのぼせ上がるような女だと思っているにちがいな

い。エリオット卿がわたしと一緒にいるとき、どれだけ退屈しているか、わたしが気づいていないとでも思っているのだろう。エリオット卿がどんなにチャーミングだとしても、とても紳士とは言えないことをわたしが知らないとでも思っているの？　彼が腹違いの兄とはまったく違う意味で、うぬぼれた傲《ごう》慢《まん》な人間だということに気づいていないとでも思っているのだろうか？

考えられる理由はもうひとつある。公爵はわたしのことを本当に心配していて、わたしがエリオット卿の魅力にだまされないようにしてくれたのかもしれない。でも、そう考えるのはうぬぼれもいいところだ……。

でも、どうしてそう思ってはいけないの？　ヘスターは突然思った。今夜ひと晩くらい、わたしは公爵の愛情を受けるに値すると思っても罰は当たらないだろう。ヘスターは公爵にキスをされたときのことを思い出した。バロービー・ホールへの帰り道、わたしをどう思っているか話してくれたときの公爵の目に浮かんでいたのは、わたしへの好意であり、敬意であり、愛だった。そう信じてなにがいけないのだろう？　ヘスターは自分の思いを声に出してみた。「愛しているわ、エイドリアン・フィッツウォルター」鏡に映る自分に向かってささやく。「愛しているわ」

ヘスターは立ち上がって、部屋を行ったり来たりした。彼女は準備ができしだいすぐにでもここを発《た》つつもりだった。公爵は明日も町に出かけるだろう。今夜公爵に会わなければ、二度と会えなくなるかもしれない。

ヘスターは立ち止まり、鏡に映る自分をもう一度見た。「あなたにそこまでする勇気があるの？」自分自身にささやきかける。

答えが出る前に、彼女の寝室の前を通り過ぎる公爵の足音が聞こえた。

わたしは今までずっと慎《つつ》ましく生きてきたけれど、その結果がどうだったの？　無視され、忘れられ、思い出されるときがあったとしても、召使いか秘書のように扱われるだけだ。

〝今だけ、たった一度だけ……〟

ヘスターは深く息を吸い込んで、勇気を奮い起こした。ドアに向かい、忍び足で廊下を歩いて公爵の寝室に向かう。決心が揺らがないうちにノックもせずに部屋に入って、後ろ手にそっとドアを閉めた。

公爵はヘスターが部屋に入ってきたのに気づかずに、窓のそばに立って、満月に照らされた夜の庭を眺めていた。ヘスターは勇気が萎《な》えそうになったが、そのとき、彼がひどく孤独に見えた。彼は外を見て、なにかを探し求めているように見えた。いったいなにを？　話し相手《コンパニオン》？　恋人？　妻？

「エイドリアンさま」ヘスターはささやいた。

公爵はくるりと振り向いて、ヘスターを見つめた。

「ここでなにをしているのだ？」抑えた声で言う。

「お話があります」ヘスターは彼に近づいた。

「今は話をするような時間でもないし、ここは話をするのにふさわしい場所ではない」エイドリアンはきびしい声で言った。

「それはわかっています。でも、明日公爵夫人にもお話しするつもりですけれど、すぐにでも姉のところに行くつもりです。このときを逃したら、もうお話しする機会はないかもしれません」

「ここを出るつもりでいるのか？」公爵はヘスターに一歩近づこうとしたように見えたが、ためらった。

「はい、エイドリアンさま」

「なぜだ？」

「ここにいてもしあわせになれないからです」

「そうか」ヘスターにはランプのところに行ってマッチをする公爵が、ため息を押し殺したように聞こえた。すぐに炎が燃え上がり、彼の頬が炎に照らし出され、くぼんだ目のまわりに影を落とした。「そのほうがいいかもしれない」

ランプに火がつくと、公爵はヘスターに部屋の隅に置かれた椅子に座るよう身振りで示した。明かりとベッドから遠く離れたところにある椅子だったが、ヘスターは断った。「こんなに急いで話さなければならない話とはなんだね、レディ・ヘスター？」

「なぜわたしを生け垣に行かせたのですか？」ヘスターは言った。「エリオット卿がだれとどこに行ったのか、ご存じだったのでしょう？」

「きみはなんでもお見とおしなんだな」エイドリアンはそう言って、横を向いた。

「知らないとは言わせません。わたしにショックを与えようとして、あんなことをなさったのですか？」

エイドリアンはヘスターのほうを向いたが、彼女とは決して目を合わせなかった。「そうではない」

「それならなぜあんなことを？」

公爵は答えなかった。

「エリオット卿がどんな男性か、わたしに教える必要があると思われたのですか？」

「そうだ」公爵はささやいたが、それでもなおヘスターを見ようとはしなかった。

「なぜ？」ヘスターは問いつめた。心臓は早鐘を打っていた。

「きみにはその必要があると思ったからだ」

「わたしはあなたの言葉を信じていました。それに、わたしはあなたが思っているほどうぶではありません。彼が紳士でないことはわかっています」

「わたしも紳士ではない。それでも、きみはわたしを信頼してくれた」

「ご自分が紳士ではないとどうしておっしゃるの？そんな証拠はどこにもありません」

「図書室でのこと以外は」

「あれはわたしがあなたを驚かせてしまったのがいけないのです。ほかの人がなんと言おうと、わたしはあなたが誇り高い男性だと信じています。あなたはならず者などではありません。そうではない証拠でもないかぎり、わたしはあなたを信じます」

エイドリアンはようやく目を上げてヘスターを見た。彼の表情はきびしくも、打ちひしがれているようにも見えた。「きみはなにもわかっていない。わたしがどんなことをしたかきみは知らないだろう。そもそも、黒の公爵が世間で言われているようなならず者かどうか、どうしてそんなに気になるんだ？」

ヘスターは化粧着の紐《ひも》をいじった。「それはあなたのことを恋しく思っているからです」彼女はささやき、公爵の顔がもっとよく見えればいいのにと思った。「あなたもわたしのことを思っていてくださると思います」

「娼婦《しょうふ》と一緒にいたような男だぞ」エイドリアンは怒ったように言った。「酔って醜態をさらし、気が向けば、賭事《かけごと》に興じるような男だ」

「あなたのような地位にある若い男性はみんなそうですわ」

「わたしは違うんだ、ヘスター。わたしはひどい人間なんだ」

「そんなことをおっしゃってもわたしは信じません。あなたがひどい人であるはずがありません」

エイドリアンは唇にあざけるような笑みを浮かべた。「それなら、きみの判断力は大いに問題があると言わざるをえないな。わたしがどんなふうにしてオックスフォードで悪名をとどろかせるようになったか聞いていないのか？」

「あなたの過去は少しは知っています」ヘスターは認めた。

エイドリアンは小さなテーブルに歩いていって、酒を注《つ》ぎ、グラスを持ち上げてまわすと、ヘスターをちらりと見た。「きみが適切な判断を下せるように、証拠をすべて示さなければならないようだな。さあ、座って。時間がかかりそうだ」

ヘスターは公爵に勧められた椅子に座った。そのあいだに、公爵はグラスの酒をいっきに飲み干した。彼は豊かな黒い髪をかき上げながら、落ち着きなく部屋を行ったり来たりした。「わたしには親友がいた。グリフィン・ブランウィンというウエールズの伯爵だ」公爵はヘスターのほうをちらりとも見ずに話しはじめた。「グリフィンはある若いレディと深い仲になった。わたしたちは知らなかったが、彼女はとかく噂《うわさ》のある女性で、ある夜酒場で、ご丁寧にそれを教えてくれた連中がいた。ウエールズ人が短気なことは聞いているだろう？　だが、グリフィンはわたしよりも冷静で、レディに直接きいてみるまで事を荒立てないでおこうと言った。それなのに、わたしは」公爵は辛辣《しんらつ》な口調で言った。「気高いバロービー公爵は、そのレディの名誉を守らなければならないと思い、彼女を侮辱した男をならず者と罵《ののし》った。たがいにかなり酒が入っていて、口論になり、やがて殴り合いの喧嘩《けんか》になった。グリフィンは止めようとしたが、わたしは聞く耳を持たなかった。店の外に出るだけの常識も知性も持ち合わせていなかった」公爵はつらそうに顔をゆがめた。「わたしはうっかりランプを倒してしまった。ランプが落ちる音は聞いたが、気にも留めなかった。相手を殴るのに夢中になっていて、それどころではなかったんだ。店が燃えていることに気づいたときには、すでに手遅れだった。火のまわりが速く、手の施しようがなかった。わたしは相手を残して、ふらつきながら店の外に出た。ひどく酔っていて、相手が炎に包まれて死んでもかまわないと思った」

エイドリアンは低くささやくように言った。「紳士がもうひとりなかにいるとだれかが叫ぶのを聞いたとき、わたしはざまあみろと思った。その紳士がグリフィンかもしれないと酔った頭で気づくまでは。わたしは半狂乱になって、グリフィンの名を呼んだ」彼は大きなため息をもらし、ヘスターの目をじっと見つめた。「だが、狂ったようにわめき散らすわたしをだれも店に近づけようとしなかった。火に飛び込もうとしているとでも思ったんだろう。なかに入ってグリフィンを助け出してくれたら、大金を出すと言ったが、酔っぱらいの言うことを真に受ける人間はひとりもいなかった。そうしているあいだに、屋根の一部が崩れ落ちた」ヘスターの目に、激しく燃えさかる建物の前に茫然《ぼうぜん》と立ち尽くす若き日の公爵の姿が浮かんだ。彼は震える息を深く吸い込んだ。「グリフィンは死んだと思った」彼は言葉を切り、再び力強い声で話し出した。「さいわい、居酒屋の主人がグリフィンがまだなかにいるとわたしが叫んでいるのを聞いて、頭に濡《ぬ》れた麻袋をかぶって店に飛び込んでいた。主人はグリフィンを見つけて、外に引っ張り出した。わたしではなく、店の主人が彼の命を救ったんだ」

「それで、彼には一度も会いに行かれていないのね？」ヘスターはそっとたずねた。「自分を恥じるあまり？」

公爵は苦しみに満ちた目でヘスターを見た。「きみはひどい火傷《やけど》を負った人間を見たことがあるか、レディ・ヘスター？」

ヘスターはなにも言わずに頭を振った。

「痛々しくて、とても見ていられない……」最後まで言う必要はなかった。目をそむけたくなるようなひどい火傷だったことはヘスターにも想像がついた。

「グリフィンは意識を取り戻したが、わたしには会ってくれなかった。わたしは部屋にも入れてもらえなかった。何度か面会を求めたが、いまだにわたしに会おうとしない。彼は故郷のウエールズの屋敷に引きこもって、だれもそばに近寄らせようとしないそうだ」

「それは彼が決めたことです」ヘスターは無力感を覚えながらも、なんとか公爵を慰めようとした。

公爵は手のひらにこぶしを強く押しつけた。「きみは彼がどれだけ将来を嘱望されていたか知らないだろう。彼は偉大な男になったかもしれないんだ、ヘスター。偉大なる指導者に。わたしは彼の未来を奪ってしまった。わたしが彼を殺したも同然だ」

「それは事故だったんです」

「だが、きみはすべてを知っているわけではない」エイドリアンはそう言って、冷ややかな目でヘスターを見た。「確かにグリフィンは助かったし、わたしも無事だった。だが、わたしの愚かさが父を殺した。わたしが拳銃《けんじゅう》で父を撃ち殺したようなものなんだ」

「どうして……」

「父はわたしに大きな希望を抱いていた。こう言うとうぬぼれているように思われるかもしれないが、わたしは優秀な学生で、みんなに好かれていた。ときにははめもはずすが、その年ごろの若者にはよくあることだと父は信じていた。わたしの不始末が父の知るところとなり、父は大きな衝撃を受けた。心臓発作を起こして、わたしが駆けつけたときには死にかけていた。わたしは父に大きな失望を与え、父は失意のうちに亡くなったんだ」

公爵の悲しみを痛いほど感じて、ヘスターの目から再び涙があふれた。公爵は彼女に話すことで、悪夢のような体験を再現しているのだ。

「さあ、きみはもう自分の部屋に戻りなさい」公爵は静かに言った。「ここにいるのが見つかったら大変なことになる。わたしはまた噂になったところでなんともないが、きみはそうはいかないだろう」

公爵の言うことはもっともだった。でも、ヘスターはまだ部屋を出るつもりはなかった。「確かにあなたは愚かなあやまちを犯したかもしれませんけれど、もう昔のことです。それに、あなたはそのことをずっと後悔しています。わたしはあなたが世間で言われているような悪い人だとは思えません」ヘスターはエリオット卿を捜しに行かせたときの公爵のつらそうな目を思い出して、はっとした。「ひょっとして、エリオット卿なのではありませんか？　不品行を働いているのは彼で、あなたが彼の罪をかぶっているのではありませんか？　火事のことに罪悪感を感じて……」

「きみにはわたしと弟の関係は理解できないだろう」公爵は再びよそよそしい口調で言った。

「いいえ、わかります。あなたはエリオット卿の不品行の責任を負って、彼をかばっているんです！」

「だったらどうだというのだ？」公爵は再び窓のほうを向き、がっくり肩を落として、かろうじて聞き取れる声で言った。「わたしは死の床にある父と約束したのだ。エリオットの名前に決して傷をつけないと。不名誉の烙印《らくいん》を押されるのはわたしひとりでじゅうぶんだ」

これですべての謎《なぞ》が解けたわ！「エリオット卿の不始末の尻拭《ぬぐ》いをすることが、彼を守ることになると考えていらっしゃるんですね？」

「もちろんだ。わたしの評判はすでに傷ついている。醜聞が二、三増えたところでどうということはない」公爵はヘスターのほうを向き、再び辛辣な口調で言った。「正直、エリオットがどこまで墜《お》ちるかわたしにもわからない」

「いいかげんに目を覚ましてください！」ヘスターは立ち上がって言った。「あなたがいつもそうやって彼をかばっていたら、彼が不道徳なことをするのを認めているようなものです。彼はいっこうに反省しないでしょう。決して彼を助けていることにはなりません！」

公爵はヘスターをまじまじと見つめた。「ずいぶん自信のある言い方だな。きみはここに来てまだ半年にもならないだろう。わたしとは知り合ってまだ数週間、エリオットとはもっと短い」

「ものを見る目があり、考える頭があれば理解できます」

「いや、理解できるはずがない！」公爵はヘスターに近づいてにらんだ。「あの火事の夜からわたしがどれほど罪の意識にさいなまれてきたか、きみにわかるはずがない。父がどれほど動転したか、わたしがどれだけ自分を恥じたか。父にとって唯一の慰めは、エリオットがまだ若く、汚れていないことだった。わたしが父にできるせめてもの罪滅ぼしは、弟を守ることだけだった。わたしはずっと弟を正しい道に導こうとしてきた」

「最近はどうして留守にされていたんですか？」ヘスターは静かにたずねた。

「なんだって？」

「エリオット卿がわたしに結婚を申し込むと思っていらしたから、留守にされていたのではありませんか？　わたしに思いを寄せていながらも、邪魔をしたくなかったからではありませんか？」

「ヘスター、わたしは――」

「ご自分が犠牲になるのはけっこうですけれど、わたしの気持ちを少しでもお考えになってみたことはないのですか？」

エイドリアンは唖然《あぜん》として、ヘスターを見つめた。

「考えたとも。だから、今夜きみに弟を捜しに行かせたのだ。エリオットがきみを不幸にするのは目に見えていた――」

「わたしがそんなこともわからないと思っていらし

たの？」

エイドリアンは驚きのあまり、返す言葉がなかった。

「なんて傲慢なのかしら。押しつけがましいにもほどがあるわ！　わたしは子供ではありません。彼がお世辞を言っているだけだということくらいわかります。わたしにとってどうするのがいちばんか決めるのは、あなたではなくてわたしです」

「わたしはきみのためを思ってそうしたんだ」エイドリアンは弁解がましく言った。

「あなたがそう思い込んだだけです」ヘスターは深く息を吸い込んだ。落ち込んだ公爵の姿を見て、怒りがやわらぐ。彼女は静かに言った。「他人を支配することはできません。他人の責任を背負うことはできないし、エリオット卿を守りつづけることもできません。彼のためにも、あなたのためにもなりません。彼が誘惑するかもしれないほかの女性のためにも。彼が自分で責任を負うべきです。行動を改めさせるべきです。お父さまは彼が将来どんな人間になるか不安を抱いていらしたのです。そうでなければ、あなたにそのような約束をさせたりしなかったでしょう」

「もう手遅れだ」エイドリアンはつぶやいた。「過去を消すことはできない。わたしは世間から放蕩者《ほうとう》だと思われている。それは、これからも変わらないだろう。その偏見を利用しない手はないだろう？」

「偏見はあなたに害をもたらし、エリオット卿にも害を与えます。それに、世間は忘れっぽいものです。五年前の醜聞を覚えておられますか？」

「覚えているとも」エイドリアンはあざけるように言った。「わたしはそのほとんどにかかわっているからな」

「あなたがですか、エリオット卿がですか？」

「わたしたちのどちらがかかわっていたかがそんな

に重要なのか？」彼は怒ったように言って、つかつかと窓に歩みよった。

「わたしには大切なことです」ヘスターはささやくように言った。

「それはあってはならないことだ」エイドリアンはくるりと振り向いて、再びヘスターを見た。「だめだ！　わたしのような男と一緒になっても、きみはしあわせになれない。わたしがどれだけきみを求めていようとも」

ふたりとも動かなかった。息をするのがやっとだった。

純粋な喜びがヘスターの心を満たした。公爵はわたしを求めている！　彼はそう言った。彼の言葉に嘘《うそ》はない。

ヘスターは今までずっと公爵のような男性からそう言われるのを夢見ていた。彼は家柄がよいというだけの理由でわたしとの結婚を望んでいるのではないし、だれも公爵がわたしにふさわしい夫だとは思わないだろう。それでも、彼はわたしが与えることのできるものを心から求めている。どんな女性でも選べる彼が、このわたしを選んでくれた。

ヘスターは公爵の愛と情熱の炎に引きよせられるように彼に近づいていった。彼のぬくもりと愛を求めて。

18

エイドリアンは突然あとずさった。「わたしに触るな」鋭い口調で言う。

「わたしはただ……」

ヘスターの青い瞳が愛に輝いているのを見て、エイドリアンは彼女が自分を抱き締めようとしているのに気づいた。だが、彼女にそんなことをされたら、ますますつらくなるだけだ。わたしは彼女の尊敬に値するような人間ではない。彼女に助けられる価値もなければ、愛されるも価値もないのだ。「よく聞いてくれ、ヘスター。わたしはきみの気づかいも慰めも必要としていない。わたしは自分を悪い人間に仕立て、いつしかそのとおりの人間になってしまった。そして、そんな自分を受け入れる術《すべ》を学んだ。わたしの妻になれば、きみも世間からのそしりは免れないだろう。わたしはどんな女性もそんな目にはあわせたくない。わたしは好きでこの道を選んだのだ。こうして生きていくしかないのだ――ひとりで」

「ひとりで生きていく必要はありません」

エイドリアンはヘスターが自分になにを与えようとしているのか気づいていた。それがどれほど価値のあるものかも。だが、素直に受け取ることはできなかった。「いや、わたしはひとりで生きていく」エイドリアンはきっぱりと言い、ヘスターには永久に心を閉ざすのだと胸に言い聞かせた。「それがわたしの意思だ」

「いいえ、嘘《うそ》です」ヘスターは有無を言わさぬ口調で言った。

エイドリアンのなかで、理性と感情、希望と過去、欲望と恐怖が激しくせめぎ合っていた。ヘスターの申し出を受け入れれば、わたしは彼女の愛情に癒《いや》され、泥沼のような現在の状況から抜け出して、彼女と明るい未来を切り開いていけるかもしれない。だが、わたしは彼女に愛される価値のない男だ。

今まで数多くの女性に出会ったが、わたしに心の平穏と、本当の意味でのしあわせをもたらすことができる女性はヘスターただひとりしかいない。

エイドリアンは世の中に疲れ、孤独から辛辣《しんらつ》になり、自分が犯した罪は一生背負っていかなければならないと思っていた。自分はしあわせになる資格はないと思っていた。

今までは。目の前にいるこの女性に出会うまでは。彼女の愛はエイドリアンを生き返らせ、空虚な人生に喜びを与え、心にぽっかりあいた穴を埋めてくれるだろう。

どうして彼女の申し出を断ることができるだろう？

エイドリアンは彼の救世主であるヘスターに手を伸ばし、そばに引きよせた。ヘスターはため息をもらしてエイドリアンの胸にもたれ、ふたりは愛を確かめ合うように抱擁を交わした。重なり合った体と体が熱く燃え上がり、エイドリアンは忌まわしい過去が焼き尽くされ、新しく生まれ変わったような気がした。金属が火に溶かされ、まったく新しいものに作り替えられるように。「愛している」彼は欲望にくすぶった目をしてささやいた。

ヘスターはエイドリアンの熱い思いに応《こた》えて、情熱に身をゆだねた。彼が自分の思いを満たしてくれると信じて。

エイドリアンはヘスターに深く口づけ、優しく触れて、彼女に残されたわずかなためらいを消し去った。ヘスターはエイドリアンとふたりきりでここにいるのが、こうして抱き合っているのがごく自然なことのように思えた。

エイドリアンに強く抱き締められると、彼に存分に愛されたいという強い思いが胸に込み上げてきた。男が女を愛するように。夫が妻を愛するように。ふたりが夫と妻であろうとなかろうと、今はそんなことはどうでもよかった。

エイドリアンはキスをやめ、息を弾ませているヘスターを見て、いつもは辛辣な表情を浮かべた顔に優しい笑みを浮かべた。「きみは部屋に戻ったほうがいい、ヘスター」彼は残念そうに言った。「さもないと、きみを抱き上げてベッドに連れていってしまうだろう。そうなれば、わたしが善良な人間だと信じているきみの信頼を裏切ることになる」

ヘスターはエイドリアンの言っていることが正しいのはわかっていた。結婚していない男女が愛し合うのを禁じている社交界のしきたりを忘れてしまいたい誘惑に駆られる前に、部屋を出たほうがいいだろう。でも、彼女はすぐに彼の腕から離れることはできなかった。「あなたの腕に抱かれたら、天にも昇るような気持ちでしょうね」彼女はささやき、大きく上下している彼の胸にもたれた。

エイドリアンはうめいて、ヘスターをそっと押しのけた。「わたしは本気で言っているのだ、ヘスター」かすれた声で警告する。「こんなにそそられるとは……。わたしはきみが信じているほど立派な人間ではないのだ」

「わたしもそうです」ヘスターはほほえんで言った。

「どういうことだ?」エイドリアンはわざと失望したように言った。「あの聖女のように清らかで汚れのないレディ・ヘスターが本当はみだらな女だったとでもいうのか?」

「それはあなたといるときだけです」

「それなら、このことを秘密にしておく方法はひとつしかない」

ヘスターはもの問いたげにエイドリアンを見た。

「きみはわたしの妻になるのだ」

ヘスターは答えようとして口を開いたが、エイドリアンは突然身を乗り出して、彼女の唇に人差し指を当てた。

「きみに傲慢《ごうまん》な人間だと思われたくない。わたしが変われることを証明したいんだ」彼は片膝を突いて、ヘスターの手を取った。「どうかお願いです、レディ・ヘスター。わたしの妻になっていただけませんか？」

ヘスターは喜びのあまり言葉を失い、うなずくのがやっとだった。

エイドリアンは立ち上がって、ヘスターの頬にキスをした。「わたしはきみにはふさわしくない男だ。わたしはしあわせになる資格などない――」

今度はヘスターがエイドリアンの唇に人差し指を当てた。「あなたはしあわせになる資格がじゅうぶんにあります。でも、あなたのおっしゃるとおりだわ。もう行かないと」彼女はささやいて、部屋を見まわした。「今夜のところは」

エイドリアンはくすくす笑った。「それなら、わたしはアデューと言おう」

ヘスターはゆっくりとドアに向かい、戸口で振り向き、エイドリアンに輝くばかりの笑みを向けた。「公爵夫人はなんておっしゃるかしら？」いたずらっぽくたずねる。

「わたしたちの婚約のことはしばらく内緒にしておいたほうがいいかもしれない。その前に、彼女をほかの屋敷に移るようになんとか説得してみよう。きみに〝追い出された〟と言わせないように。彼女はきっとそう言うだろうから」

「あなたがそうするのがいちばんだとお思いになるなら」ヘスターは言った。「あなたが愛してくださりさえすれば、わたしはそれで満足です」彼女は入ってきたときと同じように静かに部屋を出ていった。

ヘスターが去ったあと、エイドリアンは部屋に立ったまま至福の喜びに浸った。

だがそれも、公爵夫人やほかの人々がなんと言うだろうと真剣に考えはじめるまでの短いあいだだけだった。

エリオットは身をひそめていたアルコーブから出ると、憎しみに満ちたまなざしでヘスターの部屋のドアとエイドリアンの部屋のドアを見た。エイドリアンはついに彼女を手に入れたのだ。ぼくのヘスターを。

それ以外にヘスターがエイドリアンの部屋にいた理由は考えられない。彼女の服が乱れ、顔が輝いていたのがなによりの証拠だ。ヘスター・ピムブレットが結婚前にいそいそと男の部屋を訪ねていくなら、国じゅうどこを探しても貞淑な女などいないだろう。

エイドリアンにはすっかりだまされた。エリオットはエイドリアンがヘスターに無関心なのは、彼女にまったく魅力を感じていないからだと思っていた。だが、男と女が同じ屋根の下で暮らしていれば、なにが起こっても不思議ではない。

エイドリアンは誘惑の微妙な駆け引きを楽しんでいたのだ。頻繁に町に行っていたのは、ヘスターを嫉妬《しっと》させ、欲望を燃え上がらせるためだったにちがいない。ひょっとしたら、夜遅く戻ってきたあと、まっすぐ自分の部屋には戻らなかったのかもしれない。

〝ぼくを非難しておきながら！〟エリオットは激しい怒りを覚えた。

エイドリアンはぼくがヘスターと結婚したがっているのを知って、わざとやったのだ。いかにもエイドリアンのやりそうなことだ。ぼくからすべてを奪い取らないと気がすまないのだ。処女の花嫁でさえも。不器量な処女の花嫁でさえもだ。

エリオットの頭にふいにべつの考えが浮かんだ。エイドリアンが結婚もせずにヘスターを自分のものにしたのなら、ぼくがそうしてはいけない理由はなにもない。


エイドリアンは眠れないまま一夜を明かし、早朝馬で町に出かけた。彼の胸には期待と不安が交錯し、今まで生きてきた人生でこれほど混乱していることはなかった。

聡明《そうめい》で、洞察力に富んだヘスターが自分を愛してくれていると知り、胸に希望が込み上げ、明るい未来が開けているように思えた。だが、自分は彼女にはふさわしくない男なのではないかという疑いがエイドリアンの頭を離れることはなかった。ヘスターはわたしがなにをしたかよくわかっていないのだ。わたしがどんな取り返しのつかないあやまちを犯したかも。彼女のように高潔な女性を、神聖な結婚という形でわたしのような男に縛りつけるべきではない。ここを出て、彼女には二度と会わないほうがいいのかもしれない。その悲しみは計り知れないほど大きいだろうが、それでようやく自分が犯した罪を償うことができるのかもしれない。

とはいえ、エイドリアンにそれだけの犠牲を払う勇気がないのも事実だった。弱虫のならず者は、ヘスターなしで生きていくのに耐えられそうになかった。

そのあと、エイドリアンはヘスターが自分を愛していると言ってくれたことを思い出した。彼女もまた同じようにわたしを必要とし、求め、愛してくれているようだった。このような状況で結婚するのは間違っているのだろうか？　たとえ彼女が結婚を望んでいたとしても、求婚すべきではなかったのだろうか？

エイドリアンはエリオットがふたりの結婚をどう思うか不安だった。素直に受け入れてくれるだろうか、それとも、逆上し、怒り狂うだろうか？　ヘスターの意見は正しいのか？　エリオットに自分がしたことの責任を取らせるべきなのだろうか？

エイドリアンはだれかに相談せずにはいられず、一大決心をして友人を訪ねることにした。ジョン・メイプルトンは公爵家の内情をよく知る数少ない人物だった。

エイドリアンはバロービーの町までほとんど全速力で馬を飛ばしてきたが、外科医の家の後ろに広がる空がほんのりピンク色に染まっているのを見て初めて、人の家を訪問するには少々時間が早すぎることに気づいた。

だが、早朝でもなければ、家にいるメイプルトンをつかまえることはできない。それで、エイドリアンはドレイクを外科医の家のドアのそばにある低木につないで、勢いよくドアをノックした。

まだひげも剃《そ》っていないメイプルトンがドアを開けた。「エイドリアン！」外科医が公爵の早朝の訪問に驚いているのは明らかだった。「脚の傷が痛むのか？」

「脚はなんともない」エイドリアンはにやりとして答えた。

メイプルトンは礼儀正しい男で、エイドリアンを診察室に招き入れた。小さな部屋で、書類や医療器具や本が散乱していた。

メイドが小走りにやってきて、興味津々とした目でバロービー公爵を見た。「帽子とコートをお預かりしましょうか？」真っ赤になりながら、小声でたずねる。

「いや、長居するつもりはないので」エイドリアンは答えた。

「下がっていいぞ、ナンシー」外科医はメイドが部屋を出るまで待った。

「座ったらどうだ、エイドリアン？」

「ありがとう、ジョン」エイドリアンは帽子を脱ぎ、片手で髪をかき上げて椅子に座り、帽子を膝の上にのせた。「きみに話があるんだ」

メイプルトンはナンシーと同じような興味津々なまなざしでエイドリアンを見た。「喜んで聞かせてもらおう」

いよいよ話すときになると、個人的な事柄を話したがらないエイドリアンの性格が表に出た。メイプルトンはじつに忍耐強く、エイドリアンがためらっているのを見ても、急《せ》かしもしなければ、忙しいなどと言って席を立とうともしなかった。「すまない。ここに来たのは間違いだった」エイドリアンはぶっきらぼうに言って、立ち上がった。

人生のなかばを過ぎた男にしては、外科医は驚くほど敏捷《びんしょう》だった。彼はエイドリアンがドアを開ける前に素早くドアの前に立ちはだかり、公爵の顔をじっと見つめた。「座って、なにがあったのか話しなさい」彼は命じた。

エイドリアンは一瞬メイプルトンを押しのけて部屋を出ようかと思ったが、彼は外科医の意見をなによりも必要としていた。そこで、素直に従った。

「なにかあったのは事実だ、ジョン」彼は深刻な口調で言った。

「本当に？」外科医は机の後ろの椅子に座って、エイドリアンと向かい合った。

「レディ・ヘスターに結婚を申し込んだ」

メイプルトンは目を見開いた。「悪い冗談を」

「いや、わたしはいたって真剣だ」

「それなら、おめでとうと言おう！　じつにめでたい！」不安そうに額にしわを寄せたエイドリアンの顔を見て、メイプルトンの顔から瞬く間に笑顔が消えた。彼は表情を曇らせてたずねた。「なにか問題でもあるのか?」

「いや」

「それならなぜそんなに浮かない顔をしているんだ? 彼女はきみのすばらしい妻になるだろう」

「きみも気づいているはずだ、ジョン」エイドリアンは言った。「わたしの評判が問題だ」

「きみは悪いことはなにもしていない」

「だが、世間はそうは思っていない。彼女のような汚れのない女性に結婚を申し込むのは身勝手なことだろうか?」

「彼女はその〝問題〟についてなんと言っているんだ?」

「人は忘れやすいものだと」

「きみにも話したと思うが、彼女はじつに聡明な女性だ。わたしも彼女の意見に賛成だ」

エイドリアンが納得していないのに外科医はすぐに気づいた。「あの若いご婦人は非常に分別がある。彼女がきみと結婚することになんのためらいもないなら、結婚すべきだ」メイプルトンはじつにうれしそうに笑った。「彼女と結婚したくないのか?」

「心から結婚したいと思っている」エイドリアンは真剣に答えた。「ただ、いまだに信じられない……」

「黒の公爵の仮面の下の素顔を知りたいと思う女性がいるとは、か?」メイプルトンはたずねた。

「そんなところだ」エイドリアンはしぶしぶ認めた。

「そうか、彼女か」メイプルトンは考え込むような表情でエイドリアンを見た。「美人とは言えないが」

今度はエイドリアンが笑う番だった。「美人はもうたくさんだ。どんな美人よりも、枕《まくら》の横にヘスターの愛すべき顔があったほうがいい」

「きみは恋をしているんだ!」メイプルトンは言った。

「きみの診断は正しい」

「悩んでいるのはそのことだけか?」エイドリアン

が再び至福の喜びに浸り、しばらく沈黙がつづいたあと、メイプルトンはたずねた。

「いや。エリオットのことだ」

メイプルトンの表情が険しくなった。「今度はまたなにをやらかしたんだ？」

「エリオットもレディ・ヘスターと結婚したいと言っている」

「それこそ、信じられない」

「エリオットは真剣だと言っている」

「あれだけ人をだまし、きみに責任を押しつけてきた男の言うことを信じるのか？」

「エリオットを信じていいものかどうかわたしにもわからない。それが問題じゃないんだ。ヘスターはエリオットのことなどなんとも思っていない」

メイプルトンは困惑した表情をした。「それなら、なにが問題なんだ？」

「きみもエリオットの性格は知っているだろう。わたしがヘスターと結婚すると知って、弟が黙っていると思うか？」

「彼が本当に彼女を思っているなら、なにかばかなことをしでかさないともかぎらないな。あのエリオットがレディ・ヘスターに失恋して悲嘆に暮れる姿は想像できないが」外科医はそう言って、頭を振った。「だいいち、彼女はエリオットの趣味ではないだろう」

「わたしもそう思った。だが、エリオットがそう言ったのだ。それに、ヘスターは妻にするには申し分のない女性だ」

「エリオットにはもったいない。彼はひと月もしないうちに、彼女を悲しませるようなことをするだろう。彼はたとえ千ポンドやると言われても、誠実にはなれない男だ。いいかげんにエリオットのことを心配するのはやめたほうがいいんじゃないのか？彼はもう大人だ」

「ヘスターにもそう言われた。だが、心配するのが習慣になってしまっている」

「悪い習慣は断ち切るべきだ」

エイドリアンは自嘲《じちょう》ぎみにほほえんだ。「彼女はわたしがエリオットを甘やかしていると思っている」

「彼女は本当に分別のある女性だ」

「二対一でわたしの負けのようだ。わたしは弟を助けようとしていただけなんだが」

「それはレディ・ヘスターもよくわかっているだろう。わたしと同じように」

「だが、弟を見捨てるのは――」

「彼に捨てられた女性はいったい何人いるんだ？」

「大勢だ。わたしがもっとこづかいを与えてやれば……」エイドリアンは考えた。

「また無心に来るだけだ」メイプルトンは警告した。

「そうだな」エイドリアンは心を決めた。「エリオットに一万ポンドと馬を与えることにする。金が底をついたら、自分の浪費のせいだと気づくだろう」

「彼が実際に金を使い果たし無心に来たら、きみはどうする？」

「正直に言って、わからない」エイドリアンは静かに答えた。「のたれ死にさせるわけにもいかないし……」

「悲観的になるのはよそう」外科医はそう言って立ち上がった。「うまくいくことを期待しよう。ところで、朝食はすませたのか？」

エイドリアンは友人にほほえみかけた。「きみに話そうと急いでいて、なにも食べずに来た。腹ぺこだし、ドレイクも休ませなければならない。そのあとは急いで戻らなければならないが」

「よし」メイプルトンは言った。「オートミールが好きだといいが」

「ジェンキンズと話をしたのか！」エイドリアンは

立ち上がり、疑わしげに眉間《みけん》にしわを寄せてたずねた。

「わたしはいつもオートミールだよ」外科医はそう言って、突き出した下腹を叩《たた》いた。「満腹になる」

「きみに話を聞いてもらって気が楽になったから、お相伴にあずかるとしよう」

19

ヘスターはそろそろ朝食の準備ができたころだと思い、急いで階下に下りていった。昨夜は一睡もできなかったが、しあわせで満ち足りた気分だった。エイドリアン・フィッツウォルターがわたしを愛していると打ち明けてくれた。わたしは彼の妻になるのだ。

ヘスターはエイドリアンがいるのを期待して、足早に小さな食堂に向かった。わたしが彼に会いたくてたまらないように、彼もまた早くわたしに会いたがっているにちがいない。

うまくいけば、少しのあいだだけでもふたりきりになれるかもしれない。

いいえ、それは不可能だわ。ヘスターは訂正して、心底がっかりした。部屋には召使いが出たり入ったりしている。

ところが、エリオット卿《きょう》がすでに食堂にいて、公爵の姿がどこにも見えないのに気づくと、ヘスターは召使いの存在を迷惑がるどころか、むしろ歓迎した。「おはようございます、エリオット卿」彼女は型どおりの挨拶《あいさつ》をした。

エリオット卿はもう何日も眠っていないか、あるいはワインを飲みすぎたような顔をして、思わせぶりな目つきでヘスターを見た。ヘスターは、エリオット卿がミス・スミスと庭にいるところを見られてしまったのを知っているのではないだろうかと不安になった。「おはよう」エリオット卿はヘスターのほうに歩いてくると、彼女の手を取った。親指で手のひらをなぞり、唇に持っていって、不謹慎と思えるほど長いキスをした。「昨夜《ゆうべ》は遅くまで起きておられたのに、あなたの美しさは少しも損なわれていませんね、レディ・ヘスター」

ヘスターはエリオット卿の言葉と態度にすっかり困惑して、さっと手を引っ込めた。

「少々ご機嫌斜めなようですね」エリオットはにやりとして言った。「無理もないでしょう。あれだけ働いたのだから」

「とても疲れているんです」ヘスターは嘘《うそ》をついた。今朝もいつもと変わりなくふるまうのがいちばんだと思ったのだ。できることならば。

ヘスターはサイドボードのところに行って、スクランブルエッグとトーストと鯡《にしん》の燻製《くんせい》を取った。エリオットがそのすきにドアに鍵《かぎ》をかけ、その鍵をポケットに入れたのは当然見ていなかった。エリオットはなに食わぬ顔でサイドボードに歩いていって、コーヒーを注《つ》いだ。そしてヘスターがテーブルに取った料理を置くのに忙《せわ》しなくしているあいだに、今度は身を乗り出して召使い専用の入り口にも鍵をかけ、その鍵を再びポケットにしまった。

「朝食はもうお召し上がりになりました？」ヘスターはエリオットがまだ立っているのに気づいてたずねた。

「ぼくは飢えているんだ」エリオットは言った。コーヒーを置いて、ヘスターをじっと見る。「ひどく」

ヘスターはエリオットの思わせぶりな言い方に嫌悪感を覚えた。「それなら、もっと召し上がったらいかがですか？」冷ややかに応じる。

「もちろん、そうするつもりだ」エリオットはテーブルのまわりをまわって、ヘスターの後ろで止まった。「いずれそのうちに」

ヘスターは首をひねって、エリオットを見上げた。

「この鮭、とてもおいしいですよ」

「あいにく、鮭には食欲をそそられない」

「そうですか」ヘスターは朝食に注意を戻し、エリオットが後ろに立っていることは考えないようにした。

エリオットがヘスターの肩に手を置くと、彼女はびっくりして飛び上がった。

「きみが好きだ、ヘスター」エリオットは身をかがめ、ヘスターの耳に唇を寄せ、低く、親密な口調でささやいた。

ヘスターは唾《つば》をのみ、震える手でフォークを置いた。「そう言っていただいてうれしいです」ささやくような声で言う。

エリオットはもう片方の手をヘスターの肩に置き、彼女はつぎの瞬間、うなじに彼の唇が押し当てられるのを感じた。「エリオットさま！」彼女は叫んで立ち上がると、振り向いてエリオットを見た。「なにをなさるんですか？」

エリオットはほほえんだ。「欲望の対象にキスをしているのさ」

「ふざけるのもいいかげんにしてください」ヘスターはきっぱりと言い、自分で思っているほどおびえているように聞こえないことを願った。

「ふざけてなんかいない。楽しんでいるだけだ」

「エリオットさま！」ヘスターはエリオットをきっとにらんだ。「ご自分の立場をおわきまえになってください」

「わきまえているとも」エリオットは静かに言って、ヘスターに一歩近づいた。

「お母さまが来られたら――」

「母はめったにここへは来ない。舞踏会の翌日の朝は特に。昼まで眠っていて、それより前に起きてくることはない」

「公爵が――」

「エイドリアンは町に行った」ヘスターは意外な事実を知らされて唖然《あぜん》とした。「驚いたか？」

ヘスターはすぐに落ち着きを取り戻した。エリオット卿は嘘をついているのだ。「どうしてわたしが驚かなければなりませんの？」

「特別な理由はない。おそらく、サリー・ニューカムのところにでも行ったんだろう」

ヘスターはエリオット卿の嘘と、破廉恥なふるまいにうんざりしていた。部屋を出ようと、つかつかとドアのところに歩いていき、取っ手をまわした。ところが、何度まわしてもドアは開かなかった。

「開かないわ」彼女は声に出して言った。

「鍵がかかっているんだ」エリオットはそう言って、ヘスターの背後に近づいた。いきなり彼女の腕をつかみ、自分のほうに振り向かせて、自分の体をヘスターに押しつけた。「だれにも邪魔されたくなかったんだ」

「放して！」ヘスターは混乱して、エリオット卿の顔を見上げた。彼の目に欲望と、なにかほかのものを見た。それは怒りだった。燃えるように激しい怒り。ヘスターはそれに気づいて、心から恐ろしくなった。「放してください！」

「どうしたんだ？　怒ることはないだろう、レディ・ヘスター。きみが猫をかぶっていることはわかっているんだ」

「猫をかぶっているのは、エリオットさま、あなたのほうではありませんか？」

「ほら！　きみの内には激しい情熱がひそんでいるんだ。地味でさえない娘だと思っていたが、きみにはすっかりだまされたよ」エリオットはヘスターの唇に熱く濡《ぬ》れた唇を押しつけ、彼女の息を奪った。ヘスターの胸は嫌悪感でいっぱいになった。

「やめてください！」エリオットがようやく身を引くと、ヘスターは叫んだ。「召使いを呼びますよ！」

エリオットはヘスターをつかんだ腕の力をわずかにゆるめると、にやりとして首を横に振った。「それは賢明なこととは思えないな。ぼくが昨夜のことを知らないとでも思っているのか？」

「昨夜のこと……」ヘスターははっと息をのんだ。

「きみがエイドリアンの部屋からこっそり出てくるのを見たんだ。そんな女性が母の話し相手《コンパニオン》をしているとはね。ぼくがきみの夜の散歩のことを母に話したら、母はなんと言うだろう？」

ヘスターは言葉を失って、エリオットを茫然《ぼうぜん》と見つめた。彼に見られていたなんて！　彼が昨夜のことをどんなふうに公爵夫人に報告するかは容易に想像できる。公爵夫人はヘスターの両親に話し、友人に話し、顔見知り程度の人にも触れまわるにちがいない。

エリオットはヘスターをつかむ手に力を込めた。

「もちろん、母に話す必要はない」

「そうでしょうね」ヘスターは一か八《ばち》かの賭《かけ》に出た。「わたしがミス・スミスのことをお母さまに黙っているように」

エリオットはにやりとした。「遠慮なく話すといい。母はミス・スミスがどんな女性か知っている。彼女がぼくを誘惑したと思うだろう」

「あなたは悪魔だわ！」

「そうかもしれないな」エリオットはあっさり認めた。「それにわがままだ。だがなぜいけないんだ？ ぼくはなにをしても許される。責任感の強い兄がぼくをかばってくれるからね」エリオットの表情が険しく辛辣《しんらつ》になった。「だが、きみはそうはいかない。きみはぼくのような気楽な立場にはない」

「なにがお望みなの？」ヘスターはたずねた。しだいに恐怖が増していく。

「きみがエイドリアンに与えたものと同じものが欲しい。一夜の戯れ。いや、一夜とはいわず、ふた晩でもいい」

「わたしたちはなにも――」

「もういいじゃないか、レディ・ヘスター。ぼくの前で無垢《むく》な娘を演じる必要はない。そんなことをしてもきみのためにはならない」

「エイドリアンとわたしは結婚するんです！」

エリオットの表情がさらに険しくなり、青い瞳に奇妙な表情がよぎった。「エイドリアンがそう言ったんだろう？ 彼のいつもの手だ」

「いいえ！」ヘスターは言い返した。「彼はわたしを愛しています。わたしも彼を愛しています」

「嘘だ」エリオットは頑として認めなかった。「エイドリアンが結婚するはずがない。彼のような評判の男と結婚したら、きみの評判まで傷つくことになる。彼はそんなことはしないはずだ」

エリオットが体に腕をまわしてくると、ヘスターはもがいて必死に逃れようとした。彼に無理やり抱き締められるくらいなら、昨夜なにがあったか屋敷じゅうの人々に知られるほうがまだましだ。

「あなたのことはすべて知っています」ヘスターは

反撃に出た。「エイドリアンは世間で言われていることの半分も悪いことはしていません。彼はずっとあなたの不品行の責任を負ってきたんです」

「これは驚いたな。エイドリアンはきみにそんなことまで話したのか。本気できみに惚《ほ》れてしまったんだな。ぼくを困らせるためにきみを誘惑したんだとばかり思っていたが」

「わたしたちはなにもしていません！」

「それこそ、ばかなことをしたものだ。エイドリアンはなおのこと昨夜のことを秘密にしたがるだろう」エリオットは憎しみに満ちた目でヘスターをにらんだ。「今夜ぼくの部屋に来ないと、エイドリアンが社交界にいられなくなるような噂《うわさ》を流す。少し金を握らせれば、喜んで噂を広めてくれる連中を何人か知っているんだ。みんな黒の公爵の話題になら、噂の出所に疑問を持ったりしないからな。きみしだいだ、ヘスター。ひと晩ぼくと過ごせば、エイドリアンにかろうじて残された評判を守ることができる。きみが断れば、兄は破滅だ」

「エイドリアンにあれだけのことをしてもらいながら、本当にそんなことをするつもりなの？」

エリオットはヘスターの顔に顔を近づけた。「レディ・ヘスター、きみにぼくを非難する資格はない。娼婦《しょうふ》のようにエイドリアンのベッドから抜け出してきたくせに！　エイドリアンを守りたければ、ぼくにも同じことをしろと言っているだけだ」

ヘスターは真っ赤になりながらもまっすぐにエリオットの目を見つめ、決して目をそらさなかった。

「わたしは娼婦ではありません！」

「大した違いはない」エリオットが腕を放すと、ヘスターはドアに走りより、取っ手をがちゃがちゃいわせ、ドアを叩《たた》いた。「そんなことをしてもむだだ」エリオットはぞっとするほど静かな声で言った。

「ドアは分厚いし、ジェンキンズは耳が遠い」

「ほかの人には聞こえます！」手が痛くなり、ヘスターはドアを叩くのをやめて、もう一度エリオットと向き合った。「あなたがなぜそんなにエイドリアンを憎んでいるのかわかっています。エイドリアンは傲慢《ごうまん》で、独りよがりなところがあります。相手の意思などおかまいなしに、なんでも勝手に決めてしまいます。昨夜わたしは彼にそう言いました。彼はあなたのために自分のしあわせを犠牲にしようとしたんです。わたしがあなたを愛することはできないとはっきり言わなければ、彼はわたしに対する思いを決して打ち明けてはくれなかったでしょう。わたしが彼の部屋にいたのはそのためです。彼がわたしを愛しているのかどうか、一度だけ確かめておきたかったのです」

エリオットの視線がほんの一瞬揺らいだように見えた。「きみはどうすれば男の自尊心が傷つくかよくわかっているんだな」彼はつぶやいた。「だが、きみに嫌われていようがいまいが、そんなことはどうでもいい。とにかくぼくの部屋に来るんだ。さもないと、エイドリアンは高いつけを払うことになるだろう」

「二度とわたしのそばに近寄らないで！」エリオットがヘスターを見ると、彼女は警告した。

「今のところはこれで許してやろう」エリオットは冷ややかに言った。「だが、ぼくの言ったことを忘れるな。今夜召使いが下がったあと、ぼくの部屋に来ないと、きみとエイドリアンのことを母に話す。エイドリアンの評判もこれまでだ」

「あなたになにを言われたか公爵に話します」

エリオットはまったく気にする様子もなく、椅子に座って腕組みをした。「話したければ話せばいいさ。ぼくは少しも傷つかない。決めるのはきみだ。今夜ぼくと過ごさなければ、黒の公爵は完全に破滅する」

ヘスターは気味の悪い虫を見るような目でエリオットを見て、それから額にしわを寄せて考えた。

「今夜あなたのところに行ったら、行動をあらためてくださいます？」

「ぼくのことは放《ほう》っておいてくれと彼を説得してくれるのか？」

「自分の行動に責任を持ってくださいますか？　エイドリアンがあなたを守る義務から解放していただけますか？」

「今夜ぼくのところに来て、そのあとエイドリアンと結婚し、ぼくのわずかばかりのこづかいを増やすように説得してくれたら、いい子になるよう努力しよう」

「エリオット！　あなたなの？」閉じられたドアの向こうから公爵夫人のいらだった声が聞こえてきた。

「この騒ぎはいったいなんなの？」

「なんでもありませんよ！」エリオットは声を張り上げて言った。「ジェンキンズがうっかりして、ぼくとレディ・ヘスターをなかに閉じ込めてしまったんです」

「ジェンキンズ！」公爵夫人は甲高い声で怒鳴った。

「ジェンキンズ！」

「あなたの言うことをどうやって信じろとおっしゃるの？」ヘスターは公爵夫人にはほとんど注意を払わずに、うめくように言った。

「ぼくがそう言ったからだ」エリオットは静かに言った。彼はぞっとするほど冷酷な表情をしていた。

「きみはぼくを最低の人間だと思っているかもしれないが、ぼくは完全に誇りを失ったわけではない」

「いいえ、あなたには誇りのかけらもありません」

「いや、まだわずかに残っている」

「どうしてそこまでわたしを自分のものになさりたいの？　わたしがあなたを嫌っているとわかっているのに」

エリオットは唇の端を引きつらせて、皮肉な笑みを浮かべた。「エイドリアンがきみを求めているからだ。エイドリアンの趣味のよさはきみも否定できないだろう」

ドアが突然開いて、いらいらした公爵夫人と申し訳なさそうな顔をしたジェンキンズが立っているのが見えた。「鍵をかけた覚えはないのに。いったいどこで鍵をなくしたのか……」ジェンキンズはぶつぶつ言って、壊れた錠を調べた。

「失礼します」ヘスターはそう言って、驚いている公爵夫人の横を通り過ぎていった。

「まあ、なんて失礼なのかしら！」公爵夫人はぷりぷりして言った。

「ドアを叩くのに疲れたんでしょう」エリオットはそう言ってほくそ笑んだ。今夜、彼女はぼくのものになる。

彼女はエイドリアンに残された評判を守るためならどんなことでもするだろう。なぜなら、彼女はエイドリアンを愛しているからだ。

エイドリアンは帽子を上げて挨拶し、メイプルトン医師の家を出て、待っている馬のほうに近づいていった。すぐ屋敷に戻って、一刻も早くヘスターの顔を見たかった。彼女はまだ眠っているだろう。エイドリアンはそう考えて、かすかにほほえんだ。昨夜は遅かったからな。

だが、笑顔もつかの間、エイドリアンは眉間《みけん》にしわを寄せた。ヘスターに会ったあとは、エリオットに話をしなければならない。これからはひとりでやっていくように言うのだ。

ヘスターの言うとおりだ。わたしはエリオットを甘やかしすぎたのかもしれない。彼はもう子供ではないのだ。

そのあと、エイドリアンはふと足を止めた。通り過ぎた貸し馬車に乗っていた乗客の顔に見覚えがあるような気がした。

まさか、そんなはずは……。エリザベス・ハウエルがこんなところでいったいなにをしているのだ？

20

エイドリアンはできればすぐにでも屋敷に戻りたかったが、その前にエリザベス・ハウエルがなぜバロービーにやってきたのか調べなければならないと思った。彼女は弟とマンチェスターにいるものとばかり思っていたが。

エイドリアンは足早に馬車が止まった宿屋に向かい、エリザベスではないかと思った女性が下りてくるのを待った。そのあと、ふらりとなかに入って、居酒屋になっている場所をさりげなく見まわした。だれかを捜しているのではなく、一杯やりに来たように見えるように。

ところが、エイドリアンの姿を見るなり、客はぴたりと話をやめた。公爵が地元の居酒屋に顔を出すのはめったにないことだった。客の大半は地元の農夫か、通りすがりの旅人だった。

エイドリアンはいちばん奥の席に、目立たないようにひっそりと座っている女性を見つけた。

やはり、エリザベスだった。こんなところでいったいなにをしているのだろう？　なにをしようとしているのだろう？　エリオットに会いに来たのだろうか？　彼女の気持ちがわからないでもなかったが、そんなことをしても決して彼女のためにはならない。エリオットのことはきれいさっぱり忘れて、新たな人生を切り開いていくべきだ。エリオットもひとりで一からやり直すべきだ。

エイドリアンはさりげなくエリザベスのほうに歩いていった。皮肉なことだが、このときばかりは彼の評判が役に立った。黒の公爵が女性に関心を持つのをだれも疑問に思わないだろう。特に若く美しい女性には。

いや、かつては美しかったというのが正しいだろう。エイドリアンはベンチに座って初めて気づいた。青白い顔には、生まれたばかりの子供を失った悲しみがはっきりと刻まれていた。目は異様に輝き、目の下には黒いくまができている。前に置かれたエールのカップを取る手は震え、汚れていた。

これはまずい。彼女は病気なのではないか。熱があるのか、頬が赤い。

「やあ、エリザベス」エイドリアンはそっと声をかけた。ふつうの声で話したら、彼女がかろうじて保っている心の平静を壊してしまいそうな気がした。

エリザベスははっとしてのけぞり、まじまじとエイドリアンを見つめた。

「わたしだ。バロービー公爵だ」エイドリアンはもう一度ささやくように言った。

「またわたしを助けにいらしたの？」

エイドリアンはなにも問題はないかのようにふるまおうとしたが、実際には大いに問題があった。エリザベスは明らかに様子がおかしかった。ひとりで旅をしてきたこともそうだし、ぎらぎらした目の輝きは異様だった。「そうだ」

「彼も一緒なの？」エリザベスはたずね、エイドリアンの後ろをのぞくようにした。こっそり公爵の様子をうかがっていた客たちは、いっせいに酒と会話に戻った。「彼は逃げ出すことができたのね？」

「だれが？」

「もちろん、エリオットよ！　彼も一緒なんでしょう？　彼は牢《ろう》から抜け出してきたんでしょう？」

エイドリアンは眉根を寄せた。「きみの言っていることはよくわからないが」彼はつぶやいたが、実際にはわかりすぎるくらいよくわかっていた。ただ、それを認めるのが恐かったのだ。

「母親に閉じ込められているんでしょう？　わかっているのよ。わたしは彼を助けに来たの」そのあと、エリザベスははっと息をのみ、突然パニックに陥ったように目を見開いた。「止めてもむだよ！　わたしが彼を自由にしてあげるの」

エリザベスが椅子から腰を浮かせると、エイドリアンは彼女の腕に手を置いた。「わたしはきみを助けに来たんだ」彼は言った。

「本当に？」

「本当だとも」この哀れな女性よりも助けを必要としている人物をエイドリアンはほかに知らなかった。

「きみがここにいるのに驚いただけさ。マンチェスターには行かなかったのか、エリザベス？　旅費は払ってあるんだ」

「彼が閉じ込められているのに、マンチェスターには行かないわ。だから、彼はわたしを捜しに来られなかったのね。閉じ込められていたら、捜しに来られるはずがないもの」

エリオットは今までにもさんざん女性をひどい目にあわせてきたが、これほど深刻な結果を招いたことはなかった。

エイドリアンはどうしたらいいものかと首をひねった。エリザベスをここに置いておくわけにはいかない。「彼はわたしを愛しているの」エリザベスは子守歌を歌うような調子でつづけた。「これからもずっと愛してくれるわ。彼が自由になったら、わたしたちの赤ちゃんを捜すの」

〝彼女は頭がおかしくなってしまったのだ!〟あのとき、エイドリアンは赤ん坊の遺体を見た。冷たくなった小さな指にも触れた。「エリザベス」エイドリアンはささやき、彼女の手をそっとさすった。

「エリザベス、きみを助けたいんだ」

「今行くの? エリオットのところに?」エリザベスは突然立ち上がった。

「そうだ。だが、今すぐにではない」エイドリアンは言って、エリザベスの手をつかんだ。彼女の手は熱を帯びて、火がついたように熱くなっていた。彼女をなんとかしなければならない。

内科医はだめだ。ドクター・ワドリーは公爵夫人に頻繁に呼ばれていて、信用できない。彼は気の毒なエリザベスを病院送りにしかねない。エイドリアンは一度そのような施設を訪れたことがあった。知り合いが午後の楽しい気晴らしにベドラムの見学に出かけようと言ったのだ。エイドリアンはそのときひどく酔っていた。そうでなければ、決して同意しなかっただろう。いっそのこと、記憶を失うほど酔っていればよかったと思った。そこで見たおぞましい光景をエイドリアンは今でもはっきり覚えていた。エリザベス・ハウエルをあんなところに行かせるわけにはいかない。

エイドリアンはエリザベスを外科医のジョン・メイプルトンのところに連れていくことにした。「わたしと一緒に行こう、エリザベス」

エイドリアンがためらっていると、エリザベスは目を険しくし、彼につかまれていた手を振りほどいた。「すぐに彼を助けないと！」彼女は叫び、ほかの客がいっせいにふたりのほうを見た。

「エリザベス」エイドリアンは静かに言った。「エリオットは閉じ込められてなんかいない。きみに会ってくれるように母親を説得しているんだ。母親がどんな性格か彼から聞いているだろう？」エイドリアンはエリオットが母親を悪く言っているのが聞こえるようだった。支配欲の強い母親に理解されないかわいそうな息子を演じてエリザベスの同情を引き、誘惑したのだ。エリオットのいつもの手だ。

エリザベスはゆっくりとうなずいた。

「母はきみに会ったら、きっと気に入るだろう」エイドリアンはさらに言った。「でも、もっときちんとしてから彼女に会ったほうがいい。わたしがほかの宿屋に連れていってあげよう。レディにふさわしい部屋のある宿に。入浴し、着替えて、髪を整えて。それから、一緒にバロービー・ホールに行こう」

「わたしは、今、彼に会いたいの！」

「旅行用のドレスでかい、エリザベス？」

「ほかになにも持ってきていないの」エリザベスは悲しそうに言った。

「悪かった。そこまで気づかなかった。きみはエリオットを助けに来たので、公爵夫人に会いに来たのではなかったね。わたしが今日新しいドレスを買ってあげよう。今すぐに。それに着替えて、バロービー・ホールに行けるように。それでどうだろう？」

エリザベスがためらっているうちに、エイドリアンはたたみかけるように言った。「髪にはリボンをするといい。エリオットは公爵夫人にきみの髪のことを話していた」それは真っ赤な嘘《うそ》だが、それなりの効果はあった。「それに、靴もいるな。花束を持っていったらどうだろう？　花嫁のように見える」

エリザベスは恥じらうように体をくねらせて、汚れた指にほつれた髪の房を巻きつけた。エイドリアンは彼女が以前よくそうしていたのを思い出して、せつなくなった。「本当に？」

「本当だとも！　その前にお昼にしないか。わたしは腹ぺこだし、きみも長旅でさぞかしおなかが空《す》いただろう。たったひとりではるばる来たんだ。エリオットはきみをとても誇りに思うだろう」

エリザベスはほほえんだ。熱っぽい目を希望に輝かせた彼女があまりに哀れで、エイドリアンは彼女に嘘をついている自分がいやになった。だが、やむをえない。エリザベスをなんとかメイプルトン医師のところに連れていかなければ。

エリザベスが期待するように彼を見たので、エイドリアンはほっとした。「行きましょうか？」

「もちろんだ、エリザベス」

エイドリアンは注目を浴びているのを意識して堂々と立ち上がり、エリザベスの腕を取って宿屋からエスコートしていった。その態度はじつに堂に入っていて、見物人は言葉もなく見守るしかなかった。

それがエイドリアンにできるせめてものことだった。

公爵夫人は客間に入ってくると、めずらしくけだるそうにソファに腰を下ろして、背もたれに寄りかかった。ヘスターがどれだけ緊張しているかまるで気づいていなかった。ヘスターは手さげ袋を縫っていたが、おそらく縫い目がジグザグで使いものにならないだろう。ドアが開いたとき指に針を刺してしまい、入ってきたのがエイドリアンではないとわかると、指に目を戻し、血が出ていないかどうか確かめた。

今朝食堂から抜け出したあと、ヘスターはメイベルに公爵がどこにいるのかきいてきてほしいと頼んだ。メイベルに変に思われるかもしれないとは思ったが、そんなことは言っていられなかった。さいわい、メイベルはなんの疑いも抱かず、すぐにがっかりする知らせを持って戻ってきた。公爵は外科医に会うため町に出かけたという。ジェンキンズは舞踏会で踊ったせいで脚の傷が炎症を起こしたのではないかと言っていた。エイドリアンは昨夜はなにも言っていなかったけれど、おそらくわたしを心配させたくなかったのだろう。ヘスターはいらだちを感じながらも、そう思うことにした。

でも、それにしても帰りが遅いわ。ヘスターは車回しがいちばんよく見える客間に何時間も座って、エイドリアンの帰りをひたすら待っていた。

ミスター・メイプルトンに馬に乗って帰宅するのを禁じられるほど、ひどい炎症を起こしているのだろうか？　でも、もしそうなら、馬車を雇えばすむ話だ。

「舞踏会は大成功だったわね」公爵夫人はにっこりほほえんで言った。「準備は大変だったけれど、とても楽しかったわ。みなさんすてきな方ばかりで」

ヘスターは黙ってうなずき、ハンカチーフを取り出して指先ににじんだ血を拭《ぬぐ》った。

「エリオットにはみなさん感心していらしたわ」公爵夫人はつづけた。「あれだけダンスを踊っても、少しも疲れを見せないなんて。若いころのわたしにそっくりだわ」

ヘスターは若いころの公爵夫人を知らなくて本当によかったと思った。

「でも、あのような大がかりなもてなしはそう頻繁にするものではないわね。召使いが疲れ果てて、使いものにならなくなってしまうもの。今朝だって、ジェンキンズは部屋に鍵《かぎ》をかけてあなたたちを閉じ込めてしまったでしょう」

「そうですね」ヘスターはつぶやき、エリオット卿《きょう》になにをされたか公爵夫人に話すだけの勇気があればいいのにと思った。

でも、話してみたところで、公爵夫人は頭から信じようとしないだろう。できれば、公爵夫人には相談せずに彼の問題を解決したかった。

ヘスターはじっくり考えた末に、エイドリアンに話すのがいちばんだという結論に達した。今夜エイドリアンが戻ってこなかったら、どうすればいいのだろう？

「噂《うわさ》をすれば、わたしの自慢の息子がやってきたわ」エリオットが部屋に入ってくると、公爵夫人は言った。「昨夜《ゆうべ》はみなさん、あなたに感心していらしたのよ」

エリオットは母親にほほえみかけた。ヘスターは必死に無表情を装って縫い物をつづけたが、彼に見つめられると、有害な煙が迫ってきたような息苦しさを覚えた。「みんながみんな、ぼくに感心していたわけじゃありませんよ」彼はそう言って、母親の隣に腰を下ろした。

「そんな人がいたとしたら、よほどの間抜けにちがいないわ」公爵夫人は息子を弁護して強い口調で言った。

「レディ・ヘスターはそうは思っていないんじゃないのかな」エリオットは言った。

公爵夫人が口を開く前に、ヘスターは顔を上げ、かすかにほほえんで言った。「ご子息はそれはハンサムで、ダンスもすばらしくお上手でいらっしゃいます」

「ほら、ごらんなさい！」公爵夫人は勝ち誇ったように言った。「レディ・ヘスターでさえあなたを褒めているのよ」

「母上」エリオットは軽く笑って言った。「お世辞かもしれませんよ」

ヘスターは突然立ち上がった。エリオット卿のような男性と同じ部屋にいるのにはこれ以上耐えられなかった。「失礼してもよろしいでしょうか？」彼女は言った。「こんな時間まで起きているのに慣れていないものですから。そろそろ部屋で休みたいのです」

「いいわ、ヘスター」公爵夫人はヘスターがへりくだって退出の許可を願い出たのに気をよくして言った。

ヘスターが縫い物を集めていると、エリオットも立ち上がった。「そうですよ」彼はにやりとして言った。「レディ・ヘスターをあまり疲れさせてはいけません」

ヘスターはそのとき気づいた。エイドリアンの帰りは当てにできない。自分でどうするか決めなければならないようだ。

「どうしてこんなところに来なければならないの？」エイドリアンがジョン・メイプルトン医師の家の前の私道に連れていくと、エリザベスは困惑したようにささやいた。

患者はふつう外科医の診察室に近いドアを使うが、そこには看板がかかっていた。エイドリアンはエリザベスにそれを見られたくなかった。それに、彼と見知らぬ女性が宿屋にいたことはすでに噂になっているだろうから、なおのこと玄関から入りたかった。

「新しいドレスを買いに行くんじゃなかったの？」

エイドリアンはエリザベスをおだててなんとか食事をとらせたのだが、彼女の症状はいちだんと悪くなったようだった。彼はゆっくり休んで栄養をとればすぐによくなるとメイプルトン医師が言ってくれるのを期待していたが、エリザベスにはすでに死の影が忍びよっているような気がしてならなかった。

「もちろん、買いに行くとも。でも、その前にここに寄ったほうがいいだろうと思ったんだ。ここはエリオットのとても親しい友だちの家なんだ。まっさきにきみを会わせないと、彼が気を悪くするからね。店に行く前に、ここで旅の汚れを落とすといい」

「わたしはエリオットのところに行きたいの」エリザベスは言って、突然立ち止まった。「彼は近くにいるわ。彼を感じるのよ。わたしの助けを必要としているわ」

「彼のためにきれいにしたくないかい？　汚れを落として、髪を整えたほうがいいな。わたしはそのあいだに馬車を呼んでおく。その馬車に乗って店に行って、新しいドレスを買ったら、バロービー・ホールへ行こう」

エリザベスは完全に納得してはいないようだったが、それでもエイドリアンに導かれるままメイプルトンの家の玄関まで来た。

エイドリアンがドアをノックすると、ナンシーが応対に出て、困惑したような目で彼を見た。「ミスター・メイプルトンは診察中です」若い娘はそう言って、けげんそうな目でエリザベスのやつれた頬や、泥で汚れたスカートや乱れたボンネットを見た。またた黒の公爵の悪い噂が広まりそうだ。エイドリアンはそう思って、憂鬱《ゆううつ》な気持ちになった。

ヘスターは人の噂がどういうものか本当にわかっているのだろうか？　わかっているといいが。そうでなければ、彼女は今日のことでそれを思い知ることになるだろう。

「なんの話をしているの？」エリザベスは興奮して言った。「わたしは病気じゃないわ」

「わたしたちは医師ではなく、エリオットの友だちのジョン・メイプルトンに会いに来たんだ」エイドリアンは嘘をついた。「彼はエリオットと、わたしの古くからの知り合いなんだ」

エイドリアンはナンシーに向き直った。「ミスター・メイプルトンにバロービー公爵が来たと伝えてくれ。連れとわたしは彼の書斎で待たせてもらう」

メイドは膝を曲げてお辞儀をすると、メイプルトン医師の診察室のある建物の裏に急いで向かった。

「さあ、エリザベス」エイドリアンは彼女をマホガニーの羽目板張りの部屋に案内した。彼はメイプルトン医師がすぐに来てくれることを願った。早くヘスターのところに帰りたかったが、エリザベスを見捨てるわけにはいかない。わたしはエリオットとは違うのだ。

実際には数分だが、エイドリアンには医師が部屋に駆け込んでくるまでのあいだが恐ろしく長く感じられた。「これほど早くまたお目にかかることになるとは思っていませんでしたよ」彼はそう言って、エイドリアンに短くうなずきながら、エリザベスを注意深く観察した。公爵の連れについて、ナンシーから前もって知らされていたのだろう。

「ジョン・メイプルトン、こちらはエリオットの友人のミス・ハウエルだ」エイドリアンは言った。「きみが彼女に会いたがるだろうと思って」

「もちろんですとも。ご機嫌いかがですか、ミス・ハウエル？」外科医はお辞儀をしてエリザベスの手を取った。親しみやすい彼の顔に気づかわしげな表情がよぎった。

「おかげさまで」エリザベスは答えた。「でも、公爵は間違っていらっしゃいます。わたしはミス・ハウエルではありません。レディ・エリオットです」

「エリオットの妻？」エイドリアンは疑っているように聞こえないように言った。

「ええ。今まで秘密にしていたんです。お母さまが反対なさるだろうと思って。でも、わたしに会ってくださったら、お母さまも気が変わると思います」

メイプルトンは意味ありげな視線をエイドリアンに向けた。エイドリアンはこっそり肩をすくめてそれに応《こた》えるしかなかった。エリザベスはエリオットと結婚したとは今までひと言も言わなかったが、エイドリアンが彼女を捜し当てたときには出産の最中で、エリオットとの関係について詳しく話せる状況にはなかった。ふたりが正式に結婚したとは思えないが、エリオットの性格からいって、偽りの式を挙げた可能性は否めない。そうでもしなければ、いやがる若い娘を誘惑することはできないだろう。

「だから、またわたしを助けてくださるんでしょう? わたしがお母さまに気に入ってもらえるとわかっているから。エリオットはわたしに会いたがっているの。手紙にそう書いてきたわ」

「エリオットがきみに手紙を?」エイドリアンはそっとたずねた。

「ええ、手さげ袋に手紙が入っているわ」エリザベスは明るくほほえんだ。「よかったら、お見せするわ。お友だちにも見せてさしあげて。わたしの話を信じておられないようだから」

メイプルトンは気まずそうに顔を赤らめ、エイドリアンはエリザベスの手さげ袋を取って、エリオットはいったいなにを企《たくら》んでいるのだろうと思った。手さげ袋のなかには、紙が何枚か入っていた。

何枚かの紙幣と、残りはエリザベスに宛《あ》てた少額の約束手形だった。それぞれにエリオットの流麗な筆跡で署名がしてあった。「これで彼がどれだけわたしを愛しているかわかったでしょう?」

「そうだね」エイドリアンは疲れたように言った。

「バロービー・ホールへ行かれる前に、ここで少し休んでいかれたらどうですか?」メイプルトンはそう言って、エイドリアンに再び意味ありげな視線を投げた。

「エリザベスに新しいドレスを買いに行くところだったんだ」エイドリアンは言った。「だが、ワインを一杯やるのもいいだろう」

「新郎新婦を祝して」メイプルトンは言った。「今、メイドに持ってこさせます」彼は呼び鈴の紐《ひも》を引っ張ってナンシーを呼び、同時にエイドリアンにそばに来るようにこっそり身振りで示した。「彼女に持ってこさせたものを必ず飲ませてくれ」彼はささやいた。「ほかに患者が待っているので行かなければならないが、できるだけ早く戻ってくる」

メイプルトンが部屋を出ていくと、エリザベスは紙幣と約束手形を手さげ袋に戻しはじめた。「彼はわたしを愛しているの」ささやきながら、一枚一枚札をたたんでいく。それを見ているうちに、エイドリアンは自分も気が狂ってしまうのではないかと恐ろしくなった。

エリザベスがすべての金を手さげ袋に戻し終えたところで、ナンシーが入ってきた。トレイに赤ワインらしきものの入ったグラスがひとつのっていた。

「どうしましょう。公爵さまのグラスを忘れてしまいました。申し訳ありません」彼女は慌てたように言った。そして、大げさにエイドリアンにウインクしてみせた。エイドリアンはエリザベスに気づかれてしまったのではないかとひやひやしたが、さいわい、彼女はまだ手さげ袋をいじっていた。

「さあ、エリザベス」エイドリアンはエリザベスが手さげ袋を閉じたあと、グラスを渡した。「メイドがわたしの分を取ってくるあいだに、飲んでいなさい。力がつく」

「乾杯は――」

「ミスター・メイプルトンが戻ってきてから、乾杯しよう」

エリザベスはなんら疑うことなくグラスを取って飲み、そのあと、ぞっとするような叫び声をあげてグラスを床に叩《たた》きつけた。グラスは粉々に砕け散った。「変な味がするわ！」彼女は叫んで立ち上がり、手の甲で唇を拭った。「だましたのね！」わめいて、割れてとがったワイングラスの底を拾い上げ、それをエイドリアンに向けた。「あなたはわたしを助けに来たんじゃない！」

ナンシーが息をのみ、手に持ったグラスを床に落とした。「ジョンを呼んでくるんだ！」エイドリアンは命じた。

ナンシーが飛び出していったのと同時に、エリザベスが叫んでエイドリアンに飛びかかった。割れたグラスを短剣のように手に握ったままで。

21

エイドリアンはエリザベスの腕をつかんだ。鋭くとがったグラスの破片の先端がわずかにエイドリアンの首をそれた。

「エリザベス、やめるんだ！」エリザベスがよろめくと、エイドリアンは再び彼女の腕をつかんだ。

だが、彼女は激しく身をよじって抵抗した。「いやよ、殺してやるわ！　殺してやる！」エリザベスは叫び、目を瞬《しばた》き、ふらつきながらも、獲物に襲いかかろうとする猫のように身をかがめた。

それから、エリザベスは予想外の行動に出た。エイドリアンに体当たりし、ふたりは床に倒れた。エイドリアンは怪我《けが》をしている脚に鋭い痛みが走るのを感じたが、割れたグラスを握り締めているエリザベスの手首をなんとかつかんだ。エリザベスが痛みに悲鳴をあげ、間に合わせの武器を落とすまで彼は力いっぱい締めつけた。

エリザベスはため息をついて気を失った。エイドリアンは彼女を抱き上げてソファに運び、そっと寝かせた。

「いったいなにがあったんだ？」メイプルトン医師は急いで部屋に入ってきながら、心配そうにたずねた。「ワインのなかに鎮痛剤をまぜたのだが」

「効くまでに時間がかかった」エイドリアンは言った。すべてが終わり、今ではすっかり落ち着いていた。割れたワイングラスをかがんで拾い上げ、そのあと、脚の付け根のあたりに鋭い痛みが走り、一瞬息ができなくなった。毒づいて見下ろすと、ズボンが破れ、血の染みが広がっていた。「彼女に切られたんだろう」彼はつぶやいた。どうして今まで気づかなかったのだろう？　体を起こすと、突然めまいに襲われよろめいた。

メイプルトンがすぐに駆けよってきて、エイドリアンを支えた。「さあ座って。この椅子に」外科医は命じた。「ナンシー、わたしの鞄《かばん》を取ってきてくれ。そのあと、このグラスの破片を片づけるんだ」

メイプルトンは素早く、慣れた手つきで裂けたズボンのあいだから傷を調べた。「さいわい、傷は深くない」彼はつぶやいた。ハンカチーフを取り出し、傷口に当てて止血する。「前の傷に近いところを切られている。もう少しそれていたら、大変なことになっていただろう」

「不幸中のさいわいだな。彼女はどうすればいいだろう？」エイドリアンはエリザベスをあごで示した。

「ナンシーが鞄を持ってくるまで、ここに押さえつけておくしかないな」メイプルトンはそう言ってソファに近づき、物思わしげな表情でエリザベスを見た。「彼女は精神に異常をきたしている。それが一時的なものなのか、永久につづくものなのかわたしにはわからない」

「彼女はほかにも病気を患っているんだろう？」

「気の毒だが、おそらくそうだろう。肺結核にかかっている恐れがある。それもかなり重症だ」

「どこか彼女の世話をしてくれる場所はないだろうか？　費用はわたしが出す」

　メイプルトンは深刻な表情でエイドリアンを見た。

「彼女はエリオットとはどんな関係なんだ？　ふたりが本当に結婚していることはありうるのか？」

「おそらく、それはないだろう」

「彼女は前にもきみに助けられたと言っていたが」

　エイドリアンはゆっくりとうなずいた。「弟と一緒にマンチェスターにいるものとばかり思っていた」

「エリオットから離れて？」

「そうだ」

　ナンシーが外科医の鞄とわかしたての湯を入れた洗面器を持って部屋に入ってきた。彼女はエイドリアンにはそっけなくちらりと目をやっただけだったが、エリザベスには同情するようなまなざしを向けて部屋を出ていった。

「きみのメイドはわたしにまったく魅力を感じないようだな」エイドリアンは淡々と言った。

「そのありさまでは無理もないだろう」メイプルトンは言った。「さあ、ズボンを脱いで。傷口をきれいにして包帯を巻く。今夜は町に泊まったほうがいい」

「それはできない」エイドリアンは言った。「今日はヘスターにも会わずに屋敷を出てきてしまった。今日じゅうに戻らないと、彼女が心配するだろう。

「馬に乗ったら、出血がひどくなる。それでなくても前に受けた傷から大量に出血しているんだ。また

「出血したら、危険だ」

「ゆっくり馬を歩かせていったら？」

「町に泊まったほうがいい。ここにも部屋は――」

「申し出はありがたいが、ジョン、どうしても屋敷に戻らなければならないんだ。それよりも、エリザベスをここで預かってもらえたら大いに助かるんだが。彼女の世話をしてくれる場所が見つかるまでのあいだだけでいいんだ」

「ここは精神病院ではない」外科医は眉をひそめて言った。「わたしには彼女のような患者を扱う知識はない」

「彼女を病院には入れたくない」エイドリアンは言った。「マンチェスターにいる彼女の家族に手紙を書く。おそらく、彼女は逃げ出してきたんだろう。家族もどこへ行ったのか心配しているはずだ」

「それはいいが、家族から知らせが来るまでしばらく時間がかかるな」

「どこかこの近くに、一時的でもいいから彼女を預かってくれる場所はないだろうか？」エイドリアンはせっぱつまった口調でたずねた。

「わかった。預かろう」メイプルトンはゆっくりと言った。「彼女は疲れ果てているようだし、きみに襲いかかったときに、残された力を使いきってしまったのだろう。しばらくは眠っていてくれるかもしれない。また暴力を振るったりしなければ、熱が下がるまでここで預かってもいい」

「恩に着るよ、ジョン」エイドリアンは言った。「そのあいだに、だれかわたしの馬車で彼女をマンチェスターの家族のもとに送り届けてくれる人を見つけよう。看護に必要な費用はわたしが全額負担する」

「マンチェスターに知り合いの医師がいる。信頼できる医師だ。診断はもちろんだが、法外な治療費を請求するようなこともない」メイプルトンは言った。

「彼の住所を書いておこう」

「助かるよ。あとは、彼女と一緒に旅をしてくれる人を探すだけだな」

「ナンシーと彼女の夫に頼んでみてもいい。ナンシーは優秀な看護婦だし、夫のほうはミス・ハウエルが馬車の乗り降りをするときに役に立つだろう」外科医はふと考え込んだ。「鎮静剤を与えて、旅のあいだずっとおとなしくさせたほうがいいな」

「それなら、エリザベスは安心してきみに預けよう」エイドリアンはメイプルトン医師と握手を交わした。「きみには大きな借りができたな」

「お安いご用だ。さあ、ミス・ハウエルの話はすんだから、ズボンを脱いで」

エイドリアンは血に染まったハンカチーフをできるだけ動かさないようにしながらズボンを脱いだ。

「そのお返しといったらなんだが、きみにひとつだけしてもらいたいことがある」メイプルトンは言って、布を湯に浸して傷口を洗おうとした。

「なんでも言ってくれ」エイドリアンは言って、ハンカチーフを取り去り、メイプルトンが濡《ぬ》れた布で血を拭《ふ》き取ると、痛みにはっと息をのんだ。

外科医はためらい、きびしい目でエイドリアンを見た。「エリオットにちゃんと責任を取らせるんだ。そんな目でわたしを見るな。彼女をあそこまで追い込んだのがエリオットだということはおたがいにわかっているはずだ」メイプルトンは血で汚れた布を洗面器に戻して、清潔な白い包帯を手に取った。そして、エイドリアンの脚に巻いた。

「わたしが縁を切ったときに、なにも障害がないほうがエリオットのためだと思ったんだ」

メイプルトンは顔をしかめた。「賛成しかねるが、きみのほうが彼のことをよく知っているからな」

「エリザベスのことはわたしがなんとかする。その代わりに、エリオットは必ず自立させると約束するよ。彼女はエリオットとはいっさいかかわらないほうがいいんだ」

「きみの好きなようにするといい」包帯を巻き終えると、メイプルトンは言った。

「わたしは彼女のためにふたつの傷を負うことになった」エイドリアンは言った。「どうせなら、もう片方の脚に切りつけてくれればよかったのに。そうすれば、釣り合いが取れた」

「今日はじつに驚くべき日だな」メイプルトンは言った。「わたしのズボンを貸そう。町の連中になにを言われるかわかったものじゃないからな」

エイドリアンは苦笑いした。わたしが外科医のズボンをはいていたら、さぞかし見物だろう。ジョンはベルトも貸してくれるといいが。「わたしのことはすでに噂《うわさ》になっているだろう。傷の手当てがすんだら、ズボンを借りてきみを患者たちのもとへ返すとしよう」

「これで終わりだ。だが、もう一度警告しておく。くれぐれもゆっくり馬を歩かせるんだ。真夜中にバロービー・ホールに呼びつけられたら、たまったもんじゃないからな。それに、ズボンを汚されても困る。だれかと違って、わたしはズボンの替えはあまりたくさん持っていないんだ」

「のんびり行くよ」エイドリアンはそう答えたものの、体がばらばらになってもいいから、全速力で馬を飛ばして帰りたかった。ゆっくり馬を歩かせていたら、屋敷に着くのが真夜中近くになってしまう。

「エリザベスを助けてくれて、本当にありがとう」

「すべてうまくいくことを祈っているよ」メイプルトン医師は心からそう言った。

「ヘスターと結婚すれば、すべてうまくいくだろう」


ヘスターはエリオットの寝室のドアの取っ手に手

をかけた。

　エイドリアンがそばにいてくれたら、どんなにか心強かっただろうが、もう真夜中になろうというのに、彼はまだ戻っていなかった。だから、ひとりでエリオットに立ち向かうしかなかった。もう二度とわたしたちを困らせるようなことはしないと、彼に約束させなければならない。

　エリオットが持っている唯一の武器は、脅迫だ。世間に噂をばらまくと言えば、だれもが醜聞を恐れて彼の言いなりになると思っている。彼はそうやって何年もエイドリアンを操ってきた。人一倍責任感の強いエイドリアンは、弟の評判に傷をつけてはならないという臨終の父との約束を重く受け止め、弟をかばいつづけてきた。

　だが、ヘスターにはそのような重荷はない。醜聞を恐れて自らを貶《おとし》めるようなことをするくらいなら、公爵とともに悪評に耐えて生きていくほうがどれだけましか知れない。それが彼と結婚することで支払わなければならない代償なら、喜んでそうするつもりだった。

　ヘスターは決意を秘めた表情でドアを開けて、戸口に立った。窓のそばのテーブルに置かれた一本の蝋燭《ろうそく》が、広々とした贅沢《ぜいたく》な部屋を照らし出していた。だが、ヘスターは部屋の様子にはほとんど目をくれなかった。窓のそばに立っている男性を一心に見つめた。エリオットはゆっくり振り向くと、今まで見たことのないような奇妙な表情で彼女を見た。

　ヘスターはエリオットが勝ち誇ったような表情をするだろうと思っていた。少なくとも、最初は。だが、彼は驚き、失望しているようにさえ見えた。わたしが来たからだろうか？

　だが、それはほんの一瞬のことだった。彼はほほえんで、大げさにお辞儀をしてみせた。「じつに光栄です、レディ・ヘスター」

「勘違いなさらないで」ヘスターは静かに答え、部屋に入ってドアを閉めた。

「本当はうれしくてたまらないんだろう？　ぼくのような男に求められるのはめったにないことだろうから」

「あなたのような男性に求められることが、うれしいことだとは思えません」

エリオットは目つきを鋭くした。「ぼくがそんなにいやなら、ここに来る必要はないんだ」

「来なければ、お兄さまを破滅させるとおっしゃったのはあなたですよ」

エリオットはなにも言わずにゆっくりうなずいて、ヘスターに近づいた。

ヘスターは胸の前で腕組みをして、彼をじっと見つめた。「正直にお答えください。あなたはわたしが不器量で、愚かで、友だちもいないような女だと本当に思っていらっしゃるのですか？」

「ぼくはきみの知性は求めていないし、きみの交友関係になど興味はない」

「それはわたしも同じです。でも、こうでもしなければあなたとふたりきりでお話しすることはできませんから。わたしはあなたに最後通牒《つうちょう》を突きつけに来たのです」

エリオットは立ち止まって、まじまじとヘスターを見つめた。「きみが？」あざ笑うように言う。「きみがこのぼくに最後通牒を突きつける？」

「そうです」

「これは面白いことになってきたぞ」

ヘスターはさっとあごを上げた。「噂を流して人の評判を破滅させることができるのはあなただけではありません。わたしにも友人がいます。社交界でも一目置かれる存在の影響力のある人たちです」エリオットが反論しようとすると、ヘスターは手を上げて彼を黙らせた。「たとえば、パリス・マルホランド卿《きょう》の奥さまはわたしの親友です。あなたもご夫妻のことはご存じでしょう?」

ヘスターはエリオットの表情がしかめっ面に変わるのをじっと眺めた。パリス・マルホランド卿はロンドンではその名を知らない人はいないほどの有名人だった。そのあと、エリオットは皮肉っぽい笑みを浮かべた。「確かに彼は人気があった。どこのだれとも知れない小娘と結婚するまでは」

「彼はかつてほどの影響力はないかもしれませんが、彼の言うことに耳を傾ける人は今でも大勢います。ほかにも、大蔵大臣のご一家とも親しくさせていただいていますし、東インド会社のラドクリフ＝ベリングスのご家族とも親交があります。母の古い友人のひとりは女王の女官をしています。もちろん、姉のヘレナには噂好きな友人が何人もいます。ですから、エリオット卿、ありもしない噂を流すことができるのはあなただけではありません。今までのわたしはそのようなことをしなかっただけです」ヘスターの表情がきびしくなった。「でも、やむをえない場合には、そうするしかないでしょう。わたしはあなたのお兄さまのように辛抱強くはありませんので。この部屋を出たら、さっそく手紙を書きはじめることにします。必要ならば」

「なにをばかな――」

「わたしを見くびらないほうがよろしいですよ」

「ぼくにも友だちはいるし、母にだっている。きみがそこまで言うなら、こっちにも考えがある」

「失礼ですけれど、どんなお友だちですか? 社会的に信用された地位にある方々ですか? いいえ、そうは思えませんわ。あなたのお母さまに関しては、あなたもお気づきでしょうけれど、この十年間は社交界の末端にいるにすぎません。お母さまにはもはや影響力はありません。お母さまが今、世間でどんなふうに見られているかご存じですか?」ヘスターは攻撃の手をゆるめなかった。「息子を溺愛《できあい》している母親です。わたしの母やほかの方が何度かそう言っているのを聞きました」ヘスターは背筋を伸ばして、ほほえんだ。「このわたしは世間でどう見られているかご存じですか？　おとなしくて、控えめで、正直だと言われています。あなたのお母さまがご親切にも指摘してくださったように、わたしは不器量です。だれも、わたしがあなたの評判を傷つけるようなことをする動機があるとは思わないでしょう」

「それなら、きみが夜中にぼくの部屋に来たと――」

「なんのためにですか？」ヘスターは皮肉を込めて言った。「エリオット・フィッツウォルターを誘惑するために？　内気でおとなしいヘスター・ピムブレットが、大胆で颯爽《さっそう》としたエリオット・フィッツウォルター卿を誘惑しようとしたですって？　そんな話、だれも信じないでしょう。それとも、あなたがわたしを誘惑したとおっしゃるつもりですか？　それこそ、だれも信じませんわ」

「そこまでエイドリアンを思っているのか」エリオットは苦々しい口調で言った。「恐れ入ったな」

「わたしは彼を愛しています」

エリオットはヘスターの腕をつかんで言った。「エイドリアンを破滅させることはできないかもしれないが、きみを破滅させることはできる」

ヘスターは少しも動じなかった。「いいえ、あなたはそのようなことができる人ではありません」

「いや、できる。きみの純潔を奪ってやる。だれの妻にもなれないように」

「そんなことをして、あなたになんの得があるのですか？」ヘスターは静かにたずねた。

「満足感を得られる。ほかのだれにも知られなくてもいい。きみとぼくだけが知っていれば。処女を失ったら、きみは罪悪感からだれとも結婚しようとしないだろう」エリオットはヘスターを強引に引きよせた。「エイドリアンがぼくの人生をめちゃめちゃにしたように、ぼくも彼の人生を台なしにしてやる！」

「あなたにはできないわ」ヘスターはきっぱりと言った。「あなたはそこまで堕落してはいません」

ヘスターの腕をつかむエリオットの手の力がわずかにゆるみ、顔に驚きの表情が浮かんだが、またすぐに悪意に満ちた表情に戻った。「エイドリアンがなぜきみを好きになったのかこれでよくわかった。赦《ゆる》しと信頼。それが一緒になったら、彼はひとたまりもないだろう」エリオットはうなるように言って、再びヘスターをつかむ手に力を込めた。「だが、ぼくはきみの愛を得ることはできない。だから、ぼくは奪えるものを奪う。得られるものが、エイドリアンに仕返しをした満足感だけでもかまわない」

「お兄さまにあれだけのことをしてもらっているのに――」

「それが迷惑なんだ。ぼくがどれだけ罪悪感を覚えているか、きみは知らないだろう」エリオットは激しい口調で言った。「ヘスター、殉教者ぶった兄を持つぼくの気持ちがきみにわかるか？　こっちが望んでもいないのに、いつも助けに来るんだ。恩着せがましい表情を浮かべて。あの表情がいやでたまらないよ。なにかとんでもなくひどいことをすれば、今度こそ冷静さを失って、ふつうの人間のようにふるまうかもしれない。今度こそ、兄の本当の顔が見られるかもしれないんだ」

22

「彼女を放せ！　すぐに放さないと命はないと思え」

エイドリアンの声が夜のしじまに響き渡った。エリオットとヘスターはドアのほうを振り向いた。エイドリアンが両のこぶしを握り締め、恐ろしい形相でエリオットをにらんでいた。

エリオットはヘスターを乱暴に床に突き飛ばした。

「聞いていたのか、エイドリアン？」敵意に満ちた目で兄をにらみ返す。「あんたにのこのこ出てこられるのにはもううんざりなんだ！」

エイドリアンはエリオットを無視して、ヘスターのそばに駆けより、彼女を助け起こした。「だいじょうぶか？」心配そうにたずねる。

「ええ」ヘスターはささやいて、エイドリアンの手をつかんだ。その手を二度と放したくないと思った。

「彼女のことなら心配いらない。彼女はしあわせそのものだ。彼女はあんたを愛している。結婚して、信心家ぶった子供を大勢産むといい」

「黙れ、エリオット。みんなが起きてしまうだろう」

「そんなこと知ったことか！　かえってそのほうがいいんじゃないのか？　みんなにぼくへの敵意を植えつけられるだろう。彼女にそうしたように」

「あなたへの敵意を植えつける？」ヘスターは信じられないというように言った。「あなた自身がそうしたのでしょう」

「ぼくはきみに結婚を申し込もうと思っていた」

「わたしはきっぱりお断りしたでしょうね。あなたのお兄さまを愛していようといなかろうと。エリオット卿《きょう》、わたしはあなたを愛することはできません」

一瞬、エリオットの目につらそうな表情がよぎった。その表情は兄のエリオットによく似ていた。だが、それは一瞬のことで、すぐに憎しみに満ちた表情に取って代わられた。

「おまえが彼女を傷つけていなくてよかった。彼女のためにも、おまえのためにも」エイドリアンはゆっくりと言った。

「ぼくが彼女を傷つけていたら、どうするつもりだったんだ？」腹違いの弟はあざ笑うように言った。

「部屋の隅に立っていろとでも言ったか？　子供扱いして。いつもそうじゃないか」

「おまえはそうされて当然だ！」エイドリアンはきびしい口調で言った。

「今まであなたをかばいつづけてくれたお兄さまに感謝すべきだわ」ヘスターは言って、エリオットにつかまれた腕をさすった。

「感謝しろだって！」エリオットは叫んだ。「きみは、きみに結婚を申し込んだぼくに感謝するのか？」

ヘスターはエイドリアンのほうを向き、愛情に満ちたまなざしで彼を見た。だが、エイドリアンにもまったく責任がないわけではないことはわかっていた。「彼はあなたが過保護すぎると怒っているのよ」

「あんたに乳母のように始終見張られているのがどれだけいやか考えてみたことはないのか？」エリオットは問いつめるように言った。

「おまえが大人として恥ずかしくないふるまいをしていたら、そんなことはしなかった」

「大人が聞いてあきれるね」エリオットはあざけるように言った。「売春宿や酒場や賭博場《とばく》に入り浸っているのはだれなんだ？　酔って大喧嘩《げんか》をして、親友をあやうく死なせそうになったのはどこのだれなんだ？　ところで、今日は一日じゅうどこにいたんだ、聖エイドリアン？　サリー・ニューカムのところか？　まったくご立派なことだ」

「今日はミスター・メイプルトンに会いに行ったんだ。途中で……おまえもよく知っている知り合いに会った。エリオット、わたしは自分が完璧《かんぺき》な人間だとは思わない。自分の犯した罪の重さはよくわかっている」

「ぼくがどれだけその言葉を聞くのを待っていたか、あんたにはわからないだろうな」エリオットは皮肉たっぷりに言った。

「それでも、お兄さまはあなたをかばって、多くの責任を負ってきたのよ」ヘスターは指摘した。

「ぼくが一度でもそうしてくれと頼んだことがあるか？」エリオットは激しく詰めよった。「えっ、どうなんだ？」

「だが、父との約束が――」


「ぼくが頼んだことがあるかときいているんだ」

「自分の不始末は自分で片をつけたほうがよかったとでもいうのか？」エイドリアンは冷ややかな声で言った。「おまえをかばってやったわたしを批判するのか？」

「そうとも。今まであんたがしてきたことが、ぼくをかばうためだというのなら」

「どういう意味だ？」エイドリアンはわずかに気色ばんだ。

「あの娼婦《しょうふ》のダフネのことだ。どうせぼくが彼女の弱みにつけ込んでおどしたとでも思っているんだろう？　ぼくは悪意に満ちた卑劣な男だからな。だが、彼女だってまったく非がないわけじゃない。彼女はぼくの上着のポケットを探って金をくすねようとしていたんだ。ぼくにそれを見られて、大声で叫んで、ぼくに襲われたと言い出した。本当はなにがあったのか、ぼくにきいてみようとは思わなかったのか？　あんたは娼婦の言い分ばかり聞いていた。まあ、ぼくの話を聞いたところで、信じてもらえたとは思えないが。あんたはぼくの言うことよりも、娼婦の言うことを信じたに決まっている」

　エイドリアンは唖然《あぜん》としていた。「だが、おまえはいつも――」彼は言いかけた。

「あんたは一度だってぼくに釈明の機会を与えてくれなかったじゃないか！」エリオットは兄を激しく非難した。「エイドリアン、ぼくは変わろうと思えばいつだって変われるんだ。あんたがそうさせてくれさえするなら」

　ある面ではよく似ていて、またある面ではまったく正反対の兄弟が向き合っているあいだ、ヘスターはそっとたずねた。「本当に変わりたいの、エリオット？」

「変わりたいさ」エリオットは言った。「でも、ぼくひとりではできない。ぼくを支えてくれる妻がいたら……」

「ヘスターはだめだ」エイドリアンはきっぱりと言った。

「お願いだ、ヘスター」エリオットはすがるように言った。「ぼくは……ぼくはきみに対してひどい態度ばかりとってきた。特に今日のことは申し訳ないと思っている。どうふるまったらいいのか、自分でもよくわからないんだ。きみがエイドリアンの部屋から出てくるのを見て、嫉妬《しっと》で頭がどうにかなりそうだった。どうかぼくを信じてくれ」エリオットは床にひざまずき、両手を組んで懇願した。「ぼくの妻になってほしい。ぼくを生まれ変わらせてくれ！」

　ヘスターは目の前で起きていることが信じられなかった。ひざまずいているエリオット卿から、床をじっと見下ろして考え込んでいるエイドリアンに視線を移す。ヘスターは少女のころ、ふたりの男性に求婚されるのを夢見ていた。もちろん、そんなことが現実に起きるとは思っていなかったけれど、そうなったらどんなにうれしいだろうと思っていた。

だが、実際にはうれしいどころか、つらいだけだった。

ヘスターは自分がひとりの男性の更生と、もうひとりの男性の幸福の鍵《かぎ》を握っていることに気づいた。この地味でさえないヘスター・ピムブレットが!

「エイドリアン、ぼくが正しいのはわかっているんだろう?」エリオットは兄に言った。「一生のお願いだ。この頼みを聞いてくれたら、二度と迷惑はかけないと誓う。頼むからヘスターをぼくに譲ってくれ」

エイドリアンは頭を上げた。「だめだ。金や馬ならいくらでもやるが、愛する女性だけはやるわけにはいかない。ヘスターは絶対に渡さない。わたしにはヘスターが必要なんだ。ヘスターを愛しているんだ。たとえ、おまえを救うためであっても、家の名誉を守るためであっても、父との約束を果たすためであっても、彼女の愛を犠牲にすることはできない」

エリオットが立ち上がると、ヘスターはあきれたような目でふたりを見た。「おふたりとも、だれと結婚するか決めるのはほかのだれでもなく、このわたし自身だということをお忘れではありませんか?」彼女は強い口調で言った。「あなたたちのように自分勝手な男性には会ったことがありません。いっそのこと、だれとも結婚しないほうがいいのかもしれないわ!」

エイドリアンは傷ついたような顔をしてヘスターを見つめた。エリオットは真っ赤になり、その顔には落胆の色がはっきりと表れていた。

そのあと、エイドリアンはため息をついて、横を向いた。「きみの言うとおりかもしれないな、ヘスター」彼は静かに言った。「きみはわたしがいないほうがしあわせになれるかもしれない。わたしがどんなにきみを求め、必要とし、愛していようとも……」彼の声はしだいに小さくなり、やがてせつないため息に変わった。

「ああ、エイドリアン!」ヘスターはエイドリアンに走りより、両手で彼の肩をつかんで自分のほうを向かせた。「わたしはあなたを手放すようなばかなことはしないわ。あなたは自分自身を犠牲にすることもいとわない崇高な精神の持ち主かもしれないけれど、わたしは違うもの。あなたを愛しているの。あなたがわたしを必要なのと同じくらい、わたしもあなたを必要としているの」

エイドリアンの黒い瞳に希望の光が差し、唇に控えめな笑みが浮かんだ。「泣いているぞ」彼はささやいた。

「すすが目に入ったからじゃないわ」ヘスターは泣きながらほほえみ、エイドリアンを抱き締めた。

「しあわせだから泣いているのよ」

「じつに心温まる光景だ」エリオットはあざ笑うように言ったが、青い瞳は怒りに燃えていた。「もうたくさんだ。つまらない芝居は終わりにしてくれ」

ヘスターとエイドリアンが離れると、公爵夫人が部屋に入ってきた。急いで化粧着をはおってきたのだろう、化粧着は横に曲がり、髪には巻き毛にするための紙が巻かれたままだった。「三人そろって、こんなところでいったいなにをしているの? 頭がおかしくなったの? ヘスター、わたしの息子の部屋でなにをしているの? 説明しなさい」

「エリオット卿にここに来るようにとお誘いを受けたのです」ヘスターは公爵夫人の侮蔑《ぶべつ》の視線に動じることなく、はっきりと言った。

公爵夫人は息子を見た。エリオットは勝ち誇ったようにほほえんだ。青い瞳には怒りのかけらすら見られなかった。「彼女が本当に来るとは思わなかったんですよ」彼はそう言って、信じられないというように両手を広げてみせた。「ちょっとからかっただけなんです。でも、彼女は真に受けてしまったらしくて。どうやら、ぼくが彼女を愛していると勘違いして、ぼくに愛を打ち明けられるのを期待していたようなんです。母上も驚かれたでしょうけれど、ぼくも正直驚きを隠せません」

ヘスターは前に進み出て、エリオットを非難しようとしたが、エイドリアンに止められた。「言葉には気をつけたほうがいいぞ、エリオット」彼はぞっとするほど静かな口調で言った。

「冗談も休み休み言って」公爵夫人はいつもの調子で言った。「こんなにばかげた話は聞いたことがないわ。ヘスター・ピムブレットとあなたが？」

「あなたのじつの息子さんの求婚を受け入れたほうがよろしかったですか？」ヘスターはたずねた。

公爵夫人は鼻で笑って、エリオットのほうを向いた。「どうかしているとしか思えないわ」

「いいえ、彼女はいたって正常です」エイドリアンは言った。「ですが、正気を失ってしまった気の毒な女性をほかに知っています。わたしよりも、エリオットのほうがよく知っているでしょう。今日バロービーで共通の知り合いに会ったと言っただろう？ 彼女の名前はエリザベス・ハウエルだ」

「そんな名前、一度も聞いたことがないわ」公爵夫人はつんとして言った。

「母上に言っているのではありません」エイドリアンは言った。

エリオットは追いつめられたねずみのようにエイドリアンから母親に視線を移した。「いったいなんの話をしているんだ！」

「それなら、思い出させてやろう。おまえはわたしがバースのパンプルームで彼女と踊っているのを見た。彼女は社交界にデビューしたばかりだった。若くて、可憐《かれん》で美しく、おまえは大いに食指を動かされた。そこで、ほかの大勢の女性にしているように、彼女をしつこく追いかけまわして誘惑した。彼女のなにがおまえをそんなに惹《ひ》きつけたんだ、エリオット？　彼女がはかなげだったからか、それとも、ただ単に彼女がわたしと踊ったからか？」

「正気を失っているのはあんたのほうだ」エリオットは言った。

「いや」エイドリアンは首を横に振った。「おまえは彼女を誘惑し、彼女が自分の子供を身ごもったとわかったとたん、あっさり捨てた。彼女は数週間前におまえの子供を産んだ」

「彼女がそう言っているだけだろう。証拠はなにもない」

「彼女は救貧院の薄汚れた部屋にいた。飢えて、ひどい熱を出していた」

「あんたが彼女を見つけたときにはすでにおかしくなっていたんだろう。そんな女の言うことが信じられるか」

エイドリアンは蔑《さげす》みと哀れみの入りまじった目で弟を見た。「自分の子供のことが知りたくないのか、エリオット？」

エリオットは一瞬うろたえたが、またすぐに元の表情に戻った。彼は母親を見て、眉を寄せた。「その女は嘘《うそ》をついているんですよ」

「おまえによく似た子だった、エリオット」

「子だった？」公爵夫人はいぶかるようにたずねた。

「男の子だったが、生まれてすぐに死んだ」

「エリオット！」公爵夫人は鋭い声で言った。「エイドリアンが言っていることは本当なの？」

「彼はぼくの信用を落とそうとしてでたらめを言っているだけなんですよ」エリオットは激しく反論した。「エイドリアンはずっとぼくを憎んでいた。ぼくに嫉妬しているんだ」

彼の母親はうなずいて、憎悪に満ちた目でエイドリアンを見た。「あなたの嘘を聞くつもりはありません」

「どうしてわたしがエリザベスの頭がおかしくなっているのに気づいたか知りたくないのか？　それとも、捨てた気の毒な娘のことなどきれいさっぱり忘れてしまいたいか？」エイドリアンは公爵夫人を無視してたずねた。

エリオットは胸をそらした。「そんな作り話を聞く必要はない」

「ふたりとも、今夜わたしが言うことをよく聞くんだ」エイドリアンはきびしい口調で言った。「さもないと、今後は一ペニーたりとも金は出さない」

「ぼくたちを脅迫する気か？」エリオットは言った。

「おまえがいつもしていることじゃないか」エイドリアンはヘスターをちらりと見た。「エリザベス・ハウエルは今、このバロービーにいる。おまえが母親に監禁されていると思って来たんだ。おまえを助けに来たんだよ」

「母上、今すぐにぼくと一緒にここを出ましょう」

「今出ていくなら、金はいっさいやらないぞ！」エイドリアンは警告した。

「エリオット、彼ならやりかねないわ」公爵夫人は言った。「わたしたちに一セントも与えずに縁を切るつもりよ」

「母上、ぼくと一緒にこの家を出るつもりがないなら、ぼくはひとりでも行きます。母上にはもう二度と会いません！」

公爵夫人はすがるように息子に両手を伸ばした。彼女は哀れな年配の女性にすぎなかった。「エリオット、わたしにそんなことをさせないでちょうだい。彼の話は信じていないけれど、お金がなくては暮らしていけないわ」

「ぼくよりも、彼の財産を選ぶんですね？」

「エリオット！」

「わかりました」エリオットはうなるように言って、三人をにらんだ。「母上はもう必要ない。それから……」ヘスターを指さす。「彼女もいらない。それから……」最後にエイドリアンを指さした。「あんたも、あんたの金も！　あんたになんか助けてもらわなくてけっこうだ。蔑まれ、いちいち干渉されるのにはもううんざりなんだ。ぼくはこの家を出る。あんたたちには二度と会わずにすむことを祈っているよ！」彼は部屋を飛び出して、ばたんとドアを閉めた。

「エリオット！」公爵夫人は叫んで息子のあとを追おうとしたが、力なく床にくずおれた。「エイドリアン、エリオットのあとを追ってちょうだい」すがるように言う。「お願いよ！」

エイドリアンは唇を固く引き結んで頭を振った。目には同情の色が浮かんでいたが、両脇《りょうわき》に垂らした手は固くこぶしに握られていた。「今度はだめです。今度ばかりは」

ヘスターは泣き崩れている女性に近づいていった。そばにひざまずき、子供をあやすように両腕で抱き締め、懇願するような目でエイドリアンを見た。「彼はあなたの弟なのよ」優しく言う。

エイドリアンは疲れたように言った。「きみがそう言うなら、しかたがないな」

エイドリアンは足を引きずって部屋を出ていった。ヘスターはそのとき初めて、エイドリアンのはいているズボンがちぐはぐで、床に血の跡がついているのに気づいた。

ヘスターが泣き崩れている公爵夫人をなんとか椅子に座らせると、階段を駆け上ってくる足音が聞こえた。

「エリオット！」公爵夫人は期待を込めて叫んだ。

部屋のドアが勢いよく開いて、ヘスターは立ち上がりかけたが、なにをどう考えたらいいのかわからなかった。寝間着姿でナイトキャップをかぶったジェンキンズが、慌てふためいた様子で戸口に立っていた。「旦那《だんな》さまが……レディ・ヘスター。馬に乗ろうとされたのですが、落ちて気を失われました！」

23

「公爵さまは今どこにいらっしゃるの？」ヘスターはたずね、彼女の腕にしがみついている公爵夫人の手をそっと引き離そうとした。

「書斎のソファに寝かせました」ジェンキンズは心配そうに答えた。「それから、従僕にメイプルトン医師を呼びに行かせました」

「よかったわ」ヘスターはようやく公爵夫人の腕から解放された。「マリアを起こして、公爵夫人のお世話をするように言ってちょうだい。わたしは書斎に行きます」

ジェンキンズはうなずいて、立ち去っていった。

「ヘスター、わたしをひとりにしないで！」ヘスターが急いで戸口に向かおうとすると、公爵夫人はすがるように言った。

ヘスターは振り向き、夫人に心から同情して優しく言った。「公爵さまの様子を見に行きませんと。従僕を厩《うまや》にやって、エリオットさまがまだいらっしゃるかどうか見てこさせます。おいでにならなければ、馬丁を町に行かせます。まだそれほど遠くには行っていないでしょうから」

「そうね。あなたの言うとおりだわ」公爵夫人は少しだけ元気を取り戻して言った。「エリオットの子供がどうのこうのと言っていたけれど、そんな話、嘘《うそ》に決まっているわ」

「公爵がそうおっしゃったのなら、お信じになられたほうがいいですよ。それだけではないんです。エリオットさまはほかにも……。公爵は亡くなられたお父さまとのお約束を守るために、ずっと奥さまに隠してこられたんです」

「エリオットはわたしに隠し事などしていないわ」公爵夫人は言ったが、その声は弱々しく、目には不安な表情が浮かんでいるのにヘスターは気づいた。「エリオットはあのとおり、大胆で怖いもの知らずなところがあるから、悪い友だちに影響されてはめをはずすことはあるかもしれないわ」夫人はそう言って、椅子の上でしゃんと背筋を伸ばした。彼女はそれでもまだ息子を信じていた。「間違いを犯すことだってあるでしょう。でも、若いんですもの、それくらいしかたがないわ。それに、近ごろの若い女性ときたら……」公爵夫人は言いよどんだ。

「エリザベス・ハウエルにはできるだけのことをしてあげるべきです」ヘスターは静かに言った。公爵夫人といえども、溺愛《できあい》する息子の不始末を完全に無視することはできないだろう。

寝間着姿のままで慌ててやってきたメイベルとマリアは、困惑して戸口で立ち止まった。「ミスター・ジェンキンズにすぐに来るよう言われたのですが」メイベルは言った。「わたしたちのうちのどちらをお呼びになっているのか、はっきりしなくて……」

「マリア、奥さまを部屋にお連れして、そばについていてさしあげて」ヘスターは命じた。「わたしは書斎に行くわ」

ヘスターはジェンキンズが階段のいちばん下で心配そうに待っているのに気づいた。「旦那《だんな》さまがお気づきになりました」執事はすぐに言った。「町でまた、脚を怪我《けが》されたようです。そのときから出血なさっていたそうで。でも、大したことはないとおっしゃっています」

ヘスターはほっとため息をもらし、ジェンキンズと歩調を合わせながらも、できるだけ急いで廊下を進んだ。「外科医が来るまでどれくらいかかるかしら？」

「ナイフですか？　いいえ、旦那さまはナイフで刺されたのではありません。グラスの破片だとおっしゃっていました」

「グラスの破片ですって！」ヘスターはつぶやき、突然、レディのたしなみもなにもかなぐり捨てて走り出した。「水と包帯を持ってきてちょうだい！」彼女は振り向いて執事に言った。

ヘスターが書斎に入っていくと、エイドリアンは真っ青な顔をし、脚を上げ、目を閉じてソファに横になっていた。「まあ大変！」

エイドリアンは目を開けてほほえんだ。ヘスターはソファのそばにひざまずいて、公爵の手を取った。「気絶したりしないでくれよ」エイドリアンはからかうように言った。「心配をかけて申し訳ないが、だれかに心配してもらえるというのはありがたいものだ」

「怪我はひどいの?」

「また脚をやられただけだ」

ヘスターはズボンに広がった血の染みを見つめた。

「ジェンキンズがだれかに刺されたと……」

「エリザベスだ。彼女はわたしが母と手を結んでいると思ったんだ」

「痛みは?」

「きみを失うかもしれないとわかったときの心の痛みにくらべたら、大したことはない」

ヘスターはエイドリアンにほほえみ返したが、彼のズボンの染みがしだいに大きくなっていくのに気づいた。「包帯を取ってこないと――」彼女は立ち上がったが、エイドリアンは彼女の手をつかんで引き戻した。

「このまま出血して死ぬなら、今すぐにわたしと結婚すると約束してくれ。約束してくれるまで、この手を放さない」


ヘスターはエイドリアンに優しくほほえみかけた。

「約束するわ。でも、すぐに手を放してくださらないと、約束したくてもできなくなってしまうわ」

エイドリアンはすぐに手を放して、にっこりほほえんだ。「わかった。今のところはしかたないが、村の教会で正式に結婚を誓うまでのあいだだけだ」

ヘスターはエイドリアンに笑みを返した。戸口に向かおうとして振り向いたとき、水の入った洗面器を両手で持ち、片方の腕に白い布をかけたメイベルともう少しでぶつかりそうになった。「公爵さまは死にかけていらっしゃるんですか?」メイドはささやき、驚きに目を見開いて公爵を見た。

「傷口が開いたの。もっと水がいるわ」ヘスターはエイドリアンを見て、心配そうに眉を寄せた。彼は再び目を閉じていた。大したことはないと言っていたけれど、彼が言っている以上に傷はひどいのかもしれない。

「すぐにお持ちします」メイドはそう言って、戸口のほうにあとずさった。

エイドリアンが突然うめき声をあげ、メイベルはおびえたねずみのように部屋を飛び出した。ヘスターは急いでソファに戻った。

エイドリアンは片方の目を開けて、にやりとした。「行ったか?」

「ええ」ヘスターはメイドと彼女を死ぬほど怖がらせたエイドリアンを叱《しか》りつけたかったが、人をからかうだけの余裕があるなら、それほどひどい怪我ではないのだろうと思って、ひとまず怒りを胸に納めた。「ミスター・メイプルトンがすぐにお見えになるわ」

「メイプルトンが来たって、気分はよくならない」エイドリアンはヘスターの手をつかんでそばに引きよせた。「こっちのほうがずっといい」

エイドリアンはヘスターに息をのむような情熱的なキスをした。少し前まで青白い顔をして横たわっていたのが嘘のように。

エイドリアンはしぶしぶヘスターを放して、頬に優しく触れた。「わたしに必要な薬はこれだけだ」

「公爵さまに医学的な効能を評価していただいて光栄ですけれど、ミスター・メイプルトンが心配ないと言ってくださったら、わたしはもっと安心できるわ」

「彼の意見などどうでもいい」エイドリアンは顔をしかめて言った。

「彼は外科医ですよ、エイドリアンさま」ヘスターが抗議しようとすると、エイドリアンは彼女の唇に人差し指を当てて黙らせた。

「公爵さまとか、エイドリアンさまとか呼ぶのはやめてくれ。あなたと呼んでほしい」

「あなた」ヘスターはささやいて、公爵の温かく誘惑的な唇にもう一度キスをした。

「ジェンキンズにジョンを家に帰すように言ってくれ」エイドリアンはキスをしながら、ささやいた。

「だから言っただろうと言われるだけだ。休んでいればよくなる」

ヘスターはエイドリアンから身を離した。「ミスター・メイプルトンはあなたの怪我のことをご存じなの？」

「怪我をしたのは彼の家のなかでだ」

「それなら、彼はエリオットとミス・ハウエルのこともご存じなのね？」

「ジョンはエリオットのことはすべて知っている。父が死んだときからだ。彼はきみとまったく同じ意見だ。もっと早くエリオットを独立させるべきだったと言っている」エイドリアンはにやりとした。

「今朝ジョンに会いに行ったんだ。きみはわたしを愛していると言ってくれたが、わたしはきみがわたしのような自堕落な人間と結婚したいと思っているとは信じられなかった。だがジョンが、きみは自分のしていることはちゃんとわかっているはずだと言ってくれた」

「それなら、彼に感謝しないといけないわね。でも、あなたがわたしの言葉よりも彼の言葉を信じたのは少し残念だわ」

エイドリアンは眉を寄せた。「まずいな。わたしはきみにぞっこんで、きみは本当にわたしを愛してくれていると信じたかった。それを確かめたかっただけなんだ」

「ほかの人の意見を求めたの？　病気にかかったときのように？」

「そうとも言えるかな」

ヘスターはエイドリアンを軽く抱き締めた。「許してあげるわ。わたしをもう二度と疑わないと約束してくださるなら」

「屋敷に戻ってきて、きみの寝室のドアが開いているのを見ても、わたしはきみを疑わなかった。妙だと思っていたら、エリオットの部屋からきみの声が聞こえてきた」

ヘスターは目を見開いた。「本当はどう思ったの?」

「エリオットがよからぬことを企《たくら》んでいるにちがいないと思った」

「わたしを信頼してくださってうれしいわ」

「きみがぼくを信頼してくれたのに、どうしてきみを疑うことができるだろう」

ヘスターはエイドリアンに優しくほほえみかけ、そのあと再び真顔になった。「ミス・ハウエルとはどうやって出会ったの?」

「偶然馬車に乗っている彼女を見かけた。まずいことになりそうな予感がして、彼女に話しかけたんだ」

「かわいそうに! 子供を亡くしてさぞかしつらい思いを……」

「彼女にできるだけのことをしてやってほしいとメイプルトンに言った。費用はすべてわたしが負担するつもりだ。それがわたしにできるせめてものことだ」

ヘスターはエイドリアンの青ざめた頬を撫《な》でた。「エリオットのことはどうなさるおつもり? 彼を捜さないの?」

「わからない」エイドリアンは正直に答え、ヘスターをぎゅっと抱き締めた。「本当にどうしたらいいのかわからないんだ」

ジェンキンズが足を引きずりながら部屋に入ってきた。「レディ・ヘスター! これはまたなんと……」彼はヘスターがソファの上で公爵の腕に抱かれているのを見て、ぜいぜい息を切らしながら言った。

「なんでもないんだ、ジェンキンズ」公爵は穏やかな口調で言った。「レディ・ヘスターとわたしは結婚することになった」

「今なんとおっしゃいましたか、旦那さま?」

エイドリアンは声をあげて言った。「レディ・ヘスターとわたしは結婚することになった」

ヘスターはジェンキンズはまだわかっていないのではないかと思った。というのも、彼はほとんど表情を変えなかったからだ。そのあと、執事は丁寧にお辞儀をして言った。「それはおめでとうございます。メイプルトン医師が到着しました」

「わたしの指示に従わないから、こんなことになるんだ」外科医は言いながら部屋に駆け込んできた。

ヘスターが立ち上がって出迎えると、メイプルトンは彼女ににこやかにほほえんだ。「ご結婚おめでとうございます」

「ありがとうございます」ヘスターは花嫁のように恥じらい、頬を染めた。

「このまま恋人同士の甘いささやきを聞いていたいところだが」ミスター・メイプルトンはつづけた。「その前にやらなければならないことがある」外科医はテーブルに鞄《かばん》を置いて開けると、公爵の血に染まったズボンをちらりと見た。「またそれを脱いでもらわないといけないな。レディ・ヘスターに席をはずしてもらっていいだろうか?」

エイドリアンはうなずくと、ヘスターの手にお別れのキスをした。「きみのズボンをだめにしてしまって申し訳ない、ジョン。仕立て屋の請求書はわたしに送ってくれ」

「遠慮なくそうさせてもらおう。さあ、ズボンを脱いで」

「恐ろしく退屈しそうだが、おとなしくきみの言うことを聞くよ」

外科医は開いた傷口を見て、息を吸い込んだ。

「まずいな。傷口を開いたままにしておくのはよくない。出血がつづくようだと危険だ。今まで幸運にも感染症を起こさずにすんでいるが、いつまでも運に恵まれるとはかぎらない」

エイドリアンはメイプルトンが再び傷口を洗浄しはじめると、痛みにひるんだ。「わかっている。これからはきみの言うとおりにするよ。なにしろ、魅力的な若いレディがずっとそばに付き添ってくれるからね」

メイプルトンはくすくす笑った。「そういうことなら、看護婦を雇っておくんだった」

「わたしの評判を考えてもみろ。みんな逃げ出してしまうさ」

「わたしは世間の評判などまったく信用していない」

「きみにいい知らせがある、ジョン。エリオットがこの屋敷を出ていった。もう二度と戻ってこないかもしれない」

メイプルトンは患者の真剣な表情をちらりと見た。「本当か？　いつ？」

「今夜だ」

「全速力で駆けてくる馬の蹄《ひづめ》の音を聞いて、乗り手がちらりと見えた。あれがエリオットだったのかもしれないな」メイプルトンは仕事に戻った。「いいかげんに縁を切ってもいいころだ。彼は感染した組織のように、自分自身だけではなく、きみの人生も滅ぼしかねない」

「そうはいっても、肉親と縁を切るのは容易なことではない。手足を切断するのが大変なことのように。ジョン、きみはだれよりもよくわかっているだろう？」

「もちろん」メイプルトンは立ち上がった。彼は鞄のところに行き、特殊な器具を探しているかのようになかをかきまわした。「ブランデーは置いてあるんだろう？」

エイドリアンはキャビネットを指さした。「気がつかなくて悪かった」

「わたしではない。きみが飲むんだ」メイプルトンはキャビネットのところに行って、大きなブランデーのタンブラーになみなみと酒を注《つ》いだ。エイドリアンは怪しむような目でそれを見た。「その前にきみを寝室に運ぼう。そのあと、傷を焼灼《しょうしゃく》しなければならない」

その夜遅く、ヘスターはエイドリアンの寝室の外で延々と待たされたあと、ようやく外科医から、公爵は傷口を焼灼したのでだいじょうぶだろうと言われた。彼女は廊下に置かれた背もたれのまっすぐな椅子から立ち上がった。その椅子に座って、公爵の治療が終わるのをまんじりともせずに待っていたのだ。ぐったりしていたが、自分の部屋には戻らなかった。

ヘスターはエイドリアンの寝室のドアにそっと近づいていった。彼が初めてこの屋敷に戻ってきた夜と同じように。今となってはずいぶん昔のことのような気がする。音をたてないように静かにドアを開け、なかの様子を探った。エイドリアンはあの夜と同じように、じっとベッドに横たわっていた。

あのときは好奇心に駆られ、眠っている公爵を興味津々で見つめたが、今彼を見つめるヘスターの目は愛する男性への優しさと愛情に満ちていた。眠っている公爵を見つめる贅沢《ぜいたく》に浸りながら、いつかこのベッドをふたりで分かち合うようになるのだと思った。

遠くから見ているだけでは満足できなくなり、ヘスターはさらに近づいていった。すると、かすかに皮膚を焼いたにおいが漂い、思わず身震いした。

突然、エイドリアンの手が上掛けの下からぬっと伸びて、ヘスターの手首をつかんだ。彼女はそのまま彼のほうに引き下ろされ、はっと息をのんだ。

「今度はキスをしてくれないと、この手を放さないぞ」彼はそう言って、ほほえんだ。

「ミスター・メイプルトンに安静にしているようにと言われたでしょう」

「唇はなんともない。痛むのはこのいまいましい脚だけだ」エイドリアンはヘスターにそっと口づけた。

ヘスターは身を引いた。「わたしがここにいるのをだれかに見られたら――」

エイドリアンは恥じ入るように手で目を覆った。

「ああ、また世間でなんと言われることか！　黒の公爵に新たな醜聞。黒の公爵がまた罪を犯した」彼は目から手を離して、反抗的な子供のように唇をとがらせた。「きみはわたしの評判など気にならないと言ったじゃないか」

「ええ。でも、わざわざ噂《うわさ》の種になるようなことをするつもりはないわ」ヘスターも同じように唇をとがらせたが、その目はいたずらっぽく輝いていた。

「世間の人たちは、あなたがわたしと結婚するのは、そうせざるをえなかったからだと言うでしょうね」

「人になんと言われたってかまうものか。きみがわたしと結婚してくれさえすれば。それも今すぐに」

「でも、公爵さま――」

「エイドリアンだ」

「でも、エイドリアン、わたしたちの評判を考えないと、いずれ生まれてくるわたしたちの……」ヘスターは恥ずかしさに顔を真っ赤にした。

「子供たち？」エイドリアンは誘惑するように低くささやいた。「子供はたくさん欲しい。きみの子供が」

「わたしたちの子供よ」ヘスターはささやいた。

「となると」エイドリアンはさらに低く、かすれた声でつづけた。「わたしは模範的な生活を送るように努力しなければならないということだな。それはさほどむずかしいことではない。この屋敷を出たいとはもう二度と思わないだろう」

ふたりは再びキスを交わした。今度のキスは情熱にあふれ、ヘスターはみだらな気持ちになり、またそれを楽しんでいる自分に気づいた。ところが、怪我をしたエイドリアンの脚に触れてしまい、彼が痛みに跳び上がって、ふたりの歯と歯がぶつかった。

「ごめんなさい！」ヘスターはささやき、ふたりがまだ結婚していないことを思い出した。気をつけないと、わたしはひどくはしたないまねをしてしまいそうだ。「エイドリアン」彼女はささやいた。「エリオットのことはどうなさるつもり？　彼はやり直せるかしら？」

エイドリアンは肩をすくめた。「わからない」

「彼が戻ってきたら？」

「ヘスター、公爵夫人には黙っていてほしいのだが、わたしは弟はここにはもう二度と戻ってこないのではないかと思っている。怒った彼は前にも見たことがあるが、今日は尋常ではなかった。弟は本気だ」

「彼はこれからどうなってしまうのかしら？」

エイドリアンは悲しそうにほほえんだ。「なんとかやっていけるだろう。きみの言うとおりだ。わたしはエリオットに対して過保護になりすぎた。エリオットは変われるはずだ。彼にはまだ希望がある。きみと結婚したがっていたのがなによりの証拠だ。わたしの救いの天使と」

「そんなことを言われたら、うぬぼれてしまうわ」ヘスターは言った。「あなたはわたしがここに来る前から善良で誇り高い人だった。わたしはなにもしていないもの」

「きみは絶望していたわたしに希望を与えてくれた」エイドリアンはヘスターの頬を撫でた。「エリオットも希望を与えてくれる女性に出会えるといいが」

「心からそう願っているわ、エイドリアン。あなたのためにも、彼のためにも」

「今は亡き父のためにも」彼はささやいて、いとおしそうにヘスターを見つめた。

「泣き出してしまいそう」ヘスターはしぶしぶ立ち上がり、感極まって涙を流しそうになっているのは自分だけではないことに気づいた。「さあ、もうお休みになって」

「いまいましい脚め！」エイドリアンはヘスターの両手をつかんだ。「できるだけ早く結婚すると約束してくれたら、行かせてあげよう」

「あなたの脚がよくなったらすぐに」

「もうよくなっている」

「嘘つき」ヘスターはからかうように言った。「ヨーロッパにいる両親に手紙を書かないと。それから、姉と妹にも」

エイドリアンはとたんに表情を曇らせた。「きみの父上に結婚の許しを得なければならないな。大切に育てた娘がわたしのような悪党と結婚すると聞いて、父上がなんと言われるかが恐ろしい」

今度はヘスターがいたずらっぽい笑みを見せた。

「わたしの家族を、ここかロンドンのお屋敷に招待すれば……」

「わたしの莫大《ばくだい》な財産を見せびらかせというのか？」

ヘスターはうなずいた。「正直に言うわ。父はお金に目がないの」彼女は恥ずかしそうに言った。「あなたがどれだけの資産を持っているか目にしたら、父はあなたの過去や……不品行は大目に見るでしょう。あなたがわたしを一生愛しつづけ、大切にすると約束してくださるならば」

「それはもちろんだ、ヘスター。わたしはきみを一生大切にする」エイドリアンは心からそう言った。

ヘスターはレディらしくふるまうことについて学

んだことをすべて忘れて、エイドリアンの横に身を横たえてしまう前にベッドから離れた。「さっそく、今夜手紙を書くことにするわ」

公爵夫人が自らの意思で寡婦の住居に移ってからほどなくして、ピムブレット一家はバロービー・ホールに降り立った。家族のだれもがヘスターの結婚を喜び、誇りに思っていたが、なかでもいちばんしあわせで誇らしかったのはヘスター本人だ。彼女は生まれて初めて両親の関心の中心になることができたのだ。レディ・ピムブレットは、ヘスターは良縁に恵まれるだろうと思っていたのよ、と家族に言った。姉のヘレナも妹のヘンリエッタも豪華なバロービー・ホールを見てヘスターに嫉妬《しっと》したものの、彼女が自分たちと同じようにしあわせになることを心から願った。ピムブレット卿《きょう》はあまりの喜びに言葉を失い、妻と娘たちにとってさいわいなことに、その状態は数日間つづいた。

パリス・マルホランド卿の妻のクララ・マルホランドは、ヘスターから婚約を知らせる手紙が届くと、身重の体が許すかぎり急いで夫に知らせに行った。

パリス・マルホランドは、近ごろはだれもが熱に浮かされたように結婚しているようだが、ヘスターが性急な決断を下したことを後悔しなければいいがと言った。「それは、ダーリン、きみがいちばんよくわかっているだろう。愛は彼女よりも意志の強いだれかさんの心も変えてしまったのだし」彼はそう言って、妻にウインクした。

クララは、ヘスターにかぎって間違った結婚をすることはないと反論した。あのヘスターが夫に選んだのだから、バロービー公爵は世間で言われているような人ではないにちがいない。

その意見には、夫妻の友人もみな賛成した。

とっておきの、ときめきを。
ハーレクイン

黒の公爵

2008年1月5日発行

著　者	マーガレット・ムーア
訳　者	石川園枝（いしかわ　そのえ）
発 行 人	ベリンダ・ホブス
発 行 所	株式会社ハーレクイン 東京都千代田区内神田 1-14-6 電話 03-3292-8091（営業） 03-3292-8457（読者ｻｰﾋﾞｽ係）
印刷・製本	凸版印刷株式会社 東京都板橋区志村 1-11-1

ISBN978-4-596-32313-2 C0297

※表紙のデザインが変更になる場合があります。

バレンタインの天使がくれた、ちょっぴり危険な恋のプレゼント

☆人気3作家があなたに贈るラブ・ロマンスは
スパイシーなチョコの味。

『マイ・バレンタイン2008 愛の贈りもの』

チェリー・アデア作「悪魔とダンスを」
アン・スチュアート作「奇跡のバレンタイン」
エマ・ダーシー作「冷たいボス」

●マイ・バレンタイン　V-18　**1月20日発売**

情熱と愛のはざまで揺らぐ想い——

愛の記念日を境に彼女たちの運命は変わった。

『甘く切ない一日』PB-45　**1月20日発売**

ジャクリーン・バード作
「二人のバレンタイン」(初版:R-1738)

ヴィッキー・L・トンプソン作
「バレンタインの約束」(初版:T-134)

●ハーレクイン・プレゼンツ作家シリーズ別冊

※表紙のデザインが変更になる場合があります。

アップテンポな展開で巧みに魅せるナンシー・ウォレン

別れた彼と再会させた、あるくじ引き。これは運命?　それとも同じ過ち?

『めぐりくる運命』

●ハーレクイン・アフロディーテ　HA-40　**好評発売中**

ロマンティックタイムズ誌などで各種受賞歴を誇る人気作家 ジョアン・ロス

見ず知らずの男性に抱いた親近感。関わるうちに明らかになった衝撃の事実とは!?

『愛と復讐の誓い』

●ハーレクイン・アフロディーテ　HA-39　**好評発売中**

1月20日の新刊 発売日1月18日
※地域および流通の都合により変更になる場合があります。

愛の激しさを知る　ハーレクイン・ロマンス

愛の巡礼者	マギー・コックス／漆原　麗 訳	R-2254
若すぎた伯爵夫人	サラ・クレイヴン／藤村華奈美 訳	R-2255
プリンセスの香り（古城の恋人たちⅢ）	ロビン・ドナルド／森島小百合 訳	R-2256
罠に落ちたシンデレラ	ダイアナ・ハミルトン／伊坂奈々 訳	R-2257
風に吹かれる砂のように	♥ ペニー・ジョーダン／柿原日出子 訳	R-2258
情熱のシーク（砂漠の掟Ⅰ）	シャロン・ケンドリック／片山真紀 訳	R-2259
拒まれた純潔	トリッシュ・モーリ／萩原ちさと 訳	R-2260
億万長者の駆け引き	♥ キャロル・モーティマー／結城玲子 訳	R-2261

ロマンスだけじゃものたりないあなたに　ハーレクイン・スポットライト・プラス

許されざる者（狼たちの休息 愛はここから）	♥ ビバリー・バートン／中野　恵 訳	HTP-1
ボディガードは眠らない	マリー・フェラレーラ／如月富雨 訳	HTP-2
赤い誘惑	ジュリー・E・リート／長瀬珠樹 訳	HTP-3
真夜中すぎのシンデレラ	クリスティン・リマー／清水由貴子 訳	HTP-4

人気作家の名作ミニシリーズ　ハーレクイン・プレゼンツ 作家シリーズ

バロン家の恋物語Ⅳ 王国を継いだ恋人	サンドラ・マートン／藤村華奈美 訳	P-314
診察室の恋人たちⅡ		P-315
ドクターとの一夜	クリスティ・ゴールド／泉　智子 訳	
謎めいたドクター	クリスティ・ゴールド／藤峰みちか 訳	

お好きなテーマで読める　ハーレクイン・リクエスト

嘘つきなドクター（恋人はドクター）	エリザベス・ベヴァリー／谷原めぐみ 訳	HR-160
誘惑の千一夜（魅惑のシーク）	リン・グレアム／霜月　桂 訳	HR-161
フィアンセは記憶喪失（記憶をなくしたら）	マーガレット・メイヨー／泉　由梨子 訳	HR-162
億万長者に片想い（億万長者に恋して）	ジーナ・ウィルキンズ／鈴木いっこ 訳	HR-163

HQ comics　コミック売場でお求めください　1月1日発売　好評発売中

記憶のなかの愛	岡田純子 著／スーザン・メイアー	CM-39
魅惑の貴公子	そねはらすみこ 著／レベッカ・ウインターズ	CM-40
月の夜の誘惑（眠る湖Ⅰ）	瀧川イヴ 著／モーリーン・チャイルド	CM-41
シークの誤算（アラビアン・プリンス）	文月今日子 著／テレサ・サウスウィック	CM-42